D1665231

Tríptico de la infamia

Premio Internacional de Novela
Rómulo Gallegos 2015

PABLO MONTOYA

Tríptico de la infamia

BANCO CENTRAL DE VENEZUELA

República Bolivariana de Venezuela

Monte Ávila
Editores Latinoamericana CA

F u n d a c i ó n
**CentrodeEstudios
Latinoamericanos
Rómulo Gallegos**

La publicación de esta obra ha sido posible gracias al patrocinio del Banco Central de Venezuela

1ª edición, Penguin Random House Grupo Editorial, SAS 2014
1ª edición en Monte Ávila Editores Latinoamericana, 2015

Diseño de portada: David Morey

Montaje y diagramación de texto y portada: Henry Mendoza González

Corrección: Wilfredo Cabrera

Imagen de portada:
Paseos recreativos del rey y la reina.
Plancha xxxix de *Indios que habitan la Provincia de Florida* (detalle).
Dibujo de Jacques Le Moyne, grabado por Théodore de Bry.
Extraído del libro *Voyages en Floride 1562-1567.*
Éditions de l'Espace Européen, Nanterre, 1990, p. 2009.

©MONTE ÁVILA EDITORES LATINOAMERICANA C.A., 2015
Apartado Postal 1040, Caracas, Venezuela
Telefax: (0212) 485.0444
www.monteavila.gob.ve

© FUNDACIÓN CENTRO DE ESTUDIOS LATINOAMERICANOS RÓMULO GALLEGOS, 2015
Casa Rómulo Gallegos
Av. Luis Roche, cruce con Tercera Transversal,
Altamira. Caracas 1062/ Venezuela
Telefonos: (0212) 285-2990/ 285-2644
Fax: (0212) 286-9940
Página web: http://www.celarg.gob.ve
Correo electrónico: publicaciones@celarg.gob.ve

© Pablo Montoya

Hecho el Depósito de Ley
Depósito Legal N° lf500201580022
ISBN 978-980-01-2020-0

VEREDICTO DE LA XIX EDICIÓN
DEL PREMIO INTERNACIONAL DE NOVELA
RÓMULO GALLEGOS

El jurado de la XIX edición del Premio Internacional de Novela Rómulo Gallegos, compuesto por Eduardo Lalo (Puerto Rico), Javier Vásconez (Ecuador) y Mariana Libertad Suárez (Venezuela), reunidos en Caracas el 4 de junio de 2015, después de examinar 162 novelas recibidas de 17 países: 17 de Argentina, 6 de Bolivia, 16 de Chile, 30 de Colombia, 2 de Costa Rica, 4 de Cuba, 7 de Ecuador, 2 de El Salvador, 21 de España, 1 de Honduras, 13 de México, 1 de Panamá, 11 de Perú, 5 de Puerto Rico, 3 de República Dominicana, 2 de Uruguay y 21 de Venezuela, ha   escogido los siguientes finalistas:

Héctor Abad Faciolince, por *La oculta* (Colombia)

Piedad Bonett, por *Lo que no tiene nombre* (Colombia)

Oscar Collazos, por *Tierra quemada* (Colombia)

Carlos Cortés, por *Larga noche hacia mi madre* (Costa Rica)

Diamela Eltit, por *Fuerzas especiales* (Chile)

Dante Medina, por *Amor, cuídame de ti* (México)

Pablo Montoya, por *Tríptico de la infamia* (Colombia)

Luego de debatir en torno a esta selección, decidió por unanimidad otorgar el Premio Rómulo Gallegos 2015 a la novela *Tríptico de la infamia*, del colombiano Pablo Montoya.

El jurado destaca la originalidad, la coherencia estructural y la calidad literaria de una obra que reconstruye la conquista del Caribe con una perspectiva renovadora y profunda.

También considera sobresaliente la excelente construcción de los protagonistas (tres artistas plásticos protestantes que son responsables en buena medida de las primeras representaciones gráficas de América), personajes poco comunes en el tratamiento de la época que aportan una singular perspectiva a la trama. Por último, el jurado desea destacar el significativo manejo de la lengua literaria que posee esta obra.

Para que así conste, firmamos la presente, el jurado:

Mariana Libertad Suárez   Javier Vásconez   Eduardo Lalo

Para Ernesto Mächler

PRIMERA PARTE
LE MOYNE

Encendida en mí la candela lejana.
Augusto Roa Bastos

1

Se llamaba Jacques Le Moyne. Era de baja estatura, aunque de músculos recios. Sus ojos celestes contrastaban con una cabellera fosca que mantenía despeinada. Cuando hablaba, su voz se inclinaba al bisbiseo. Pero eran sus manos, en realidad, las que llamaban la atención. Había elegancia y solidez en ellas. Y si no fuera por la guerra que estremecía al país, se habría dedicado desde temprano a las faenas de la pintura y a la factura de los portulanos. Un poco a regañadientes, y porque lo espoleaba la sed de peripecias, se hizo arcabucero, pues no desconocía que, en épocas de terror y vandalismo, era necesario saber de armas y emboscadas. Por un tiempo trabajó para la guardia de un señor de Diepa, que defendía las consignas del almirante Gaspard de Coligny. Aquél azuzaba a sus mercenarios recordándoles la ignominia de Wassy, en la que soldados católicos habían masacrado a hugonotes indefensos. Pero Le Moyne no manejaba bien el arcabuz y nunca fue diestro con la alabarda. Se la pasaba, en cambio, haciendo dibujos de caballos en reposo, de fortalezas y castillos, de sus compañeros que jugaban a las cartas o bebían en las posadas de la holganza. Los hombres reían cuando, para granjearse algún dinero, les mostraba dibujos escabrosos. Eran amantes provistos de genitales grandes, o campesinas de unos pocos trazos que levantaban sus faldones y, acurrucadas, lanzaban chorros de orina contra algún arbusto próximo. Le Moyne, sin sentir que su pasión se involucraba en el ir y venir de los bandos confrontados, cumplió con el papel de mercenario hasta que, una tarde de abril, le sobrevino el evento. La bigornia de la que formaba parte divisó un caserío sospechoso. Corrió el rumor de que en esos pocos ranchos, improvisados en las lindes del campo, se ocultaba un sacerdote con trazas de espía. Le Moyne se mantuvo distante, como siempre que se precipitaban las jornadas temerarias. No avanzó hacia las viviendas y esperó a que el asunto fuera menos confuso. Pero, de entrada, hubo llamados de advertencia, gritos aprensivos, figuras que salieron de las casas buscando el rumbo del bosque. Las mechas de los arcabuces se prendieron. Le Moyne se paralizó cuando vio a sus compañeros atrapar a hombres que rogaban clemencia por su vida. Pero no encontraron ningún monje que predicara el pillaje contra los enemigos de Jesús. Solo era un grupo de vagabundos bohemios que descansaba de la trashumancia. Esa noche, la tropa obtuvo permiso para apurar los toneles de un vino dulzón y espeso que venía de Ruán. Se contrató, incluso, a tres músicos que alegraron la bravura de los soldados con la trompeta, el pandero y la bombarda. Le Moyne estuvo alejado de la batahola. En las llamas que hacían los leños veía gestos de tribulación, miradas despavoridas, la sangre casi negra que brotaba de los cuerpos. El júbilo era debido al mensaje enviado al señor de Diepa. Decía que el cura había sido pasado por las armas y, junto a él, un séquito de acólitos y de concubinas perversos.

2

Philippe Tocsin lo recibió en el taller. Los papeles de presentación no eran muchos: una carta del gentilhombre bajo cuyas órdenes había laborado, y en la que se resaltaban la reputación del joven y su fe en los preceptos de la nueva religión. Con la recomendación estaban los mejores dibujos realizados por Le Moyne durante las faenas militares. El muchacho no era incauto y reconocía que el buen pago escasearía por un tiempo. Pero prefería vivir las estrecheces del aprendizaje de la cosmografía a mantener debates penosos con su conciencia. Sabía que iba a sentir nostalgia por los paisajes de Normandía, anchos y luminosos, y sus bosques de hayas y manzanos en flor; y que las cabalgatas por las landas sería algo lejano en sus nuevas actividades. Además, era menester ocuparse de asuntos más sensatos: atender, por ejemplo, el llamado de su vocación. En poco tiempo, por otro lado, debía casarse con Ysabeau, conformar un hogar y envejecer de la mejor manera. Y estaba Tocsin, el maestro de las cartas de navegación y los planisferios, que lo había aceptado como ayudante en su taller. Y luego, por qué no, jamás se sabía cuáles eran las sorpresas que deparaba la vida, podría conocer las tierras de ese mundo recién descubierto en la otra orilla del gran océano. Tocsin le había dado cita en la puerta de la iglesia. Unas gaviotas revoloteaban las torres. En el viento de fines de mayo flotaban todavía los ecos del frío, pero se percibía una leve tibieza instalada en la ciudad. El maestro era óseo y encorvado e iba por las callejas en procura de informaciones geográficas. Le Moyne, cuando lo veía, sentía compasión por la soledad en la que ese hombre estaba sumergido. Su taller era un gran desván oscuro, lleno de libros y aparatos de mensuración. Al aprendiz le agradó su atmósfera desde el principio. Entre el polvo acumulado y el olor del vino y el queso se deslizaba una fragancia de madera concentrada que se unía al olor de los manuscritos y las tintas. Un telescopio, cuyo lente apuntaba a un tragaluz, sobresalía como una insignia. De su estructura central colgaba un tapiz rojo con una traza de diseños que provenían del Brasil. Varias brújulas ocupaban la mesa. Eran de marfil y cada una, apoyada sobre un estuche labrado en roble, apuntaba a una dirección diferente. Algo parecido sucedía con los relojes de arena, que marcaban varias horas. Cuando vio a Le Moyne consternado ante el descarrío de los instrumentos, Tocsin dijo, como si esa fuera la consigna del taller, que allí se estaba en todas partes y en ninguna; y que el tiempo, así fuese para Dios algo indiviso y eterno, para las criaturas humanas era solo el capricho y la imprecisión. En las repisas había gruesos cartapacios. En uno de ellos el joven vio lo que, según Tocsin, era el mapa más antiguo de Grecia, elaborado por Anaximandro. Vieron después el *Orbis Terrarum*, carta que sirvió a las campañas militares de Augusto para adueñarse del mundo. Y el mapa de Hereford, del cual el maestro de Diepa hablaba como si fuera un documento atravesado de extravagancias ilustradas y no un sabio ejercicio de cosmografía. En otra carpeta estaba el *Atlas Catalán,* hecho por Abraham Cresques, judío de Mallorca, y su hijo Jafuda. La conversación se llenaba entonces de persecuciones cristianas en una España temible, y de la desesperada conversión de Jafuda para evitar la muerte y poder culminar la obra empezada por el padre. Los Cresques sí sabían lo que era un mapamundi, argumentaba Tocsin. Una imagen de las regiones que hay en la Tierra y de los interminables pueblos que la habitan. Y Le Moyne veía el dedo del viejo señalar las tierras de Asia que por primera vez se representaban en un pergamino. Pero había un mapa, por encima de los otros, que regocijaba la cara de quien era el dueño absoluto de la palabra en esas primeras jornadas pedagógicas. Era el mapamundi de fra Mauro, monje de Murano, colorido y detallista hasta la transfiguración. Mi admirado Mauro no dormía, explicaba Tocsin. Estaba pendiente de cada chisme o invención que le contaban los marinos que llegaban a Venecia. Trataba de leer todos los cuadernos de ruta de las embarcaciones. Y cuando creía acabada su labor, es decir, cuando su mapamundi estaba adaptado al tumulto de sus lecturas, un nuevo dato, más febricitante y lueñe, proveniente de Asia o África, impedía el término. En cierto momento, en medio del torrente de datos y medidas, que a veces se prolongaba hasta la medianoche, Le Moyne se sintió atraído por algo. Abrió los ojos con desmesura. Se apoyó en uno de los butacos y, ayudado por el velón que le pasó el maestro, acercó los ojos a la criatura. Arriba de los estantes, protegido por un marco de maderas blancas, había un loro. Tenía las alas extendidas, el pico abierto y sus ojos reían desde el más allá de las aves raras.

3

Le Moyne debía ocuparse de los mandados. Buscaba, en tiendas aledañas al puerto, los materiales cosmográficos que provenían de París, de El Havre y de Honfleur. Entre las pausas de sus correrías se encontraba con Ysabeau y, a veces, tenía tiempo para dibujarle el rostro. En esos bocetos la muchacha miraba de frente, como asustada, con sus grandes ojos almendrados; o su cara giraba hacia atrás y adquiría los visos de una sensual languidez. Ysabeau se sentía contrariada porque un orgullo secreto la invadía al verse dibujada. Al mismo tiempo, el pudor de su fe le decía que cometía una falta grave al aceptar del todo la diligencia de esas delineaciones. Pero Le Moyne era insistente. En una ocasión le dijo, luego de haber acariciado el inicio de los antebrazos, que lo dejara asomarse a la intimidad de su cuerpo. Ysabeau se sonrojó, lo miró con reproche y redujo con un empellón las arremetidas del joven.

Como a Tocsin le sucedían temblores frecuentes en las extremidades, el ayudante se encaramaba en el escaño y alcanzaba los libros para verificar los datos geográficos. En los momentos más aciagos del cosmógrafo, Ysabeau acudía al llamado y llegaba con unas bebidas de yerbas y unas sopas leguminosas que aliviaban el malestar del viejo y lo sumían en un letargo tibio. No pasó mucho tiempo para que Le Moyne se percatara de que, además de las gestiones del taller y la salud de su maestro, tenía que prestar cuidado a la limpieza de sus capas y bonetes. La palangana, cada semana, rebosaba de agua caliente mezclada con esencias de tilo y manzanilla. Los libros ocupaban, por otra parte, el espacio de los aposentos. Fuera de apretujar las estanterías, formaban montículos aquí y allá y servían para apoyar los bordes de las cartas que Tocsin hacía por encargo. Le Moyne aprendió a manejar con rapidez las tintas y los colores. Bajo sus dedos iban apareciendo los límites de los reinos, las islas y los continentes. Los paisajes se explayaban en la estrechez del pergamino. Las olas de los océanos surgían a partir de diminutas figuras ondulatorias que se repetían. Los oteros y las nubes dialogaban desde el arriba y el abajo de los espacios pintados. El joven supo situar los cartuchos, escribir en ellos las descripciones en latín y rodearlos con yedras exuberantes. Las heráldicas de las familias, exigidas en las cartas, brotaban plenas de armaduras y gallardetes, de árboles y animalejos. Se dedicó, con el cuidado requerido, a plasmar las rosas de los vientos como si fueran estrellas de puntas aceradas. Aprendió a interpretar los radios de los pétalos náuticos y a trazar círculos perfectos con los compases. Así pasaban las horas, hasta que Le Moyne lograba perderse en esa sucesión de círculos y cuadros que hacía con la supervisión de Tocsin. En las noches, mientras comían pan y queso, que alegraban con un vino de la región, se desencadenaban los paliques. En ellos el maestro se entusiasmaba con las explicaciones. El discípulo hacía a un lado su timidez con preguntas esporádicas. Pero era frecuente que, luego de los entusiasmos, terminaran envueltos en silencios que parecían decir que la verdad era algo escurridizo, y la convicción de cualquier hipótesis tenía los contornos de una circunstancia dominada por el vaivén del tiempo. Entonces Le Moyne esperaba a que el maestro se durmiera. Y se ponía a imaginar lugares no descubiertos y seres que su palabra aún no podía nombrar.

4

Muchos días estuvieron sumergidos en la elaboración del portulano. El encargo provenía de círculos próximos al almirante De Coligny y tenía al cosmógrafo y a su ayudante en un estado de actividad permanente. Los mundos descubiertos debían dibujarse en la superficie de vitela. Para ello habían dedicado varias jornadas a estudiar los mapas de otros cosmógrafos. Atravesaron la ciudad, bordearon el río y se dirigieron a Arques, donde estaba el planisferio de Pierre Desceliers. Le Moyne quedó estupefacto ante la inmensidad del dibujo, que abarcaba una de las salas palaciegas. Es lo mejor que se ha hecho, dijo Tocsin con algo de admiración y envidia. Pero nuestro mapa lo superará. Será menos grandioso pero quizás más exacto, no tan abigarrado sino más sobrio, menos fantasioso y más acorde con lo que en realidad habitamos. Enseguida respiró con fatiga y se quedó mirando, a través de la ventana, el mar que se extendía en el horizonte. Aunque todo en este oficio es tentativo, agregó, acercamiento vacilante, rodeos de quien intenta llegar a una meta y jamás puede. Conque así es la Tierra, exclamó el joven por su lado, mientras arrojaba los ojos sobre las montañas, los ríos y los habitantes pintados por Desceliers. No se deje confundir, aclaró el maestro. Es muchísimo más grande y más inasible. Luego, en el taller, revisaron las planchas cartográficas de Guillaume Le Testu, el gran piloto de la mar poniente. Y más tarde las de Nicolas Vallard, cuyos viajes eran copiosos y sus datos bastante acertados en un campo donde todo tendía al equívoco. Entre tanto, el portulano de Tocsin fue avanzando. Le Moyne debía pulir lo que el viejo cosmógrafo no podía porque las manos le temblaban. Allí iban apareciendo la ancha cadera de mujer de África, el cuerpo de mono descolgado de Europa, la medialuna del norte de América, la monstruosa cabeza de pescado de Asia. Y, entre los continentes, ponían las naves que atravesaban los mares verdes y blancos, y los peces que salían de las simas abriendo sus fauces gigantescas.

Una noche, el aprendiz preguntó cómo debía dibujar a los habitantes de América. Píntelos iguales a nosotros, un poco más oscuros porque el sol en esas regiones es intenso. Hágalos desnudos o póngales algún trapo para que se sepa que son también vástagos de Adán. ¿Y los animales?, inquirió el aprendiz. Sitúe aquí algunos saurios, allá las palmípedas albas de los ríos, y en este lado el armadillo y el loro. Le Moyne obedeció y recordó, mientras iba dibujándolos, los dragones, las arpías, las sirenas que Desceliers había situado en esas mismas coordenadas de la Tierra.

5

La representación del mundo es el mejor preparativo para los desplazamientos, dijo Tocsin, y se quedó callado durante un rato. Le Moyne poseía suficiente intuición para saber que en esa mudez prolongada era donde se instalaban las frustraciones del maestro. Acaso la que no pronunciaba Tocsin era la que definía su condición paradójica: una mezcla de sedentarismo férreo y las nunca colmadas ansias de irse de la ciudad. Poder ver el mar desde las partes más elevadas de Diepa, y no ser capaz de atravesarlo en esas naves que parecían fortalezas flotantes difuminadas en el horizonte. Tocsin se había dedicado, desde su adolescencia, al estudio de la geografía y la astronomía. Durante años gastó su vista en el aprendizaje de las lenguas. En esta inmersión en el conocimiento dejó pasar el tiempo del amor, el tiempo de las aventuras y el tiempo de los proyectos familiares. Aprovechó la herencia de un tío que comerciaba telas y adquirió la casa que muy pronto transformó en taller. Su entorno se redujo, desde entonces, a la penumbra de habitaciones henchidas de libros y de animales disecados, de clepsidras, pergaminos y tapices adheridos a las paredes. A sus vocablos, poco a poco, los fue zarandeando un itinerario de mares y desiertos, de ríos y planicies. Y éstos, cuando los escuchaba Le Moyne, sonaban como parte de un sueño trazado con elucubraciones vacilantes. Tocsin solo conocía el mundo desde su recinto de Diepa. Pero esa pesquisa, proyectada desde lecturas abundantes y verificaciones del saber, no era igual a la que hacía quien estaba en continuo movimiento. Le Moyne se preguntaba, mientras Tocsin dormía el cansancio de las horas trabajadas, en qué se parecía el sistema montañoso diagramado por el cosmógrafo a los boquerones, a las hondonadas de las faldas, a los valles que surgían ante los ojos del viajero. ¿Eran parecidos los indios que habitaban América a los que un sabio como Tocsin suponía encerrado en su taller, y que colocaba desperdigados, con sus flechas, plumas y taparrabos, en las latitudes de un planisferio? ¿Hasta qué punto decían la verdad las cartas trazadas por hombres que lo saben todo y están quietos? Un día, asaltado por esas inquietudes, Le Moyne decidió mostrarle los dibujos que había hecho en las últimas semanas.

6

Afuera soplaban los vientos de noviembre. Tocsin se acomodó en la silla, al lado del hogar, se puso la zalea en los hombros y observó los papeles. Debajo de cada monstruo, Le Moyne había escrito su nombre y origen. El cosmógrafo sonreía y movía la cabeza, en un gesto que no se sabía si era de afirmación o de rechazo, cuando brotaban las criaturas raras descritas por Beda el Venerable, los casos estrambóticos de la naturaleza citados por Thomas de Cantimpré, y las otras formas vivientes, aún más impresionantes por la dimensión de sus deformaciones, narradas por el cronista de Núremberg. Tocsin veía las sirenas que había contemplado Cristóbal Colón en la isla de La Española. Las mujeres guerreras de las que hablaba André Thevet, tras haber viajado a la Francia antártica. Veía hombres con orejas de perro comiendo carne humana, acéfalos formidables metiéndose flechas en la garganta para vomitar, y peces que volaban y árboles andariegos. Tocsin hizo una pausa para decirse que no sabía muy bien si su discípulo había aprovechado el tiempo en las lecturas, o si ellas lo habían intoxicado irremediablemente. Después de las figuras, pasaron los paraísos terrenales, las fuentes de la juventud, los reinos dorados. Esos sitios, en los dibujos, estaban rodeados de montañas insalvables, de cauces incandescentes, de bosques imposibles de penetrar. Al finalizar la observación, el cosmógrafo preguntó a Le Moyne si creía en la existencia de esas pobres criaturas y esos parajes imposibles. Éste contestó con otra pregunta: ¿Cree usted, maestro, en lo que dicen Plinio el Viejo, Isidoro de Sevilla y Marco Polo? Tocsin respiró profundo para decir que le bastaba con creer en la curiosidad de ellos y en sus propósitos de conocer mejor a los hombres. Al joven lo desanimó la vaguedad de la respuesta. ¿Y todas esas comarcas descritas?, acometió un poco insolentemente. ¿Todo ese esplendor de las ciudades? ¿Y el torbellino humano que se desplaza en sus narraciones? Hay que creer, dijo Tocsin, en los alcances de la imaginación, pero no todo lo que viene de ella es cierto. Yo creo, concluyó, en el trasegar, porque sin él todo lo que hacemos nosotros desde el encierro es quebradizo. Nosotros somos, a la manera de Ícaros privilegiados, quienes miramos el mundo desde arriba. Somos los dioses videntes mientras ellos, los que viajan de verdad, son humanos cargados de prejuicios que intentan, muchas veces sin lograrlo, conocer ese complicado afuera. Le Moyne contó, entonces, su diálogo con Main, el ministro de Diepa. Él también ha visto los dibujos, y ha dicho que esos monstruos forman parte de la descendencia de Cam, el hijo maldecido por Noé. ¿Y sabe qué sentenció, maestro? Dijo que ellos existen para mostrarnos en lo que nosotros podemos convertirnos si dejamos de ser hermanos en Cristo. Tocsin suspiró con largueza. Comentó que la sentencia era excesiva por la amenaza que albergaba. Todas esas criaturas, replicó, no son más que el producto de mentes febriles. Son monstruos, respondió el joven, y el mundo está lleno de ellos. Monstruos humanizados, aclaró Tocsin. El joven tomó entonces sus dibujos y miró a la amazona. Miró su carcaj, la única teta, las nalgas macizas. Miró el río edénico que fluía a sus pies como un espejismo enigmático. Luego se miró las manos manchadas por las tintas y contestó que lo mejor era ver para creer. Tocsin aprobó con la cabeza y le dio un golpe afectuoso en uno de los hombros. Más tarde se levantaron para cenar. Mientras Le Moyne servía el vino y partía el pan, el cosmógrafo buscó la carta que había llegado de París.

7

Estaba firmada por René Laudonnière. Gentilhombre y marinero, era uno de los compañeros queridos de Tocsin. Habían crecido juntos en la época en que Diepa pasó de ser un pueblo sumergido en la calma de sus actividades pesqueras a una ciudad vibrante por el trajín de las expediciones marítimas. Siendo adolescentes, escucharon con curiosidad los viajes de los hermanos Verrazano al Nuevo Mundo, cuyos navíos salieron precisamente del puerto bajo las ordenanzas del rey François I. Celebraron exaltados las fiestas del armador Jean Ango, el comerciante opulento de la ciudad, dueñas de un bullicio sesgado de brujas, gnomos y duendes. Pero la gran sorpresa que propiciaban esas comparsas no eran los enmascarados que saltaban al ritmo de los tambores y las zanfonías, sino los nativos del Brasil. Entre melancólicos y desdeñosos, los indígenas irrumpían en las calles con la cabeza emplumada y los brazos cargados de reptiles, ramilletes de flores y aves gárrulas. Laudonnière, de una manera más firme que su amigo cosmógrafo, se había inclinado desde muy joven por las enseñanzas del nuevo cristianismo. Pero no era extremo en sus hábitos religiosos. El negro le parecía un color taciturno para sus vestidos, y le gustaba exhibir la elegancia de sus prendas adornadas con finos encajes, cintas y sombreros de penachos espléndidos. Con Tocsin acostumbraban recitar pasajes de libros queridos. Guardaban una preferencia especial por Virgilio y Ovidio, de quienes evocaban, en un latín asaz afrancesado, sus cantos a las delicias del amor y a las calmas gratas del terruño. Cuando el licor les acicalaba la sangre recitaban al unísono, entre risas y gestos de malicia, los versos de Beaulieu que festejan el culo fruncido y redondo de la mujer deseada. Pero era Ronsard quien los desvelaba en los efluvios de sus emociones. De él sabían todos sus versos de amor dedicados a Casandra. Y así ésta no estuviera desnuda y pronta a los embates del tálamo, era como si estuviera a punto de estarlo. La vez en que el eco de los eventos de la masacre de Wassy llegó a Diepa, conversaban sobre las virtudes de las tinturas rojas que las maderas del Brasil prodigaban a las telas. Las campanas de Saint-Jacques, tocando sin pausa, los lanzaron a la calle. Se había organizado, bajo una gritería indignada, una turbamulta que exigía el saqueo de la iglesia como represalia contra el bando católico. Los dos fueron escuchando, de boca en boca, los pormenores del agravio. Los hombres de François de Lorraine, duque de Guise, habían sorprendido a un grupo de hugonotes efectuando su credo en el seno de un poblado que les pertenecía. En un granero los reformados cometían un acto ilegal, pues un edicto les prohibía reunirse para celebrar sus ritos. Había entre ellos un maestro de escuela, varios comerciantes, carpinteros y zapateros con sus mujeres y sus hijos. Un pastor llamado Morel arengaba con certidumbre acalorada. Los soldados de Guise los asediaron. Hubo piedras e imprecaciones provenientes del granero. El duque mismo fue insultado y agredido. Entonces se produjo el ataque. Algunos hugonotes intentaron salir por la techumbre, pero fueron alcanzados por el fuego. Y alguien exclamaba, con los ojos coléricos, que entre los cincuenta masacrados había mujeres encintas y niños de pecho. Atribulada por el ansia de venganza, la gente se precipitó al atrio. Tocsin, que no gustaba de esos desarreglos súbitos y se intimidaba con las multitudes, volvió sobre sus pasos y se refugió en el taller. Laudonnière le dijo que él se quedaba para calmar los ánimos y no permitir el desafuero. Su amigo no insistió en traerlo consigo. Cuando giró, vio su sombrero emplumado volando por los aires. Las manos del gentilhombre se movían desesperadamente entre la trápala que, despotricando contra la inmundicia católica, tumbaba las puertas del templo.

8

El almirante Gaspard de Coligny, con la aprobación de Carlos IX, había escogido a René Laudonnière para capitanear una próxima expedición al Nuevo Mundo. Eran las Tierras Floridas, así las llamaban los españoles, el lugar designado. Todo estaba dispuesto para zarpar en la siguiente primavera, y eso decía la carta; lo invitaban, con el respeto y la admiración que merecía, a que se uniera a la empresa como cosmógrafo. Philippe Tocsin sintió un vacío en el estómago y la copa que tenía en una de sus manos cayó al piso. Sabía que fuera de esta, no habría una posibilidad mejor para dejar Diepa y ver con sus propios ojos la gran novedad de su tiempo. Laudonnière le comunicaba la intención de establecer, en territorio americano, una colonia de protestantes franceses. Era indispensable realizar un balance sobre la temperatura, la fertilidad, los ríos, las bahías y los habitantes de esas comarcas. Y quién mejor que una eminencia, como usted, cuyo reciente portulano es motivo de loa en todos los rincones del reino, para efectuar tales diligencias, decía la misiva. El ditirambo aumentó más el desasosiego de Tocsin. Le Moyne se acercó, recogió la copa y limpió el piso. Le preguntó si se sentía bien. Al maestro le arremetían, cada vez con más insistencia, desvanecimientos en los que el mundo perdía los contornos y tenía que apoyarse en las paredes o sentarse de inmediato. El rededor se cubría de pequeños destellos explosivos y había en su pulso una aceleración, luego una repentina fatiga y después una corriente de calor que le ascendía del pecho a la cabeza. Intentó levantarse para respirar mejor, pero tropezó con un libro y cayó de nuevo sobre la silla. Le Moyne, esta vez, le ayudó a levantarse. El maestro lo tomó con firmeza del brazo y, mirándolo, propuso que salieran a caminar. Obediente, el aprendiz alcanzó la capa y el bonete. Pasearon entonces por las callejas que, a esa hora de la tarde, estaban despojadas de viandantes. Se fueron aproximando al mar. El horizonte era una nube gris que tenía forma de navío. Mire, dijo Tocsin señalando con mano temblorosa, así debió ser el arca de Noé. Le Moyne sonrió con el símil e imaginó a todos los animales que podrían caber en ese cielo que, por la proa, iba deshaciéndose en irisaciones oscuras. Más tarde, y pese a que el viento soplaba con fuerza, se dirigieron al castillo, ubicado en lo alto del acantilado. Haciendo pausas para que la respiración de Tocsin encontrara un ritmo favorable, llegaron a un sitio desde el cual la visión del océano se hizo más expansiva. De pronto, Le Moyne se agachó y tomó una piedra para tirarla lejos. El maestro lo detuvo y le pidió que se la pasara. En el guijarro estaba plasmada una suerte de mapa. Era como si un dibujante se hubiera detenido sobre la superficie para hacer una representación de la Tierra. Los grandes continentes eran de un matiz amaranto, y el mar, azúleo. Se quedaron perplejos ante la maestría del anónimo trazado. El Creador, dijo el joven, realiza en su ocio, y acaso en el tiempo de un parpadeo, lo que nosotros logramos a lo largo de numerosas generaciones. Tocsin respiró una vez más como si quisiera tragarse el aire. Dijo, entre dos toses, que discrepaba de la observación. Esta piedra, explicó, es el producto de muchos pedazos de tiempo, inmensos y sin nombre. Aunque usted tiene razón, el dibujo parece realizado hace un instante. Es el fruto, en todo caso, de una voluntad cuyo nombre es el azar, o ese misterio jamás revelado que lo guía todo. Observe, y la piedra pasó a las manos de Le Moyne, es como si hubiera sido pintada por Mercator. Pero su autor es Dios, respondió el aprendiz. Somos diminutos ante circunstancias como estas, agregó. Como lo somos ante ese mar, dijo Tocsin, que cada día me ha invitado a cruzarlo sin que jamás me hubiera atrevido a hacerlo. Una gaviota sobrevoló el horizonte en el que el arca bíblica se había difuminado. El aprendiz preguntó si el maestro quería conservar la piedra. Guárdela para usted, respondió Tocsin, que sea como un amuleto de la buena suerte para sus próximos días en América. Le Moyne abrió los ojos sin comprender lo que escuchaba. Su mano permaneció abierta durante un momento y la piedra empezó a adquirir el valor de una reliquia mágica, hasta que el propio Tocsin se la cerró con determinación. Fue entonces cuando le habló de la expedición de Laudonnière.

9

Transcurría el mes de abril. En el puerto de El Havre una multitud estaba reunida para despedir los tres navíos. El día brotaba de un cielo centelleante. El viento que soplaba era fresco y sus ráfagas tan intempestivas que arribaban a los rostros como bofetadas frescas. Había finalizado la ceremonia religiosa para que la tripulación viajara bajo la protección del Señor. Soldados aventureros y nobles con ínfulas de vanagloria, artesanos y herreros, boticarios y carpinteros caminaban por entre el gentío. Había un médico, tres pastores de la nueva religión, un astrónomo y algunos panaderos. Varios hombres con sus mujeres y sus hijos esperaban el abordaje con expectativa. Entre las enseñas que planeaban, en el muelle y en los castilletes de los barcos, sobresalían las banderas blancas con las flores de lis azul que, de un tiempo para acá, venían nombrando las virtudes de los reformados de Francia. Las ancianas se aferraban a los brazos de quienes estarían lejos por un tiempo indeterminado. Era verdad que René Laudonnière había prometido un retorno para dentro de seis meses. Pero todos sabían que el viaje estaba plagado de peligros y siempre eran muchos los que salían y pocos los que regresaban. No solo estaban los mares con sus tormentas impredecibles, sino también lo que podía ocurrir con los salvajes en tierra firme y con la vileza de los españoles católicos. Se impartían bendiciones, se elevaban de nuevo las jaculatorias, otra vez se daban besos y abrazos. Quienes se quedaban lloraban y los que partían intentaban el consuelo con juramentos de futuros promisorios entre palabras entrecortadas. Le Moyne estaba solo. Les había dicho a los suyos que no valía la pena desplazarse al puerto y hacer arduo el adiós. También prometió que volvería. Dijo varias veces que la expedición iba a observar y él a dibujar y a hacer algunas anotaciones sobre el clima y la naturaleza. Explicó que no partían en son de guerra y ocultó cualquier pretensión conquistadora. Ysabeau, por su parte, había recibido con desagrado la nueva del viaje. En un momento en que la intimidad se fortalecía –ella había accedido a mostrarse ante él en ropajes livianos y se dejaba besar las mejillas con mayor regularidad–, la noticia la lanzó a una amargura que desembocó en comentarios ásperos. Cuando se dio cuenta de que no la llevaría consigo, Ysabeau previno al aventurero de lo que podría ocurrir. La ambición del oro haría sucumbir la pacífica exploración y la sangre terminaría regándose. Le Moyne, en medio de frases apresuradas, le prometió lo que jamás habría de cumplir: el regreso para efectuar el casamiento. Tocsin, en cambio, le había ayudado con entusiasmo paternal en la hechura de su equipaje. Frascos con tintas, plumas multicolores, numerosos pergaminos, cuadernos, un compás, una brújula y un astrolabio, una gramática latina con su diccionario y un tratado sobre la composición de los mapas. En el momento de la despedida, Tocsin le pidió a su discípulo que le trajera algunos atados de tabaco. Había aspirado esas hierbas una vez y aunque el amargor y el mareo fueron incómodos, le quedó un regusto por sus efectos arrebatados. Además, le recomendó hacerse con un mono o con un saurio para que acompañara al pajarraco que sonreía desde la elevación de las repisas. Y, con el último apretón de manos y los ojos llorosos, el maestro aconsejó a Le Moyne cuidarse de todo mal y peligro. Disgustado, pues esa había sido la orden de Laudonnière, el joven había traído consigo sus antiguas armas de guerra. Ahora que estaba en el muelle, la caja con sus pertenencias de pintor y cosmógrafo al lado de la bita, el arcabuz, la daga y la espada ornamentándole la vestimenta, el corazón le palpitaba poderosamente. Trataba de captar todos los olores, los colores, los sonidos de esa mañana única. Por fin había llegado la fecha. El sueño de ir a América empezaba a configurarse. Laudonnière lo saludó con una sonrisa jovial y lo presentó ante los oficiales que lo acompañaban. Los dos lugartenientes se llamaban Ottigny y Vasseur. D'Arlach era el alférez del navío principal. El sargento de banda iba como intérprete, conocía de letras y se llamaba La Caille. Todos se veían expertos en los quehaceres oceánicos. Él, en cambio, era un neófito que ocasionaría molestias cuando le sobrevinieran los primeros mareos. A Le Moyne le había gustado el barco en el que ahora quería subir. Era el más grande de los tres. Pesaba trescientas toneladas y su apariencia maciza disminuía las aprensiones ante cualquier tempestad. La nave se llamaba *Ysabeau*, como la muchacha de Diepa. Pero alguien, a última hora, lo envió al *Petit Breton*, la más pequeña de las embarcaciones.

10

Según los cálculos de Laudonnière, pronto estarían avistando las islas de las Antillas. El pintor se sentía como extraviado en medio de esas jornadas invadidas de agua. Había horas en que se quedaba mirando el firmamento sin nubes, y luego la infinidad líquida, y terminaba perdiendo la noción del arriba y del abajo. Creía que todo estaba forjado por una luz indefinible que cambiaba muy lentamente de tono con los días. Que las tres naves no eran más que una caprichosa proyección de su faz; y la tripulación, siluetas que podían desvanecerse en cualquier momento para fundirse sin dejar rastro en ese fulgor rotundo. Pero cuando el viento se daba a soplar con fuerza, pensaba que sería testigo por fin de una de las tormentas de las que su imaginación estaba prevenida. El viaje había iniciado mal para él. Con el movimiento empezó a desmayársele el corazón, a congestionársele la cabeza, a revolcársele el estómago y le sobrevinieron las arcadas. Le Moyne intentaba alcanzar las letrinas de proa pero el vómito surgía con imprudencia. Se tiraba al suelo y nadie ayudaba a tenerle la cabeza. Un corrillo de marineros se le carcajeaba en la cara y le espetaba que eso era poco y que el mar lo estaba probando. Progresivamente su cuerpo se adaptó y la travesía, a partir de cierto tramo, se hundió en una normalidad misteriosa. Todo estaba tranquilo en ese universo de agua. Le Moyne suponía que jamás llegarían a tierra y que, como un castigo, navegarían hasta el fin de los tiempos. Era cierto que, en algunas ocasiones, que tenían el encanto de romper esa inmersión en la perplejidad sin rumbo, el joven cartógrafo había presenciado el comercio de la carne entre algunos marineros. Esos placeres le parecían perversos, pero sentía más desamparo cuando, en los rincones de los camarotes, reconocía los espasmos de Onán. A veces, Laudonnière lo hacía llamar para solicitarle que lo pintara con sus trajes de colores vivos. Le Moyne lo hacía con gusto y recibía por ello un trato especial. El resultado eran pequeños dibujos que el capitán guardaba después de mirarlos con la fascinación del narciso. Una noche, el sonido del mar llegó a exasperar tanto al pintor que añoró el mareo de los primeros días. Era repetitivo, insistente, como la queja de un ser desmesurado. Y éste se le aparecía con diversos rostros. Ora tenía los rasgos desfigurados de sus padres, los de Philippe Tocsin, los de Ysabeau, los de los pobres gitanos que ayudó a enterrar en una fosa aquella tarde de abril. Ora parecía ser un pez de entrañas oscuras, la mirada de una criatura cuyos ojos se movían en su pecho de una sola mama. Le Moyne se sintió al borde de la impaciencia con esta irrupción de fantasmas. Se vistió y, sudoroso, salió al puente. Aspiró el sereno de la noche. El cielo estaba lleno de estrellas. El pintor jamás había visto un arriba tan saciado de luces. Respiró cansadamente ante ese espectáculo que desbarataba cualquier intento de reproducirlo. Pero, de pronto, el corazón le dio un vuelco. Un frío se le instaló en la sangre cuando auscultó el mar y se dio cuenta de que se había callado y sus aguas estaban quietas. Entonces fue cuando, en el castillo de proa, vio las sombras. Estaban acomodadas cerca del bauprés. Atisbaban algo en el horizonte. Como pensó que eran el piloto y su ayudante, se aproximó para buscar conversación y disipar la zozobra. Pero, de inmediato, supo que había más hombres. No lograba identificarlos. Se veían borrosos, ya que estaban embozados en capas o medio cubiertos por sombreros. Allá, en la lejanía, se levantaba una gran lengua de fuego, y le otorgaba al cielo una tonalidad amarilla. De la humareda fue desprendiéndose una figura que adquirió los contornos de una cruz gigantesca. Le Moyne se quedó mirándola. Así estuvo, perplejo, hasta que alguien le tocó el hombro. Era el grumete de turno encargado de darle la vuelta al reloj de arena. Le ofrecía un poco de vino y preguntaba por los días que faltaban para llegar a tierra firme.

11

Bordeaban la isla de la Dominica cuando divisaron a los indios. Eran dos y, desde el puente, los vieron aproximarse en una canoa repleta de piñas. Los otros se quedaron en la orilla haciendo voces que un viento fogoso despedazaba a intervalos. Uno de ellos se veía más excitado. Cuando constató quiénes tripulaban los barcos, se arrojó a las aguas con gesto espantado. Laudonnière los hizo detener y ordenó que fueran subidos a bordo. Un pedazo de tela les cubría las vergüenzas.

Manoteaban cuando hablaban. La voz del más temeroso era como un resoplido y un lamento, como una cantinela y un reproche. De tanto en tanto, se tiraba a los pies de los soldados. Después, anhelante, intentaba buscar las pasarelas del *Petit Breton* para lanzarse al mar. Para sosegarlo, Laudonnière, que tenía una cierta experiencia en el trato con los salvajes, le ofreció un pequeño puñal que el indio arrojó al piso. Era un hombre de edad irresoluta, con el cabello recogido en una espesa cola negra. Le Moyne lo escuchaba hablar su lengua incomprensible y se negaba a creer que esa criatura aterrada fuese el hombre de sus muchas suposiciones. El otro, más doncel y macizo, parecía indiferente a las exclamaciones de su compañero y ofrecía las piñas como si fuese un vendedor hostigante. Para comprobar su buena voluntad, y al ver que se miraba el fruto con reserva, el indio peló rápidamente la más vistosa y la mordió. Más tarde, mientras saboreaban la acidez dulce de los trópicos, supieron la causa de la desconfianza y el temor del otro. Es más, esto fue motivo para que las tres embarcaciones no atracaran en las costas que, a primera vista, se veían solitarias de españoles. Ellos, en realidad, tenían afincadas allí sus potestades. Laudonnière sabía que la orden de Felipe II era aniquilar la herejía hugonote en el Nuevo Mundo. Y era cierto que no había en todo el orbe un enemigo más radical de su credo. El indio fue capturado por una cuadrilla de castellanos tiempo atrás, y la impronta de la sevicia estaba en su cuerpo. Le Moyne observó, con una mezcla de compasión y asco, cómo el indio se quitaba el taparrabo y mostraba, entre un pubis sin vello, la cicatriz. Manoteaba al aire nuevamente y quizás contaba cómo había sido el despojo de sus testículos. Pero más allá del castigo y su manifestación, e impresionados por la voz chillona e incesante, no pudieron saber las causas de la castración.

12

Una madrugada de junio divisaron los primeros contornos de la tierra firme. El aire olía a un zumo pronto a la putrefacción. Parecía que alguien hubiera esparcido por todas partes esencias fermentadas. Soplaba una brisa fresca e intermitente que no dejaba intuir el agobiante calor de las próximas horas. Desde los barcos, en medio de la tripulación que esperaba, se veía el movimiento de los follajes estremecidos por el aliento salino. Desde algún rincón del cielo, como una herida lenta, surgía la luz que tenía más faz de noche que de aurora. Algo, más allá de las playas, se perfilaba a la manera de una invitación hambrienta de turbaciones. Laudonnière, trajeado para la ocasión con una hopalanda carmesí y un sombrero con plumas de oca, estaba emocionado. Pocos viajes como este tan ajeno a los trances siniestros. Por ello, cuando sintió que había pasado el impacto de la llegada y se dio cuenta de que los hombres estaban listos para escucharlo, se subió en un baúl y les habló de las tierras que iban a colonizar. Ellas serán el refugio que urgen los protestantes de Francia, dijo. Nuestra misión consiste en establecer los pilares de una primera comunidad de hombres que pueda vivir en paz y bajo los designios del Señor. Aquí las consignas serán la sensatez y el respeto. No habrá lugar para el engaño y la artimaña. Por ningún motivo, salvo si somos agredidos, les haremos la guerra a los indios. Somos franceses respetables, dignos súbditos del rey Carlos IX, admiramos las virtudes del almirante Gaspard de Coligny, seguimos las enseñanzas de Calvino, y no tenemos nada que ver con la crápula española, que ejerce la saña contra los nativos. Explicó que harían primero algunas jornadas de reconocimiento de los sitios que la pasada expedición, dirigida por su amigo Jean Ribault, había descubierto. Recorrerían las costas. Se adentrarían en las desembocaduras de algunos ríos. Precisó que esos ríos ya tenían nombre y se llamaban Mayo, Loira, Sena y Garona. Entre tanto, las relaciones con los indios serían cordiales, de tal modo que la construcción del fuerte no ocasionase problemas. Y después, cuando todo estuviese en orden, se organizarían las expediciones hacia el interior de las tierras. Él había escuchado en el viaje pasado, de boca de caciques, que a varias jornadas de las costas se levantaban unas montañas llamadas Apalaches y que allá moraban el oro y la plata. Todos aplaudieron y gritaron con entusiasmo cuando en la boca del capitán sonaron esas palabras. Le Moyne, apartado del tumulto, iluminado por velones, pintaba la escena. Laudonnière sobresalía entre sus hombres, el sombrero pintoresco y los brazos estirados como en una pose de arenga. Atrás estaba el castillete, más allá el palo de mesana con su verga y las velas abiertas. En las pausas que hacía, el pintor miraba las playas que, poco a poco, emergidas de la oscuridad, empezaban a mostrar su superficie blanca.

13

Le Moyne le pidió al capitán que lo dejara desembarcar de último, con las mujeres y los ancianos. Así pudo dibujar, desde la borda de estribor, el primer paisaje de América. Con la camisa abierta y el cabello revolcado, estuvo sumergido en el boceto. Ya tendría tiempo más tarde para utilizar los colores. Por ahora empleaba el grafito y hacía las siluetas de los bateles con sus tripulantes, las olas apacibles, las líneas que demarcaban la ensenada. Los hombres se habían acomodado en los botes y estaban contentos de poder pisar de nuevo tierra. Remaban sostenidamente y con el movimiento del cuerpo iban surgiendo, acompasadas y recias, las canciones y las bromas. Las primeras eran himnos religiosos que agradecían al Señor y prometían ventura. Las segundas tenían que ver con los sueños del poder y la gloria, pues casi toda esa humanidad provenía de raíces humildes. Laudonnière estaba parado en la proa. Con los brazos señalaba el lugar del desembarco. Le Moyne abría de tanto en tanto los ojos y pensaba en la luz, a pesar de que no paraba de dibujar. Esta le parecía una especie de alienación suprema. Nunca antes había visto tanta luz extendida en el cielo, en las aguas, en las copas de los árboles. Pensó que se enajenaría de encandilamiento si todos los días en la Nueva Francia fueran como el que empezaba hoy. Supuso que si él fuera Dios soplaría sobre esa llamarada sostenida que, tocando las cosas sin quemarlas, las hacía ver como estáticas en el momento de su creación. Pero se engañaba, porque la luz no se extendía sino que se concentraba en cada espacio que le ofrecían sus perfiles. Y su densidad era tal que parecía imposible que ella pudiera desaparecer ante la oscuridad de la noche. Le Moyne tenía la sensación de que, para poderla observar, necesitaba tener los ojos siempre abiertos. Lo agobiaba la certeza de que si los cerraba, así fuera para parpadear, algo fundamental del mundo que descubría se le escaparía irremediablemente. El grito de un soldado lo sacó de esas consideraciones ociosas. El pintor comprendió que debía descender. Le temblaban las piernas. Se sentía pesado cuando se acomodó en la barca. Hundió una mano en el agua. Estaba fría y caliente al mismo tiempo y no supo explicarse de dónde venían ambas sensaciones. Tampoco supo por qué, como una visión de ensueño, se le apareció la imagen del dragón alado. Pertenecía al portulano de Pierre Desceliers que había visto en las proximidades de Diepa. Estuvo un rato consternado con la imagen. Poco a poco, la criatura fabulosa se fue desvaneciendo. Entonces Le Moyne trató de conservar para sí, como si fuera el escudo protector en los días venideros, la levedad de su vuelo, el fulgor que despedían sus ojos, el rugido de sus enormes fauces.

14

Los dos barcos estaban detenidos. Las velas, perfectamente recogidas, dejaban ver con nitidez el diseño de las cuerdas. Se veían pequeños porque así lo exigía la perspectiva de la lejanía en el dibujo. El agua producía un efecto de encantamiento. El cielo tenía una coloración perla que lo hacía ver como una continuación alucinada del mar. En la orilla estaban los indios. Saludaban con efusión a Laudonnière y a sus hombres. Al lado de las dos pequeñas embarcaciones, que se aproximaban a la playa, los delfines saltaban alegres entre las olas. Al pisar tierra, el capitán elevó los ojos al cielo y pronunció una oración de gracias que fue interrumpida por la llegada de los nativos. Eran altos, corpulentos y tenían algo como un ungüento que les resplandecía en la piel. Sus largas cabelleras, recogidas hacia arriba, hacían torres en sus testas. Un taparrabo hecho de pieles les tapaba los órganos pudendos. Pero los glúteos y el origen de la ingle se veían con claridad. Sus arcos y carcajes estaban repletos de flechas. No había, sin embargo, ningún gesto de temeridad en sus rostros. Decían frases amistosas cuando el más alto de ellos se acercó a Laudonnière. Le ofreció una piel de ciervo y un canasto de vituallas frescas. Su saludo fue un alivio para los ojos de todos. Le Moyne se alejó del grupo para presenciar mejor el intercambio de palabras y señas. Pero hubo algo que lo atrapó e hizo que de nuevo se aproximara. Era el color que palpitaba en esos cuerpos.

15

Los primeros días se ocuparon en bordear la tierra firme. Registraron las desembocaduras de los ríos con sus afluentes copiosos. Mensuraron las bahías y encontraron aquella que les permitió construir un puerto de abordaje. Sopesaron el relieve, surcado de lagos espléndidos y bosques de cedros, para levantar el fuerte desde donde podría iniciarse la colonización. Y Le Moyne siempre iba con sus artefactos estableciendo datos para la elaboración de la carta geográfica de la Florida. En las visitas a las aldeas los recibían con festines. Les obsequiaban tejidos y canastas de frutas. A veces, entre estos presentes, se extraviaba algún collar de oro o de plata que punzaba la codicia de los visitantes. Éstos, a su vez, les daban a los indios brazaletes de fantasía, espejuelos redondos, pequeños estandartes con flores de lis. En medio de una vegetación de nogales, laureles y palmeras el calor era excesivo. El sol se prefiguraba desde el alba en medio de frescores leves e iba creciendo con ímpetu a lo largo de la mañana. Aunque, en las tardes, vientos fuertes se desprendían de un momento a otro y detenían cualquier marcha. Una multitud de palomas sobrevolaba los ramajes. Los ciervos pacían en los claros de los bosques y sus cornamentas, en algunos ejemplares adultos, eran una majestuosa ilusión enrevesada de palos. Había senderos cuidadosamente hechos con piedras que comunicaban las chozas familiares con arboledas laberínticas. Los franceses, llenos de entusiasmo, veían pequeños felinos, zorrillos, perdices en estos recorridos primeros. Y cuando navegaban de un islote a otro, grupos de caimanes chapoteaban en el agua o se paralizaban en el légamo bajo el implacable estallido del sol. En algún momento, uno de los reyes nativos, llamado Athore, los llevó a visitar la columna que dos años atrás había dejado la expedición de Jean Ribault. Allá fue Laudonnière con sus principales señores. Mientras se realizaba la observación del monumento, el capitán le pidió a Le Moyne reproducir la escena. El pintor logró una perspectiva que le permitía abarcar a todos los personajes en la lámina. Lo que se ve entonces es un pedazo de piedra marmórea coronado de guirnaldas. De ella están pegados los escudos con las heráldicas del almirante De Coligny. En el suelo, hecho de una grama apacible, se extienden cestas repletas de alimentos. Recipientes de barro y madera con los líquidos sagrados se acomodan organizadamente. Le Moyne, más tarde en su camarote, terminó la perfecta trama de la cabuya de las banastas y utilizó los colores más vivos —el rojo, el amarillo y el azul— para mostrar la prodigalidad de la tierra. Pero quien captura la atención de la escena es Athore.

Grande y musculoso, lleva un taparrabo de algodón celeste de cuyos bordes cuelga un visillo de semillas verdes. A un movimiento de su mano, los indios, en el fondo, comienzan sus cantos y genuflexiones. Laudonnière, vestido con sus prendas llamativas –el bonete de plumajes violáceos, el cuello hecho de una filigrana de seda donde hay florecillas tejidas por manos sabias de Nantes, las mangas y el calzón de satín, las calzas anudadas a la altura de las rodillas con pañuelos de un azul rutilante–, mira la ceremonia con aprobación. Detrás del capitán hay algunos militares con sus cascos de metal y los arcabuces recostados en los hombros. Uno de ellos posa la mano rosada sobre el puño de la espada. Los pies de los otros, en vez de pisar la tierra con firmeza, lo hacen como si fueran conscientes de formar parte más de una coreografía de danzas cortesanas que de una hazaña de conquista. Todos miran con gesto desdeñoso el coro que sigue saludando la grandeza de la Francia hugonote.

16

Los días se animaron durante la construcción del fuerte. Laudonnière, desde muy temprano, después del toque de trompeta, participaba en las labores con un arresto que provocaba el entusiasmo entre sus hombres. El lugar era estratégico. Su cercanía con la montaña, la presencia de praderas verdeantes, la amplia visión del mar, fueron argumentos suficientes para convencer a Laudonnière de radicarse allí. El sitio lindaba con una maraña de riachuelos que lo volvía aún más deleitoso. Saturiona, el rey principal de la zona, les ofreció la ayuda de su tribu. En un día levantaron una granja para albergar las municiones, cuyo techo lo formaban hojas de palma que los indígenas transportaron como si fueran hormigas laboriosas. El fuerte adquirió de entrada una forma triangular y Le Moyne le dedicó varios bocetos. Aquí dibujó a los hombres aserrando los cedros. Allá a los carpinteros claveteando los techos. Las mujeres, entre cantos que celebraban el emprendimiento de sus hombres, preparaban las comidas y los brebajes para las horas del descanso. Hacia el oeste, el lado que limitaba con la tierra firme, se elevó un parapeto de vigilancia y una puerta de evacuación que sirviera en los casos de ataque. Hacia el río Mayo, y en donde se amarraban las barcas, construyeron una empalizada de zarzos al modo en que se hacen los gaviones. Hacia el sur, Laudonnière ordenó levantar un segundo depósito de armas. Y en esa dirección ubicaron la entrada del fuerte. Era un arbotante de donde colgaron el escudo de armas del almirante De Coligny. Un poco más allá, en las afueras, para evitar que el fuego atentara contra las viviendas, se levantaron el horno y la fragua. Laudonnière, luego de terminar los dos graneros de las provisiones, ubicado uno en el norte y el otro cerca de los zarzos, ordenó la construcción de su vivienda. Espaciosa, rodeada de galerías por los extremos, la situó en el centro del fuerte. Con palas y picos los hombres alzaron un terreno que cumpliría funciones de plaza y de consistorio al aire libre para las arengas religiosas. Por último, cuatro cuerpos de guardia se ubicaron a los lados del arbotante y allí colocaron los cañones. Cuando acabaron la construcción, se hizo una ceremonia religiosa en la que el capitán ofreció gracias a Dios por permitir que ellos fueran los autores de una colonización única en el gran mundo descubierto. De Coligny, una vez más, fue recordado con gratitud, al igual que el rey Carlos IX.

En su honor, Laudonnière decidió llamar al fuerte Caroline. En la noche festejaron con músicas de pífano y laúd. Se doblaron, por supuesto, las raciones de vino y cerveza. A la casa del capitán, que estaba llena de velones y engalanada por la mano de su sirvienta, llegaron los hombres de confianza. Laudonnière los honró con una cena de pescados fritos en aceite de oliva y condimentados con un vino de Nantes. Le Moyne estaba entre los elegidos. En las pausas de una charla, que giraba en torno a la posición que debían mantener frente a los conflictos de Saturiona con reyes vecinos, el sargento La Caille se levantó y declamó unos de sus poemas preferidos. El auditorio fue emocionándose y aplaudió cuando la voz entonó: "Sé que pobres y ricos, sabios y locos, sacerdotes y laicos, nobles, villanos, generosos y avaros, pequeños y grandes, y hermosos y feos, damas con espléndidos cuellos, o de cualquier condición, dueñas de adornos y de anillos, Muerte atrapa sin excepción". Después, el pintor de Diepa, animado por su superior, mostró sus láminas de la construcción del fuerte. Todos aprobaron la manera en que se había dado vida a esos días agitados. Pero quien más lo celebraba, con miradas complacientes y sonrisas circunspectas, era la sirvienta. Le Moyne se quedó hasta bien entrada la noche y dejó que los otros se fueran. Mientras Laudonnière roncaba en su habitación el orgullo de la labor cumplida, salió con la mujer a recibir en la plaza el fresco de las brisas de julio. En realidad, desde hacía días se había instaurado entre ellos un diálogo de gestos furtivos y palabras galantes. El pintor, esa noche, terminó robándole un beso. Al despedirse, le dijo que celebraba el nombre del fuerte no por el vínculo con el rey, sino por llamarse como ella.

17

Laudonnière aceptó la petición. Le otorgó al pintor dos hombres para que lo acompañaran en sus incursiones a la aldea de Saturiona. Después, Le Moyne le dijo a su capitán que él podía bandearse solo, pues los indios recibían sin mayores inquietudes su presencia y, en cambio, se azaraban con la de los militares. Además éstos, en vez de estar tranquilos, se regodeaban demasiado con la desnudez de las pollas, así les decían a las nativas, y querían dar paseos imprudentes por los alrededores. Sin ellos, el pintor pudo concentrarse mejor en sus observaciones y trató de entender la novedad pictórica que se le develaba. El cuerpo para los indios, fue esta su primera conclusión, era como una gran tela que, a su vez, podía dividirse en diferentes espacios. No parecía ser lo mismo pintar sobre la espalda y el pecho, que hacerlo sobre los lóbulos de las orejas y las yemas de los dedos. Tal consideración fue volviéndose compleja en medio de una suerte de perplejidad sin pausa. Conque el cuerpo es para esto, pensaba el francés, mientras veía a un indio desnudo y tocado de líneas, círculos y rombos como un inmenso pavo real. Y existe para mostrarlo al modo de una obra itinerante. Había sentido curiosidad con las pieles que los indios obsequiaban cada vez que los europeos hacían sus viajes exploratorios. Eran tan atractivas en sus matices entreverados, y tantos los motivos ofrecidos, que Le Moyne quería poseerlas todas. Hacer una colección para llevarla a Diepa y poder regalarle, con el lagarto y las hojas de tabaco solicitadas, una de ellas al maestro Tocsin. Pero lo que sucedía con los tatuajes era distinto. El cuerpo se manifestaba como el lugar de todas las representaciones.

Viendo los dibujos, bajo la amplia sombra de los árboles, al lado de algún riacho del cual los indios se servían del agua para elaborar sus pigmentos, a Le Moyne le llegaba la conciencia de la naturaleza en que vivía bajo la forma precipitada de miles de trazos fulgurantes. Los opuestos parecían ansiar la fusión en esas figuraciones, que eran idénticas en ciertos cuerpos y diferentes en otros. La revelación y el secreto se acoplaban. El desbordamiento y la contención, el hermetismo y la transparencia. Circunstancias de muerte y nacimiento, de albor y oscuridad, de aislamiento y apertura se amalgamaban en la sucesión de los dibujos. Porque el pintor reconocía que había un deseo, por parte de criaturas perecederas, de alcanzar los dominios de una región ilimitada. La piel era un cuadro, único y cambiante, del cual se desprendía una lección que el aventurero de Diepa solo podía ubicar en la palabra belleza.

18

Uno de los indios se llamaba Kututuka. Para Le Moyne, ese nombre significaba el que pinta. Se comunicaban a través de los dibujos que hacían, de las señas trazadas en el aire por sus manos, de pedazos de palabras que se interrumpían con las risas del uno y del otro. Kututuka levantaba los hombros con indiferencia cuando se veía plasmado en el papel. Y no vacilaba cuando Le Moyne le pasaba los cuadernos para que sobre ellos reprodujera los motivos de su pintura. A partir de la algarada del indígena, que se carcajeaba por todo, y de los adormecimientos lánguidos del francés en los mediodías ardientes, se fue entablando entre los dos una simpatía sólida. En una ocasión, Le Moyne fue invitado a una excursión para buscar caracoles de los que se extraía una gama de negros profundos. Luego aprendió a preparar el aceite que actuaba como base para pintar sobre la piel y que, al mismo tiempo, servía para protegerse del asedio de los mosquitos. Pero antes fue testigo de la depilación a la que se sometían los nativos. Impertérritos, se ayudaban con las uñas o con valvas de ostras o con dientes de felinos que actuaban como cuchillas certeras. Se rasuraban todo el cuerpo, salvo la parte del cráneo de donde pendían sus largas colas, y tomaban para esta labor horas y horas. Otro día, Kututuka le enseñó a mezclar los pigmentos. Algunos provenían de escarabajos, otros de la grasa de tortugas marinas, unos más de hongos subrepticios. De las hojas, las raíces y las frutas procedían también algunas coloraciones. El agua, en pequeñas dosis, aumentaba o disminuía la rutilancia de las sustancias. A veces no era propiamente la del río la que exigían los códigos de la tribu, sino la otorgada por la saliva. A Le Moyne le parecían muy amargas tales mixturas que debía pasar por la boca para luego escupirlas sobre un recipiente. Pero si ese era el camino para obtener la intensidad o la claridad de los matices, estaba dispuesto a hacerlo las veces que fuera necesario.

19

A pesar de su interés creciente por los indígenas, Le Moyne no olvidaba a Caroline. A veces salían del fuerte para pasearse por las colinas próximas. Les gustaba ver el mar que, en esas tardes tórridas, tenía el color del jade. Aprovechaban para gozar de esa especie de libertad que consiste en mirar las aguas y no pensar en nada creyendo que se está pensando en todo. ¿Cuándo en su país, atravesado por las guerras religiosas, podrían otorgarse esas larguezas?, inquiría Caroline envuelta en una felicidad contagiosa. En algún momento se tiraban en la grama, en donde retozaban en medio de los besos. El pintor, al principio, quiso prevenirla a propósito de la muchacha que se había quedado en Diepa. Pero Caroline, ante esas nostalgias de fidelidad, se reía con malicia. Quién dijo que me quiero comprometer con un pobre pintor, le decía. Le Moyne la amenazaba y apretaba con los dedos el gatillo de un invisible mosquete. Durante esas salidas, la criada de Laudonnière gozaba del horizonte diamantino y disfrutaba del sol y del agua de las quebradas. Como buena cocinera, preparaba unos bizcochos de trigo y con un aceite de ajos aderezaba la perdiz que su compañero cazaba en las vísperas. La primera vez que se adentraron en las arboledas, el pintor se sorprendió de la espontaneidad de la mujer. Sin mayores preámbulos, y cuando se sintieron solos, Caroline se desnudó y buscó las aguas. Parecía una ninfa. El pintor recordó aquella mujer antigua que salía del mar y se sostenía sobre una concha flotante. Pero Caroline, a diferencia de la diosa antigua, era pletórica de nalgas y sus senos, aunque pequeños, se veían pulposos y tenía una madeja de cabello negro que le llegaba hasta la cintura. Le Moyne, en vez de admirarle el pubis oscurecido, la previno de los fisgones nativos y de los guardias del fuerte. Le gritó que entre los indios se creía en un hombre caimán que perseguía a las féminas para comérselas. Caroline se le rió con atrevimiento y le dijo, amenazante, que si no se bañaba con ella, rogaría para que ese saurio se lo tragara a él en un santiamén. En uno de esos paseos, mientras la mujer cogía bayas para darle a una ardilla, el hombre se acostó en uno de los claros y se embelesó con las nubes. Poco antes, Caroline le había contado que su padre y su hermano mayor, reformados convencidos, participaron en el sitio de Orléans donde triunfaron las tropas del almirante Gaspard de Coligny. El pintor, sin embargo, se fue desprendiendo de esos combates. Hundió los ojos entre las formas despedazadas del cielo, y se encontró de pronto conversando con Tocsin en el taller de Diepa. Los pies sumergidos en las tibias aguas vegetales y sin poder detener el temblor de las manos, el maestro hablaba de una carta posible en la que se ilustrara el paso de lo transitorio. Una carta que se refiriera al movimiento de las nubes, a la caída de las nevadas y al vaivén de las tormentas. Mientras usted viaja por esas tierras incógnitas, joven Jacques, me lanzaré, como si ello fuera mi último deber, a levantar una carta en la que lo importante sea la fijación de lo efímero. Porque es esperable que, luego de representar los continentes y las islas, las serranías y las lagunas, aspecto que nos entromete en la realidad, pasemos al dominio de lo improbable. Si lo hicieron los antiguos egipcios con sus mapas del más allá que introducían en las tumbas de los suyos, por qué no hacerlo nosotros. Me dedicaré a observar los cielos, a medir las lluvias, a calcular la dirección de los vientos, y con estos datos iniciaré el diseño de la carta. Le Moyne lo miró y le dijo que, a ese paso, maestro, usted me propondrá algún día que fije una cartografía de los sueños. Pues no seríamos los primeros en hacerlo, replicó Tocsin. Además de esos sabios de Egipto, sé de unos hombres que, hace muchos siglos, lo intentaron sirviéndose de la ubicación de las estrellas en el firmamento. Incluso poseo el testimonio de un navegante que me habló de una región en donde los mapas elaborados, hoy derruidos, tenían el mismo tamaño de las regiones que reproducían. El viajero juraba haber recorrido parajes que daban la impresión de ser pedazos de ese mapa inmenso. Le Moyne se preguntaba, suspendido en ese diálogo radiante entre cielo y mar, con Caroline llamándolo para que viera los ojos vivaces de la ardilla, si todo esto que vivía no era más que un trozo de esa carta desgarrada por una entidad poderosa. Le llegaban las palabras de Tocsin que decían, no olvide, en todo caso, que al levantar mapas construimos metáforas, retazos de discursos de algo que intenta sobrevivir en medio del tiempo que es inasible. Hacemos mapas con círculos, con cuadrados, con líneas y puntos, pero la verdad es que estamos describiendo relaciones de poder, divisiones jerárquicas, ambiciones sociales y sueños. Sobre todo sueños que se difuminan en el espacio de la imaginación como lo hace el polen en el aire de las fecundaciones. Iba a levantarse para atender los llamados persistentes de Caroline, cuando recordó el pedrusco. Tocsin se lo había dado en Diepa. Lo buscó en su bolsillo. Frente a la luz, quiso desentrañar sus líneas. Pero estas estaban desvaídas en la superficie de la piedra.

20

La política de Laudonnière era clara: construir una alianza con todas las tribus circundantes, a pesar de que entre ellas se presentaran trifulcas permanentes. Garantizar una red de pacificación con el diálogo, basada en intercambios de víveres americanos por fruslerías europeas. Consolidar el fuerte y luego proceder a la conquista de las tierras interiores. El *Caroline* se debía convertir en refugio y en lugar de defensa y ataque. El principal objetivo de su misión, siempre lo recordaba a sus hombres, era favorecer el porvenir de los protestantes franceses en estos confines del mundo. La sed de riqueza debía controlarse, mantenerse como una alternativa, pero su consecución por el momento era secundaria. Estas consignas las obedecían cabalmente los militares superiores, pero entre la mayoría de los soldados se acataban a tropiezos. Las excursiones que hacían Ottigny y Vasseur, los hombres de mayor confianza del capitán, buscaban granjearse el apoyo de los indios para enfrentar una posible llegada de los españoles que tenían sus bastiones en Cuba y Nueva España. Y gozaban el afianzamiento de estas alianzas, cuando sucedió la explosión en las proximidades del fuerte. El sonido produjo algo como un despertar en casi todos sus habitantes. En la imaginación de Laudonnière se presentó un numeroso contingente católico dispuesto al ataque. Las mujeres y los más ancianos entraron, despavoridos, a sus casas de madera. Los guardias tomaron sus puestos de atalaya y los cañones se prepararon de inmediato. Le Moyne andaba por los alrededores del fuerte en procura de unas semillas de donde se extraía un matiz ambarino, cuando se produjo la detonación. No tardaron en saber, pues los indígenas levantaban los brazos hacia arriba, que un rayo había provocado el incendio. Encaramados en los zarzos, Laudonnière y los suyos se dejaron envolver por una silenciosa expectativa ante la visión del fuego. Escuchaban un ruido de vientos huracanados sacudir el bosque. Los árboles, después de ser sometidos a una furia de sables rojizos, caían como grandes criaturas heridas. A cada rato, del fragor generalizado surgían gritos de los animales atrapados en las llamas. Pero la voz de alarma de Caroline les sacudió el ensimismamiento. Entonces se aprovisionaron de baldes, ollas y cazuelas y salieron a apaciguar las flamas. Los indios desde hacía rato, y en hileras, apresuraban el transporte del agua. El sargento La Caille presenciaba, al lado de Le Moyne y Kututuka, cómo el incendio asumía los rasgos de un inmenso torbellino. El sargento, hipnotizado, iba al encuentro de Dante para matizar la emoción: "La arena se encendía como yesca con eslabón, doblando el gran dolor". Y aseguraba, con los ojos enrojecidos, que los mejores elementos para definir el infierno los otorgaban la tierra y sus habitantes perecederos.

21

Demoraron tres días en apagar las llamas. Cuando vieron que los últimos rescoldos eran humos menguados, las gentes del fuerte y los indios se dieron al descanso. Había quedado un rastro agobiante de pájaros chamuscados, de ciervos y zorros que poseían las facciones de desesperadas raíces pétreas. Por fortuna, el fuego no tocó toda la extensión de las praderas cercanas al fuerte porque estaban inundadas de riachuelos. Los pastores elevaron una acción de gracias y pidieron al Señor que los mantuviera al abrigo de esta naturaleza que, después de ser amable, se tornaba iracunda. Y es que en esos lugares floridos los vientos cálidos y quietos se volvían arrebatados y levantaban los techos de las casas y los puestos de vigilancia. Ni siquiera se presentaba la oportunidad para predecir el alocamiento de la atmósfera. Se daban cuenta, en un abrir y cerrar de ojos, de que los signos del orden y el equilibrio humanos eran poca cosa ante la llegada de los vendavales. Los nativos, en cambio, parecían conocer el pulso de aquellos

seres que tomaban la forma de altos embudos embravecidos y
lo absorbían todo en un instante, porque siempre se mantenían
alejados de su paso. Los días siguientes a la caída del rayo
fueron estremecidos por crepúsculos espléndidos y el calor
se hizo más insoportable por la humedad que cargaba. Los
mosquitos arreciaron tanto que la gente del *Caroline* aceptó
echarse en el cuerpo el aceite que utilizaban los indígenas.
Era imposible, sin embargo, conciliar el sueño ante esa
boca vehemente que les lanzaba su aliento sin compasión.
Durante el día parecían embobados y caminaban de un lado
a otro echándose manotazos de agua en la cara. Una noche
los guardias sintieron que el río Mayo regurgitaba rumores
de hervidero. Al otro día las aguas amanecieron inundadas
de peces y aves muertos. Los pastores recordaron los días
antiguos de castigo divino en que los cauces expelían las
pestes que se transmitían a los hombres. Pero Laudonnière,
comprendiendo que los acontecimientos se debían en parte a
los ritmos aún desconocidos de la nueva naturaleza, ordenó
recoger los animales. Llenaron más de cien carretadas, y
aunque no había aún vapores de podre en los cuerpos esca-
mosos, nadie se arriesgó a consumirlos. Entonces el aire se
cargó de bochorno. Uno tras otro, los europeos comenzaron
a debilitarse. Nicolas Barré, un antiguo sobreviviente de la
expedición a tierras del Brasil comandada por Villegagnon,
levantó los hombros y dijo que no había motivo para romperse
la cabeza. Era la llegada de las fiebres. Ante ellas, concluyó,
hay que resistir y tomar los brebajes de los salvajes.

22

Entre tanto, y pasada la primera parte de su aprendizaje, Le Moyne empezó a entender el significado de los colores. En la paleta indígena, el rojo era el color protagonista. Se destinaba a los párpados, coronaba la nariz, ampliaba la frente, volvía más dedálicas las orejas y más provocativos los labios. Se amalgamaba a las pieles de los indios, que eran amarillentas o cetrinas. El rojo parecía ser el matiz de la seducción y la protección, de la rabia, la pasión amorosa y el prestigio. Estaba ligado a la vida y a la muerte. Pero así avanzara en el conocimiento de estas significaciones, el pintor intuía que lo esencial de los tatuajes permanecía muy lejos de su comprensión. Algunos dibujos, por ejemplo, tenían que ver con el duelo cuando alguien moría. Este duelo, no obstante, estaba tan estratificado que se volvía confuso a sus ojos. El dolor ante la ausencia de un ser querido no era el mismo entre los apenados y los dibujos se referían a esta tristeza complejamente fragmentada. La mujer y los hijos del muerto se pintaban de negro desde los pies hasta la cabeza; los padres solo las piernas; los hermanos, los brazos. Luego venía una dosificación del luto que alcanzaba límites de pequeñez insospechada. Había algunos asistentes al rito que tenían pintados unos círculos casi invisibles en las sienes. Otros diseños, por lo demás, favorecían el paso de una edad a otra. A las púberes les pintaban tres lunas o tres estrellas en el rostro. Una en la frente y otra en cada mejilla. Por la nariz bajaban, en tonalidades blancas, hileras de puntos que se detenían, y el efecto que producían era el de la apacibilidad, en el cuenco que hacía el labio inferior con la cumbamba. El motivo del semblante continuaba en los brazos y en los pechos aún tiernos. De tal modo que esta irradiación de astros blancos decía que el inicio o despertar de los humores de las hembras poseía una jubilosa resonancia cósmica. Pero había otros cuerpos que parecían estar suspendidos en todas las edades o en una más que en otra. Como si quisieran afirmar que el humano, en cualquier período de su vida, era una fugitiva condensación de tiempos diferentes. Le Moyne se conformaba con un razonamiento fácil al decirse que aquel viejo se volvía niño, o ese joven se precipitaba a la vejez, a través de los colores, por razones de nostalgia o de ensoñación. Si el corte de los cabellos marcaba para la justicia europea la degradación y la infamia, los indios se comportaban frente a la libertad y la esclavitud también pictóricamente. Se dibujaban pétalos o semillas en el mentón y las orejas, o los brazos y el pecho, para señalar a los hombres libres, mientras que los esclavos estaban signados con huesos sobre la frente y las mejillas. Para Le Moyne era motivo de sorpresa constatar que por el simple hecho de estar invadidos de soles, y no por razones directamente fisiológicas, los nativos se alebrestaban y se disponían mejor a las arremetidas del deseo. Había otros que, finalmente, se enajenaban en el color y se embadurnaban el cuerpo, desde el pelo hasta las uñas de los pies, con una sustancia que los hacía nebulosos. Esos eran tipos de existencia marginal que, debido al mismo ímpetu de sus matices, se volvían después pábulo de admiración para el resto de la tribu. Pues los hombres y mujeres que un día antes parecían ser parte del trajinar cotidiano de la comunidad, se hundían en una demencia temida y admirada por los otros al ser invadidos por esa coloración sombría.

23

Le Moyne pensaba, cada vez que observaba a los indios, si en esa desnudez había algo que tuviera que ver con la inferioridad, la bajeza y la bestialidad. La Caille hablaba de primeros hombres, se remitía a la Edad de Oro de Hesíodo, pensaba en Adanes y Evas primordiales. En sus aseveraciones letradas siempre surgía una balanza en donde el vicio y el pecado combatían con la virtud y la inocencia. Otras opiniones eran proclives a una conmiseración candorosa, y ahí estaba la de Laudonnière; otras, a la aberración corregible, y aquí aparecían los pastores que en sus prédicas proponían una necesaria evangelización a partir del canto de los salmos. Le Moyne, en la medida en que asistía a la factura de las pinturas corporales, iba desprendiéndose de estos prejuicios. No podía haber bajeza en hombres que desconocían la relatividad de ese concepto. Tampoco era apropiado apoyarse en el vínculo con las bestias porque los indios justamente se depilaban el cuerpo y se pintaban, entre otras cosas, para diferenciarse de los animales. ¿Qué bestia era capaz de tomar con las patas una raíz humedecida y hacer con su pigmento un diseño en el lomo de uno de sus congéneres? Y la inferioridad empezó a tambalearse cuando el pintor supo que la mixtura que los indios usaban para ennegrecerse la dentadura los protegía eficazmente, mientras que las bocas europeas eran una sucesión de alientos podridos que culminaba en la visión de mohínes ahuecados. Pero su argumento más decisivo para eliminar esa idea de inferioridad, que planeaba por casi todos los discursos de los hombres doctos y vulgares, era de tipo artístico. Lo que realizaban los indios, en horas de un ocio feliz, con sustancias que extraían de árboles, pedruscos y animales, era el resultado de una red de significaciones intrincadas que él intentaba comprender. Cuando Le Moyne se asomaba a esos puntos negros trazados encima de los labios, a la multitud de insectos amarillos que ascendían por las piernas, a las flores púrpuras que abrían sus corolas en los abdómenes, sentía que su emoción era de una índole parecida a aquella que lo embargaba cuando veía los muros de las catedrales atiborrados con las escenas del Génesis.

24

La desnudez, en tanto sea más cabal, decía el pastor L'Habit, define con mayor fuerza el grado de barbarie de estas pobres criaturas. Pero ¿usted de veras cree que están desnudos?, volvía a preguntar Le Moyne. El pastor lo miraba, arqueaba las cejas y daba un paso en la plaza del fuerte para afirmar. El pintor, ofreciéndole su respeto de antemano, lanzaba la réplica que dejaba confuso al religioso. Esta se refería a una sutil y a la vez embrollada relación de atavíos. A un intercambio más o menos enigmático de trazos que actuaban como prendas simbólicas. Cada vez que uno se enfrentaba a los indios, asistía, en realidad, a una forma de diálogo entre ellos y el mundo exterior, entre ellos y sus núcleos tribales, entre ellos y sus maneras de considerar a los otros miembros de la tribu. Y como los nativos de la Florida desconocían el papel y desdeñaban las piedras aunque no del todo las pieles y los tejidos para expresarse, Le Moyne tomaba las pinturas corporales como una especie de escritura meticulosa. La Caille, por su parte, cuando escuchaba las elucubraciones del pintor, parecía pensar que el otro decía cosas muy sonoras pero poco coherentes. El sargento no discernía bien cuál era la pretensión de esos dibujos. Le Moyne tampoco, por supuesto, pero al menos se planteaba posibles explicaciones. Una de ellas consistía en que, en la pintura que se hacían en el cuerpo, los indígenas encontraban el camino más eficaz para desprenderse del tiempo o acaso para llegar a uno de sus secretos más profundos. Era como un pasatiempo en el que participaban todos los integrantes de la tribu con el fin de justificarse y a la vez negarse ante la existencia, ante ellos mismos y ante sus antepasados. Frente a un mundo poblado de dioses y a la vez de nada... Y aquí era cuando Le Moyne buscaba a sus interlocutores para contarles el mito creador de los timucuas que había tratado de entender. Pero se daba cuenta, descorazonado, de que La Caille y L'Habit retomaban sus ocupaciones. El sargento, la escritura de un extenso poema llamado "La floridiana"; y el pastor, su lectura de los Evangelios.

25

El lugarteniente Ottigny y el señor D'Arlach fueron enviados a los dominios del rey Utina. Más de veinte soldados los acompañaron. Con ellos fue también Le Moyne. El propósito de la expedición era consolidar la amistad con el monarca para resolver los albures que pudieran presentarse en el viaje proyectado a los Apalaches. Laudonnière empleaba así una táctica resbaladiza para la tranquilidad del fuerte. Le exigió a Saturiona entregarle varios hombres que sus tropas habían hecho prisioneros en un combate pasado contra

Utina. Saturiona dijo que esas no eran maneras propias de una alianza, pero Laudonnière insistió amenazante y el rey entregó los prisioneros. Jacques Le Moyne partió envuelto en sensaciones encontradas. Por un lado, le atraía el contacto con la nueva tribu, aunque casi todos los indios de la Florida que había visto presentaban similitudes. Sus lenguajes eran parecidos y sus trajes y comidas variaban en detalles nimios. En el fondo, era ostensible que esos pueblos habían brotado de un mismo manantial. Pero, por otra parte, consciente de la maniobra de Laudonnière, comprendía que la aventura podía convertirse en tragedia. Además, él no había venido a América para ultimar indígenas, y ni siquiera le daba vuelta a la idea de radicarse en estas tierras como una especie de hugonote magnánimo. Con todo, eso le había aclarado Laudonnière, él tenía un compromiso con la corona y esas jornadas tierra adentro procuraban una serie de datos plausibles para su oficio y benéficos para la expedición. Navegaron entonces río arriba, hacia el sur, hasta llegar a un sitio llamado Mayarca. Allí fueron bien recibidos por los aliados del rey Utina. Continuaron por un cauce amplio de aguas calmas. A lado y lado lo rodeaban vegetaciones apretadas desde las cuales, a veces, se asomaban troncos trajeados de un musgo rutilante. Las aguas, en ciertos recodos, formaban bancos de arena que se veían en la distancia como si estuvieran coronados por guirnaldas móviles. Los franceses suponían que eran flores; pero, al acercarse, veían miles de escarabajos que revoloteaban formando un torbellino. El calor aplastaba las ropas de los soldados y mientras navegaban Ottigny permitió que se descubrieran el pecho. Pasaron una noche al borde del río, pero no pudieron dormir por el escándalo de las alimañas. Una aurora rojiza surgió más allá de la trabazón de los follajes y les levantó el ánimo. Hacia el mediodía, los rehenes que llevaban empezaron a dar voces y a manotear un aire atravesado de loros bullosos. En ambas orillas los hombres de Utina los esperaban. El rey apareció, alto y engalanado de plumas, y les dio la bienvenida. Agradeció a Ottigny la entrega de los prisioneros y los dispuso de inmediato para el combate, pues, en el momento de la llegada de los europeos, el soberano estaba preparando un ataque a Potavu, su enemigo ancestral de las vecindades. Después de regodearse con los visitantes y de ofrecerles una comida de bocados frugales, Utina les pidió apoyo. Ottigny se negó al comienzo, pero posteriores diálogos con D'Arlach lo hicieron aceptar. Le Moyne, por su parte, se entusiasmó al ver el ejército de los indígenas. El rey era quien más lo atraía. Había una aglomeración sorprendente de dibujos en su cuerpo. Una multitud de líneas que, en piernas y brazos, abdomen y pecho, formaban diseños embrollados. Utina no solo no paraba de dar voces fieras, entornar los ojos como un poseso, golpear al aire con las manos, sino que los rojos concentrados en la piel acrecentaban su excitación. Los soldados estaban envueltos en una energía magnífica. A cada oración de su jefe, gritaban las mismas consignas y blandían los garrotes, las lanzas y los arcos. Se pasaban una vasija que bebían con decisión y cuyo líquido los mantendría despiertos y agitados, sin necesidad de alimentarse, durante los próximos días. Utina era como Saturiona; menos elevado, pero se vestía de manera casi igual. La sola diferencia estribaba en que éste tenía colgada del pecho una lámina grande de oro con un manojo de plumas pegado en su centro. Tal distintivo, pensaba Le Moyne, lo haría sin duda más temerario en los momentos previos a la batalla. Los combatientes tenían las mismas ornamentaciones que su rey. Unos largos pendientes de piedras multicolores les exageraban las orejas. Y sucedía igual con el pigmento que se habían echado sobre los labios. Era de un azul espeso y brillante.

De repente se hizo un gran silencio. Utina recogió agua de una marmita en las manos. Las elevó hacia el cielo y pidió al sol la victoria. Con un movimiento rápido lanzó al aire el líquido que cayó sobre sus soldados y dijo con voz potente que esto que acababa de hacer, lo haría con la sangre de Potavu. Enseguida tomó más agua y la arrojó al fuego. Y agregó que de modo similar apagaría la vida de los enemigos. Ottigny y sus hombres escucharon con beneplácito la traducción de estas alocuciones y, siguiendo a los indios, le dieron la espalda al río para adentrarse en la espesura. El primer día la ruta se hizo sin mayores contratiempos, aunque el ritmo de los pasos de los indios era tan veloz que Le Moyne se mantuvo siempre retrasado. La segunda jornada fue ardua por la presencia de pantanos y arbustos espinosos. Los franceses aceptaron con alivio, durante este trayecto, ser transportados en los hombros de los nativos. Pero el calor aumentó el tercer día y el pintor creyó desfallecer. Por fortuna, estaban ya en las fronteras de los predios de Potavu. El ejército se detuvo y Utina convocó a uno de sus magos. Era un hombre que, eso se decían los indios a modo de murmullo, tenía ciento veinte años. Su piel era arrugada. Lentos y temblorosos fueron sus pasos al principio, pero se tornó vigoroso al saberse centro de la atención. Tocado de un color verde y trajeado para la batalla, saludó a su monarca. Luego se dirigió a Ottigny y éste comprendió que le pedía su escudo. El lugarteniente, incómodo, vio cómo el mago casi se lo arrebataba y, después de escupirlo, se paró encima de él y empezó a gesticular en medio de un pánico incontrolable. Lo que aconsejaban los espíritus protectores, según el anciano, era posponer el ataque porque Potavu gozaba de ventajas por la cantidad de sus hombres. Ottigny, enfadado por el agravio, cansado de recorrer esas tierras inhóspitas, le dijo a Utina que si no atacaban, ellos partirían y no volverían a apoyarlo. El rey miró a su ejército, que ansiaba el combate. Miró al mago, que se adormecía en su añejez y parecía ser distinto del hombre que hacía poco había brincado y predicho lo peor para su gente. Y, enfrentando con arrojo la mirada del francés, dijo que atacarían.

26

Le Moyne se alejó de los combatientes. La delimitación del espacio en el que debía transcurrir la batalla no ofreció dificultades para el acabado de la lámina. Por fortuna, los indígenas, para matarse entre sí, acudían generalmente a praderas y a valles limítrofes a los ríos en donde había visibilidad. Al fondo, las nubes son cirros, y un poco más acá hay un grupo de cúmulos enlazados a la manera de un brazalete. El blanco, debajo de ellos, delinea el horizonte donde quizás esté el mar. Una sucesión de colinas, no peladas pero carentes de bosques, manifiesta un relieve domesticado por la mirada de Le Moyne. Y es que, en realidad, no hay nada de bárbaro en esta estampa de las guerras americanas. Los hombres de Utina están a la izquierda de la visión del pintor. El amontonamiento de los cuerpos posee un candor y una espontaneidad que recuerda las multitudes de las celebraciones religiosas pintadas por los maestros italianos de antaño. En el centro del grupo está el rey que sostiene su lanza y la dirige hacia el bando de la derecha. Los arcos están pintados de rojo. Los taparrabos van del índigo al negro y del naranja al amarillo. Tres soldados hugonotes, puestos en la mitad de la batalla, ocupan el primer plano. Atrás, disparando sus arcabuces, hay otros tres. Contrastan sus vestuarios –jubones de cuero atravesado con damascos dorados, greguescos que van hasta las rodillas y medias que se hunden en los botines– con la desnudez de los indios. Ottigny, con el escudo y la espada, y un guerrero de Potavu que levanta el garrote lleno de púas, ganan la atención. Le Moyne ha desplegado su talento en la factura de estas dos figuras. Ottigny se protege con el escudo y afianza las piernas en el piso. Tiene las barbas rojizas, una nariz aguilucha, el ojo atento que busca el descuido del atacante. El indio, con una cola de zorro azabache saliéndole del trasero y dos sonajas blancas coronándole las rodillas, quiere descargar el golpe. Pero detrás de Ottigny, D'Arlach se apoya sobre un montículo y dispara su arma. Los indios van cayendo uno tras otro ante la acción del fuego. En sus rostros se manifiesta la perplejidad de una muerte sorpresiva pero implacable. Es fácil suponer, por lo demás, que las escuadras indígenas se movilizan rítmicamente. Sus guías, los hombres de mayor contextura, con sus gritos dicen cuándo se deben lanzar las flechas y en qué momento los provistos de garrotes han de adelantarse para diezmar al enemigo. Como Le Moyne estaba rodeado por unos arbustos de los cuales se desprendían varias flores, decidió ponerlas como antesala al espectáculo del combate. Junto a esas flores, un indio cae con la frente destrozada por la pólvora en la lámina.

27

Aunque lo peor, dijo Le Moyne, sobrevino cuando los hombres de Utina se supieron victoriosos. Caroline frunció el ceño sin comprender, y el pintor siguió el recuento de la aventura. Primero invadieron el caserío de Potavu y mataron a los hombres que se habían escondido allí. A las mujeres y a los niños los tomaron como prisioneros. Y en medio del llanto y las risas, empezó el descuartizamiento. Me acerqué para observar lo que hacían los hombres de Utina con sus enemigos. Los que aún vivían eran rematados con los mazos. Luego afeitaban los cuerpos. Eran meticulosos cuando les quitaban la cabellera con unas cañas tan afiladas como nuestras mejores dagas. Los cadáveres, rapados, asumían aires de grandeza. Y no te estoy hablando de honorabilidad, Caroline, sino que, tirados en el suelo, se veían enormes. Los cráneos a veces destilaban hilos de sangre. Cuando esto sucedía, el resto del grupo reprobaba la torpeza de quien rasuraba. Hacían unas pausas hilarantes para expresar su descontento. Las cabelleras cortadas, en forma de trenzas gruesas, las ponían a un lado. Entre tanto, había otros que se dedicaban a mutilar los cuerpos. Seccionaban las piernas a punta de garrotazos a la altura de los muslos o de las ingles. Los brazos eran cercenados desde los hombros. Para entonces no podía haber entre ellos más reserva hacia la sangre, porque ésta se desbordaba escandalosamente por el verde de la yerba. Algunos se untaban con ella en varias partes del cuerpo y vociferaban con entusiasmo. Después cavaban unos hoyos y hacían fogatas en las que ahumaban las cabelleras, endurecían las membranas de las partes tajadas y secaban los huesos triturados por los golpes. Con cabelleras, piernas y brazos guindados de sus lanzas, los vencedores emprendían el regreso embriagados de orgullo. Pero lo que más me sigue asombrando, dijo el pintor, es lo último que hicieron antes de abandonar el sitio de combate. Rodeado por una tropa protectora, uno de ellos tomaba una flecha y se la metía por el culo al adversario. Emergía del muerto un pedo que hacía exclamar de satisfacción al grupo. El trozo de cuerpo se vaciaba de sus inmundicias y era arrojado en cualquier dirección. En este momento Caroline, asqueada, se negó a ver los dibujos que Le Moyne quería pasarle. Hay unos más amables, explicó éste, que muestran los cuidados de los heridos. Pero era inútil insistir porque Caroline, ocupada en preparar unos bizcochuelos para Laudonnière, comentaba que si por las tierras de allá llovía, en las de acá no cesaba de tronar.

28

El primero en sublevarse fue La Roquette. Amaneció un día con la certeza de que era un prestidigitador. Y su voz se inflamó tanto que convenció a varios compañeros de escuadra de que lo era. La Roquette, originario de Perigord, antes de embarcarse a América se la había pasado entre Ruán y Diepa haciendo trabajos transitorios que iban de las labores campesinas hasta los trucos con cartas en las tascas de los pueblos. Su habla era prolífica pero vacua y estaba llena de sentencias que él juraba haber aprendido de un manuscrito de Michel de Nostradamus. Como varios de sus compañeros, no podía sacarse la idea de que su regreso a Francia tendría que forjarse con un patrimonio que garantizara el futuro de una vida poblada de carencias. La Roquette juró esa mañana que había soñado con una mina de oro. Que esta, en el sueño se lo enunció una voz nítida proveniente del cielo, se hallaba río arriba en un lugar donde, talladas sobre unas palmeras, había tres letras *y*. Les prometió diez mil escudos a cada uno sin tocar, por supuesto, los quinientos mil destinados a Carlos IX. Entre los convencidos había uno llamado Genre. Atacado de calvicie y ventrudo, dueño de una avidez atribulada, Genre cultivaba una tirria hacia Laudonnière. Como el capitán no le permitió el regreso a Francia cuando el *Ysabeau* recibió órdenes de llevar información al almirante De Coligny sobre los descubrimientos de la expedición, Genre había lanzado una campaña de descrédito hacia su superior. El capitán, en vez de patrocinar la búsqueda del oro, los mantenía encerrados en el fuerte, obligándolos a realizar trabajos infructuosos. Mientras los trataba miserablemente, y había que ver las raciones de comida recibidas, favorecía con un tratamiento único a ese pintor gandul que se la pasaba entre los indios haciendo dibujos memos y holgando en los bosques con una sirvienta que era más furcia que otra cosa. La cuestión no podía ser más simple, le dijo Genre a La Roquette: si Laudonnière no los dejaba ir en busca de la mina había que eliminarlo y poner a alguien en su lugar con agallas y más acorde con sus empeños. Un grupo de soldados, finalmente, se insubordinó y exigió permiso para ir tras el oro. El capitán les dijo que el fuerte no estaba protegido. En cualquier momento los indios, desconfiados y traicioneros en el fondo, podían atacarlos, advirtió. Les recordó, además, que lo de ellos era flagrante desobediencia al rey. Él los había contratado no para hacer lo que los designios de un pitoniso desquiciado les aconsejara,

60

sino para obedecer a su jerarca. Con este argumento logró contenerlos. Pero un par de días después, Laudonnière cayó enfermo. Los sediciosos aprovecharon la situación. Genre tomó el mando del motín por unos días y La Roquette se fue a buscar el oro por la geografía de su alucinación. Cuando regresó, tenía las manos vacías y estaba devastado por la fiebre. Mientras tanto, Genre había intentado liquidar a Laudonnière. Pero en ese proceso de intenciones fallidas tropezó con la fidelidad y obediencia por parte de la gente del fuerte hacia el capitán. Trató de sobornar, con promesas de un terreno que decía tener en las afueras de La Rochela, a diferentes personas cercanas a Laudonnière. Primero fue el boticario que trataba con pócimas sus decaimientos frecuentes. Genre le solicitó una dosis de arsénico o de sublimado corrosivo para poner en el remedio que cada noche el enfermo debía tomar. Ante la negativa del médico, le presentó la propuesta a uno de los polvoreros. Esta vez el plan consistía en un barril explosivo que debía situarse bajo el catre de Laudonnière. El polvorero se negó tajantemente. Pero Genre obtuvo los ingredientes para hacer el barril y, luego de varios intentos, lo ubicó en su sitio. Al otro día, Caroline, que hacía el aseo de la habitación del capitán, descubrió el plan y el barril se retiró a tiempo. Laudonnière, indignado, aprovechó entonces la llegada de Ottigny y sus hombres de las tierras de Utina. Hizo un esfuerzo supremo y convocó a la población del fuerte. A duras penas podía tenerse en pie y padecía de fiebre. Denunció, con voz resquebrajada, los excesos de Genre. Señaló hacia una de las casas en donde La Roquette, postrado, seguía desvariando sobre la mina jamás hallada. Recordó, y a su lado puso como testigo a Nicolas Barré, el desastre de la expedición de Villegagnon en la bahía de Guanabara, cuando una serie de rencillas internas frustró los deseos de los franceses de colonizar el Brasil y dijo que eso era algo que él, como jefe de esta nueva aventura, no podía repetir. Villegagnon era ambicioso y su credo religioso confuso, recalcó. En el fondo lo que movía su espíritu tiránico era un catolicismo tosco y su conversión al protestantismo había sido falaz. Por estos motivos la expedición había terminado envuelta en ejecuciones vergonzosas. Laudonnière dejó en claro que a él, a diferencia de Villegagnon, lo guiaba la honestidad en sus principios y la inteligencia de sus decisiones. Nunca, por ejemplo, se pondría a discutir con los pastores si era pertinente reemplazar el vino y el pan sin levadura de las celebraciones religiosas con habas y la bebida de maíz fermentado que realizaban los timucuas. A Laudonnière eso le parecía adventicio y él creía, obedeciendo así los postulados de Calvino, que ni en esos productos de la tierra americana, ni en los de Europa, estaba concentrada la esencia de Jesucristo. Precisó, además, que si el ejemplo de Genre –que había terminado por huir a la selva el día anterior cuando supo del regreso de Ottigny– y el de La Roquette eran seguidos, acudiría a castigos severos.

29

Pero la ambición enraizó de nuevo entre los soldados. Transcurrían los últimos días de octubre. La disminución en las raciones era preocupante. Laudonnière aumentó las negociaciones con las tribus vecinas para aprovisionarse de alimentos. Saturiona, ofendido por la alianza de los franceses con su enemigo Utina, había reducido la entrega de los granos. Era cierto que esta precariedad podía agudizarse en los meses invernales, pero Laudonnière confiaba en que el auxilio de Francia llegaría pronto. Inquiría con obsesión a los centinelas si se veían velas en el horizonte. Cuando se paseaba por las orillas cercanas al fuerte, les pedía a los hombres de su guardia que subieran a los árboles para que divisaran las lejanías. El descontento se fue extendiendo progresivamente en un grupo de soldados. Ansiosos por la perspectiva de permanecer varados en un fuerte que parecía estar en medio de ninguna parte, convencidos de que su permanencia terminaría dependiendo del capricho de los nativos, y empujados por la ambición de enriquecerse, la llama del inconformismo se avivó y no hubo forma de apagarla. Esta vez quien comandó la revuelta fue Etienne, el ginebrino. Era un gañán de casi dos metros de altura. Tenía tapado uno de los ojos con un pedazo de cuero y el otro miraba con desprecio detrás de un enredajo de pestañas. Hablaba un francés incomprensible, surcado de giros alemanes e ingleses. Cuando irrumpió con su rebeldía se hizo un nudo en las barbas ralas, atizó su única mirada con una convicción de profeta y dijo que era asunto de imbéciles pasarse la vida en América cortando árboles, aserrando maderos y concluyendo un fuerte que nunca se terminaba del todo. Aplastantes eran esas labores cuando no muy lejos estaban Cuba y Nueva España. La riqueza no podía estar más cerca, vociferaba, mientras lo que había en la Florida eran unos salvajes que daban, por espejuelos y collares, un maíz insípido y plumas sin ningún valor. Muy pronto, un centenar de hombres se le unieron y Etienne exigió que les dieran un informe preciso sobre la reserva de los alimentos. Laudonnière, aún enfermo, prometió víveres por cuatro meses más, pero se negó a darles el mando de la embarcación exigida. Les dijo que su misión, y esa había sido la orden dada por Carlos IX, no debía entrometerse en tierras españolas. Ir a buscar oro y plata en los dominios de Felipe II significaba atraer el peligro. Como el capitán insistía en llamarlos al orden, el ginebrino explotó en furia. Arrojando escupitajos, mandó a sus hombres a adueñarse de las armas. Tomaron prisionero a Laudonnière y lo encerraron en uno de los graneros del fuerte. Nadie pudo detenerlos. Ottigny y Vasseur quisieron reaccionar pero el temor a provocar una posible matazón entre los suyos los mantuvo impávidos. Elevando las espadas y disparando al aire algunos de sus arcabuces, Etienne llevó sus hombres al *Faucon* y se lanzaron al mar. Desde la proa se despidieron con frases y carcajadas soeces. Entre ellos iban La Roquette y Genre. Ambos se sentían liberados y abrían los brazos a un horizonte azul que los recibía con vientos generosos. Desde lo alto del fuerte, La Caille vio cómo la nave tomaba el rumbo de las Antillas. Buscó en su memoria el pasaje de un poema que hablaba de anclas levantadas y de naves que jamás volvían, pero algo lo enmudeció. Cuando sus ojos ya no vieron ninguna embarcación, concluyó que esa bazofia humana no tardaría en regresar.

30

El primer efecto que produjo la partida de los rebeldes fue el respiro del alivio. Las faenas fueron tomando un ritmo favorable. Los carpinteros reanudaron el trabajo con las maderas. Los soldados ajustaron mejor las techumbres que los vientos desbarataban con frecuencia. Otros más repararon las barcas y el *Petit Breton* quedó listo para un posible regreso. Laudonnière recuperó sus antiguos arrestos y se dedicó a programar una serie de trueques con los indios, pues de ellos dependía la estabilidad de las despensas. Además, temiendo que Saturiona acudiera a una represalia por la alianza que había establecido con Utina, el capitán insistió en que el fuerte estuviera más vigilado. A veces se daba a suponer que era posible que Etienne y los revoltosos cayeran en manos de los españoles y una sórdida angustia le atenazaba el pecho. Laudonnière buscaba al pintor para olvidarse de sus agobios y le preguntaba sobre las incursiones que realizaba en los terrenos de las tribus vecinas. Para nadie en el fuerte era un secreto que Le Moyne era quien mejor se relacionaba con el mundo de los salvajes. Él aprovechaba la curiosidad del capitán para expresar sus opiniones sobre las pinturas corporales. Ojalá pudiera tener ojos suficientes, decía, para mirar los dibujos que los timucuas se hacen en el cuerpo. La proliferación es, por decirlo de algún modo, su razón de ser. No me cabe duda de que si de imaginación se tratara, en el mundo de las representaciones pictóricas ellos nos llevan ventaja. Si me dieran a escoger cuál es más inquietante, si un muro catedralicio o un gobelino alegórico de esos que adornan nuestras paredes palaciegas, y estos cuerpos plenos de signos impenetrables, señalaría a los indios. Le Moyne explicaba que a ellos no les gustaba ser reproducidos en el papel porque les parecía un elemento sin importancia. Aunque no tienen problema en pintar en mis papeles lo que hacen en la cara y el cuerpo de sus congéneres. El capitán observaba entonces los cuadernos del pintor. Estaban atiborrados de diseños geométricos donde la espiral, el círculo, el cuadrado se abrazaban incesantemente.

El resultado era una serie de motivos que se repetían aquí y allá sin conformar jamás un dibujo parecido a otro. Pero ¿por qué, preguntaba Laudonnière, se meten tanto en tales ocios y parecen olvidarse del verdadero mundo y sus ocupaciones? Le Moyne, en efecto, le había explicado que los indios cuando se dedicaban a tatuarse caían en el centro de una feliz alienación. Se separaban de tal manera de sus compromisos cotidianos que entraban en una actividad que, a pesar de su misterio, los ponía de frente ante el sentido primero y último de su vida. Quizás lo hacen para olvidarse de sus guerras y tribulaciones, eso considera Caroline y puede que esté en lo cierto. Pero L'Habit cree que esos dibujos denotan la capacidad que tienen los salvajes de engañarse a sí mismos y de engañar los efectos catastróficos de la naturaleza. Engaño que, por supuesto, los hace más distantes de los caminos de nuestra religión. Si es así, decía el capitán, merecen entonces nuestra conmiseración. Ahora bien, lo interrumpía Le Moyne, mi opinión es que la pintura en ellos es una actividad celebratoria. Pero ¿qué celebran? Me aventuro a pensar que se pintan a todo momento para festejar el hecho de que en medio de una naturaleza poblada de ciclos aniquiladores, ellos son los elegidos, los diferentes, el punto de apoyo en medio de una existencia que apunta siempre al caos y al abismo. En una palabra, son los verdaderamente civilizados.

31

Aprovechando la calma instaurada en el fuerte, el pintor se sumergió de nuevo entre los indios. Esta vez trató de resolver un asunto que le preocupaba. Había notado la presencia de hombres que ejercían faenas femeninas y que, en ciertos momentos, se comportaban como verdaderas mujeres. No era que estuvieran ocultos, como si su condición denotara una causa de vergüenza grupal. Al contrario, eran ubicuos, y en todas partes asumían un papel especial. Solo tenían prohibido participar directamente en las guerras. Allí se les aceptaba como cargadores de los alimentos y en calidad de enfermeros. Terminados los combates, los hermafroditas, así los llamaron los franceses cuando La Caille, al verlos por primera vez, evocó una versión apócrifa que hablaba de un primer Adán provisto de ambos sexos, acudían con sus yerbas y plantas, sus maderos y lazos, para aliviar las dolencias de los heridos. Al verlos actuar al final de la batalla entre Utina y Potavu, Le Moyne concluyó que su comportamiento era un alto ejemplo de solidaridad. Serviciales y desplegando una gran sabiduría médica, cargaron a los heridos sobre la espalda, o en parihuelas que ellos mismos diseñaban, por un trayecto extenso y acribillado de marismas. Había visto a los hermafroditas en los caseríos visitados, y terminó pensando, pese a las visiones negativas de sus compañeros, que eran fundamentales para el ritmo de la tribu. Su rol los hacía deslizarse, sin que hubiese culpa o pudor en ello, de un sexo a otro. Eran mujeres por las faenas que ejecutaban, todas asociadas a la siembra, la cosecha y al buen mantenimiento de los hogares. Pero eran hombres, y acaso más fuertes que los guerreros, cuando transportaban los grandes pesos y se ocupaban de las tareas más rudas. Le Moyne los había pintado varias veces. Usaban cabelleras largas que, a diferencia de las mujeres, no lavaban en los ríos y, en cambio, untaban con una esencia vegetal que les invadía también los hombros y las espaldas. Pero, como los demás miembros de su comunidad, se bañaban todos los días, y sus cuerpos se veían limpios y vigorosos. A Caroline le gustaba bromear diciendo que le parecían los indígenas más bellos de entre todos. Es una verdadera lástima, agregaba, que incurran en el pecado nefasto. Pareces una católica española, replicaba el pintor que no veía lástima ni falta alguna en esos hábitos. Los hermafroditas portaban un taparrabo verde claro, igual al que llevaban las mujeres, y sus cabellos crespos y ensopados estaban tocados por una cinta amarilla y roja que los distinguía. Sus labores las ejecutaban como si obedecieran un mandato ancestral. De ahí que el pintor pensara que era un despropósito tildarlos de pecadores sin redención. A esta interpretación se acogía el pastor L'Habit, quien exigía para después una labor educativa basada en la enseñanza del francés y en las virtudes de la fe de la nueva religión. Nada de bautismos, alegaba el pastor, ni de signos de la cruz impuestos sobre ellos. Nada de rituales de caracteres mágicos. Solo la práctica de una fe sensata, a través de salmos cantados, puede salvarlos. ¿Qué otro paisaje los acercaría más al Paraíso que esta realidad en donde los salmos resuenen bajo las sombras de un bosque poblado de pájaros e irrigado por los rayos del sol? La Caille, a su vez, los miraba con interés letrado. Se ponía a discurrir, en las noches y al calor de unos vinos, con Le Moyne a propósito de un libro apócrifo, en la tradición de la *Utopía* de Tomás Moro, que situaba la felicidad de los hombres en una comunidad de hermafroditas del Nuevo Mundo. La historia se refería a criaturas bárbaras, ubicadas en las zonas más australes del continente, ajenas a cualquier educación magnánima, que vivían plenas al saber que el goce del sexo y el de la continuación de la especie eran circunstancias que solo dependían de ellos mismos. El pintor se sonreía ante el desbordamiento de su amigo que, echándose un largo trago, continuaba. Los habitantes de esos parajes fríos se protegen con telas burdas y deben hacer esfuerzos supremos para la consecución de los alimentos. Esa es la única dificultad que sortean. Porque en sus corazones no existe la melancolía, ni en sus memorias dolo por la distancia del amor, ni en sus inclinaciones anhelos de exterminar a los otros. Imagínese, apreciado Jacques, un pueblo en el que las guerras y los ciclos de la dominación femenina o masculina ya han sido superados. Piense en una región poblada de seres humanos conscientes de poseer la dicha que consiste en ser padre y madre de sí mismos. Con el eco de ese relato extravagante, Le Moyne, ayudado por su compañero Kututuka, intentaba develar el sentido de la palabra hermafrodita en la anatomía de los indios. ¿Poseían de veras los dos sexos?, se preguntaba. ¿Podían sentirse, en el caso de que los tuvieran, más felices que los otros integrantes de la tribu? Y si ello fuera así, ¿se trataría entonces de una esclavitud ficticia, ya que los mismos esclavos eran profundamente felices en medio del sometimiento y la bajeza? En caso, por supuesto, de que la felicidad fuese un asunto que residiera en la autosatisfacción sexual. Pero por más que observaba la intimidad de esos personajes –y si había algo más secreto que la intimidad de un indígena era la intimidad de un indígena hermafrodita–, Le Moyne concluía que esos seres corpulentos eran sencillamente machos afeminados. Y a pesar de que se entusiasmara con la eventualidad de toparse con que uno de esos sirvientes tuviese debajo de la verga y los testículos una hendija propia para recibir los embates masculinos, solo hallaba una realidad más de dominación. Esta vez un poco perversa, producida a lo largo de las generaciones humanas, para apabullar irremediablemente la diferencia sexual.

32

Cada día el deseo brotaba con mayor fuerza en Le Moyne. Se le presentaba como un acto que poseía significados esenciales. El primero era que, efectuándolo, demostraba el interés suscitado por el indio. Ese paradigma de la humanidad que no demoraría en desaparecer de la tierra ante el encuentro con los conquistadores europeos. El segundo tenía que ver con un acto que no sugería desobediencia social, sino más bien una muestra extrema de libre albedrío. Por supuesto, esta decisión no se la dijo a nadie. Ni siquiera a Caroline, con quien hablaba más de la cuenta sobre sus inmersiones en la vida indígena. Hasta ella lo habría calificado de excéntrico y lo habría mirado como se mira al bufón contrahecho en las cortes o al que escupe fuego en las ferias ambulantes. Si esta aspiración, por otro lado, se la participara a su capitán o a sus compañeros, ellos se le reirían en la cara, o se comportarían como se hace frente a lo que es monstruoso. Hasta, probablemente, lo expulsarían del fuerte porque un gesto así denotaba un riesgo para su estabilidad moral. Dejarse pintar el cuerpo por los indios, pensaba Le Moyne, significaba demostrar que, de algún modo, se había dado un paso arriesgado, cuando de lo que se trataba, y en eso consistía toda campaña colonizadora, era que esas criaturas tomaran el verdadero camino del bien y de la razón. Aunque al principio el pintor francés se mofaba de sí mismo cuando se imaginaba desnudo pero trajeado de laberintos y estrellas, de árboles y animales, fue diciéndose que todo viaje para que fuera memorable debía ser la vivencia plena de una aventura. Una aventura que no debía pasar como un viento suave o un delicado rayo de sol que cayera sobre la piel, sino como un remezón que arrojara el cuerpo brutalmente hacia lo nuevo. Sí, él, Jacques Le Moyne, oriundo de Diepa, pintor de vocación y discípulo de Philippe Tocsin en las artes de la cosmografía, volvería a Europa. Porque él era de allá y jamás podría ser cabalmente un indígena. Pero volvería con una huella, no solo estampada en sus recuerdos, sino signada en el cuerpo.

33

Laudonnière lo dejó ir tras los indios que, durante esos meses de invierno, abandonaban las bahías y las ensenadas para tomar el rumbo de las tierras internas. Ellos construían unas aldeas temporales conformadas por cabañas elevadas sobre palafitos. Se dedicaban a vivir apaciblemente esos meses que marcaban una tregua en las discordias prolongadas durante el resto del año. Le Moyne participaba en cada jornada cotidiana, sin descuidar sus relaciones con Kututuka y las indias que asumían la práctica de las pinturas corporales. Iba un día tras el grupo que capturaba con palos afilados los grandes caimanes. Otras veces se escondía en los arbustos y observaba cómo los indios, disfrazados de ciervos, se acercaban a los remansos donde bebían los ciervos verdaderos. La repartición de los canastos colmados de verduras y frutas, de pescados y reptiles, impedía cualquier atisbo de hambre, y a los ojos del pintor esta actividad le recordaba la igualitaria distribución de los panes y los peces hecha por Jesús y los apóstoles. Pero estos nativos del Nuevo Mundo no se veían carentes de espíritu, ni lloraban, ni eran perseguidos, ni tenían hambre y sed de justicia. De todos los hombres, parecían los menos indicados para recibir la sabiduría del Señor. Vivían mansamente y eran limpios de corazón y pacíficos durante esos meses. Su misión en el mundo consistía en velar por la comodidad, una comodidad austera pero suficiente, del grupo. Esa tarea la ejecutaban sin mácula. Los hermafroditas eran quienes cargaban los canastos sobre la espalda y desmembraban con pericia los saurios capturados. Durante este tiempo algunos caían enfermos, pero eran curados mediante procesos particulares. Parecía que no hubiera médicos designados, sino que cada indígena encarnaba con sus conocimientos a un eficaz Esculapio. Acostaban al enfermo sobre una estera y le abrían un hueco en la frente con una caña. Uno de ellos se inclinaba y succionaba la frente. Luego escupía la sangre en un vaso de tierra del cual venían a beber las madres que daban pecho. A otros enfermos se les insuflaba tabaco en la nariz a través de unos pitillos de madera y el polvo de las yerbas les limpiaba las congestiones para hacerlos vomitar después. Le Moyne trazaba bocetos de estas escenas. A las indias las pintaba primorosas de nalgas, de senos altos, redondos y pequeños, y con un vientre que recordaba el de las vírgenes mediterráneas. El taparrabo dejaba ver un entramado de muslos sugestivos y las cabelleras las lucían onduladas y negras y desparramadas por la espalda como pieles de animales fastuosos. Pero las mujeres y los hombres eran como una misma criatura para la mirada del pintor. No había mayor diferencia entre ellos. Los hombres, con sus peinados en forma de embudo, remaban siempre igual en las barcas llenas de peces. Solo adquirían en los cuadernos de Le Moyne algún rasgo diferenciador cuando se les pintaba de cerca, en esos momentos en que las familias iban a los lagos para bañarse o comer bocados que se preparaban. La madre se sumergía en agua fresca y cargaba en uno de sus brazos la canasta de los víveres, mientras que con el otro se ocupaba del más pequeño de sus niños, encaramado en el hombro. Otro mamaba uno de sus pezones y otro más se colgaba a sus espaldas. Como una madona piadosa, ornada de pendientes rojos, miraba a su hombre. Y éste, parecido al Adán de Miguel Ángel, desnudo del todo, pasaba la mano bajo el agua para buscar uno de los muslos de su hembra. El arco y las flechas eran protegidos de las aguas y cargados con la otra mano encima de la cabeza. Aunque parecía imposible que cualquier circunstancia pudiera rasgar la armonía de estas escenas domésticas, los timucuas siempre estaban pensando en la irrupción repentina de la catástrofe.

34

Kututuka asintió con la cabeza y lanzó una carcajada cuando Le Moyne le propuso que se pintaran mutuamente. Tomaron juntos el casiné y se llenaron de fuerzas para la labor. No iban a la guerra, ya que el amargo zumo estaba destinado para fortalecer en los combates, pero urgían de una prolongada concentración y no era fácil lo que iban a emprender. El pintor se acomodó bajo unas enramadas. Fue extraño verse frente al cuerpo desnudo del indígena. Inmóvil y mirando hacia el cielo, Kututuka dejó que los pinceles le fueran acariciando el cuerpo. Al principio se rio por las cosquillas que le prodigaban las cerdas. Pero se calmó cuando vio la atención que el otro ponía en su labor. Le Moyne hizo un compendio de su imaginación. Estableció un puente que unía, a su modo, la reluciente vigilia americana con los viejos sueños europeos. En la frente dibujó una rosa de los vientos semejante a las que le enseñó a dilucidar su maestro Tocsin. Pintó cruces, anclas, blasones entrelazados en los carrillos en los que sobresalían el trébol, el diamante, la pica y el corazón. Las orejas fueron invadidas por banderas que, oscilantes, se confundían en el cuello con figuras de velas desplegadas. El mentón de Kututuka devino el angosto territorio donde tres flores de lis formaban un triángulo. Y esto dio pie para que sobre la clavícula y los hombros se hicieran las otras flores. Rosas, tulipanes, girasoles tejieron una red meticulosa que se extendió por el pecho. Luego fueron las frutas –uvas, manzanas, granadillas– que se descolgaban por los brazos. Unas hojas de acanto se desprendían de tallos ondeantes que recordaban el primer árbol y la primera sierpe. Y solo fue que se configuraran los ramajes alrededor del ombligo del indio para que Le Moyne se dejara llevar por una impetuosa hiedra vegetal. Entonces los colores alcanzaron los dominios de la espalda. Pero cuando aparecieron los órganos genitales, hubo una vacilación. Por pudor, el francés pasó sobre ellos y no rozó ni el escroto ni el prepucio. Dibujó, en cambio, partiendo del pubis hasta bordear el ombligo, la cara de un dragón con las fauces abiertas vomitando fuego. Las nalgas las cubrió de diseños espirales que había visto dibujados en los pisos de ciertas catedrales. Finalmente, con el esmero de un orfebre, hizo alas de golondrinas azules y negras en las piernas y los pies. Fue esta última parte la que más entusiasmó, arrancando exclamaciones alegres, a quienes vieron a Kututuka pasearse por los senderos de la aldea. Luego fue el turno del indígena. Le Moyne pidió que le dejaran indemne la cabellera, solicitud que fue aceptada. Además, había decidido ponerse un taparrabo que le protegiera la zona pudenda de la observación de las mujeres que colaboraban con el maestro de los timucuas. Poco antes, poblado de vellos, el cuerpo blanco fue rasurado por mejillones secos y colmillos de felinos. Le afeitaron tanto las cejas como las pestañas y, ayudado por un espejo, Le Moyne vio el reflejo de su mirada detenida en una especie de terror jubiloso. Después, así lo exigía la práctica de las pinturas corporales, lo embadurnaron con una manteca cuyo olor producía una impresión de borrachera. El pintor indio y sus ayudantas se hundieron en un silencio hasta que el otro también se convirtió en un cuadro ambulante. Le hicieron, con unos pigmentos blancos y rojos, unas manchas abstractas que, en vez de situar el cuerpo en alguna coordenada especial, lo arrojaban a un interregno donde se intentaba definir un misterio fragmentariamente. Kututuka, sin embargo, introduciendo a su compañero en una morada perceptible, le pintó en la espalda un sistema de líneas ondeantes que evocaban una red de quebradas con sus pantanos aledaños. Y le hicieron un cuadrante en el rostro. En cada uno de sus extremos ubicaron unos círculos concéntricos que eran el caracol, el cuerno de caza, el escudo de los combates. Y si el observador se retiraba para poder apreciar mejor los recovecos de esas sucesiones geométricas, se encontraba con cuatro ojos estrábicos que miraban a todas partes y a ninguna. Esta faz de lo ambiguo tenía que ver, quizá, con códigos a los que Le Moyne jamás accedería. Pero saberse pintado de ese modo le hacía pensar que era como si él mismo fuese una representación vital de lo incógnito. Al terminar, le dijeron que caminara por el caserío, como lo había hecho Kututuka. Le Moyne se alegró de sentirse ese lugar donde la extrañeza se fundía con la risa. Por fin estaba completamente inmiscuido en los colores. Por fin él mismo era una pintura. Se imaginó frente a Philippe Tocsin. El viejo cosmógrafo le daba vueltas a ese cuadro sicodélico, bípedo e implume y, con su curiosidad inveterada, preguntaba por el significado de los trazos. ¿Qué quieren decir esas cosas, joven Jacques? El aprendiz levantaba los hombros y le respondía que hablaban del todo, pero que en el fondo eran nada. Es, querido maestro, como si fuera necesario para arribar a la desnudez total, a la prístina ausencia de sentido, atravesar el desvarío, la multiplicación y el exceso.

35

Etienne insultó a los soldados que le apuntaban con los arcabuces. Estaba tembloroso y sucio, pero la rabia le signaba el ojo montaraz. Empuñaba las manos atadas detrás de la espalda e intentaba estremecer con sus gritos el adormecimiento de sus compañeros. Él moriría injustamente, pero se acordarían de sus palabras cuando regresaran a Francia abatidos por la miseria, si es que algún día la Providencia les otorgaba el regreso. Allá, y señalaba con una inclinación de la cabeza hacia donde suponía estaba Cuba, el mundo resplandecía de riquezas y bastaba con ir a buscarlas. Nosotros, gritaba, las hemos palpado. Pero por falta de hombres y de armas, un cargamento de oro y plata que iba en una carabela rumbo a Sevilla se les había ido de las manos en los alrededores de La

Habana. A su lado, también atados, estaban La Roquette y Genre. El primero, sumido en un monólogo incomprensible, miraba hacia un punto en el cual un albatros se hundía en el horizonte; Laudonnière concluía que era un loco levantisco y lo mejor era salir de él, pues su intemperancia iba de la mano de una avidez desmedida. Genre, en cambio, lloraba con desesperación. Pedía misericordia y recordaba a su familia que lo esperaba en la casa de La Rochela que antes había estado asombrosamente vacía y fue objeto de sobornos para ultimar al capitán. Su solicitud de clemencia hizo que Laudonnière cambiara la orden de ejecución. En lugar de colgar a los tres sediciosos, primero los fusilaría y luego sus cuerpos alimentarían las aves. Pero lo que decía Etienne en parte era falso. Sí había riquezas, pero no estaban cercanas. Y ahí estaban el piloto Trenchant y el trompeta Le Muet para atestiguarlo. La suya había sido una navegación de cuatro meses durante la cual atravesaron las islas Lucayas y bordearon Cuba hasta llegar a Jamaica. Cambiaron varias veces de embarcación. Abandonaron el *Faucon* y tomaron un bergantín en el que encontraron pan, vino y ajos que consumieron con el ímpetu de las hambres jamás saciadas. A los pocos días el navío empezó a hacer agua y debieron desembarcar en el cabo de Santa María para calafatearlo. Sin saber muy bien cuál dirección tomar, descarriados en medio de una proliferación de islotes cuyos dueños eran los españoles, Trenchant los enrumbó hacia Baracú. El ginebrino se embriagó de poder ante una carabela que vieron anclada en el puerto. Estaba vacía y les pareció tan adaptable a sus deseos que decidieron pasarse a ella con sus bagajes endebles y su armamento sin esperanzas. Pero entonces, a la salida de la ensenada, se toparon con dos galeones. Eran los españoles, que habían descubierto el hurto de su nave. Los siguieron durante horas, disparándoles cañonazos sin alcanzarlos. Etienne y sus subalternos celebraron esta victoria y, seguros de su fortaleza pírrica, le ordenaron a Trenchant dirigirse hacia las costas cubanas. Pretendían invadir alguno de sus poblados, masacrar a sus habitantes, apoderarse del oro y la plata. Después regresarían a Italia, adonde iban los rufianes ambiciosos de Europa. Allí gozarían el producto del pillaje y ofrecerían sus servicios a cualquier ejército mercenario. Pasaron el cabo de San Antonio, vieron de lejos las luces de La Habana y fue entonces cuando el piloto, apoyado por quienes habían sido obligados a viajar con los revoltosos, tramó la engañifa. Trenchant aprovechó el sueño de Etienne, que andaba siempre ebrio desde que habían partido, y en lugar de llevarlos a Cuba, se apoyó en el impulso de unos vientos repentinos para enrumbarlos a través del canal de Bahamas. De tal modo que, poco tiempo después, Trenchant y Le Muet divisaron las Tierras Floridas. Laudonnière creía en la historia de los dos hombres quienes, por otra parte, le advirtieron sobre una futura presencia de los españoles. Ottigny, el encargado de dar la orden de fuego, meneaba la cabeza y maldecía a ese ginebrino patrañero cuya febrilidad solo había conseguido despertar a una fiera que podría devorarlos en cualquier momento. Así que nadie reaccionó ante las arremetidas de Etienne. Dejaban que sus barbas desgreñadas recibieran el desbordamiento de sus palabras. La mañana de ese día de marzo era brumosa. Entre las pausas que Etienne hacía en medio de su perorata y los hipos desconsolados de Genre, se podían escuchar las agitaciones del viento. La Roquette parecía estar atento a descifrar alguno de los mensajes raros que le venían de su inconsciencia. En algún momento, el río Mayo disminuyó el rumor de sus aguas. Un poco más allá, junto a la embarcación estropeada, en fila y vigilados, estaban los otros marineros que habían apoyado la sedición. A los ojos de Laudonnière no eran tan culpables como los tres que iban a ejecutar. Por ello les perdonó la vida, sin dejar de señalarles la dimensión de su munificencia. Con Etienne, La Roquette y Genre, en cambio, era preciso dar ejemplo para prevenir motines venideros. Cuando el escuadrón de Ottigny disparó, el eco de las explosiones se detuvo y pareció agrandarse. Pero este efecto duró poco, porque el viento volvió a arreciar y las aguas del río retomaron su ritmo. Se fundían, con su acostumbrado fragor, en la matriz del mar.

36

La hambruna comenzó a finales de abril y durante el mes de mayo se tornó insoportable. Laudonnière redujo las raciones. Desde hacía un tiempo el vino se había acabado y rara vez en las escudillas aparecían trozos de pescados o perdices. Los animales, siguiendo el ejemplo de los indios, se habían largado para las tierras interiores. Los granos aportados por las tribus vecinas, en trueques arduos, disminuyeron ostensiblemente. Los nativos sabían comportarse con malicia y, al darse cuenta de la precariedad del *Caroline*, empezaron a exigir un mayor precio por el mijo, las habas y el maíz. Cuando se percataban de que los menesterosos caían en remilgos y se negaban a pagar lo solicitado, se retiraban en medio de carcajadas ofensivas. Los franceses prometían vengarse de esas burlas, pero terminaban aceptando las reglas del intercambio. Empujados por el hambre, en las orillas del río entregaban los gorros, las camisas, los cinturones a cambio de un manojo de peces que los indios traían. A lo largo de las jornadas más agobiantes la gente esperaba que los contingentes llegaran provistos de víveres duraderos, pero los veían arribar cabizbajos, cargando un petate lamentable de raíces y frutillas silvestres. Laudonnière ordenó, hacia mediados de mayo, que se cocinaran las últimas gallinas que quedaban en el fuerte. Así se desvaneció la ilusión de que esos animales fueran los pilares de una descendencia próspera para los futuros colonizadores de la Nueva Francia. Las noches eran frías y ventosas y llovía con frecuencia. Una lluvia menuda pero permanente, cuya gracia era deprimir a quien la viera. No sobraba aquel que imaginara, en sueños cargados de marcas esperanzadoras, que con esas garúas vendría enlazado algún maná mirífico. Laudonnière, ante el abatimiento, y para evitar que la desmoralización se apostara definitivamente en el espíritu de los suyos, propuso un plan. Era verdad que, desde los días del ajusticiamiento de los revoltosos, su temperamento se había tornado lúgubre. En el fondo de su corazón crecía la sospecha de que los socorros de la metrópoli jamás llegarían. Y si ese auxilio surgía en su mente, se le atravesaba de inmediato la idea de que sería demasiado tarde. Todos aceptaron hacer una nueva embarcación de dos puentes, pues en el *Petit Breton* no cabían todos y la carabela que había traído a Etienne y sus hombres estaba demasiado averiada por los ataques españoles. Así, la expectativa de un regreso a Francia podría adquirir contornos creíbles. Hablaron con los carpinteros. Ellos dijeron que, si se suministraba lo indispensable, a principios de agosto habría un nuevo barco para lanzarse al mar. Envueltos en la exaltación otorgada por esta promesa se organizaron los grupos. Los hombres de Ottigny se encargaron de aportar toda la madera que hacía falta. Los del señor D'Arlach cortaron los árboles y los aserraron para la construcción de las planchas. La Caille y su tropa asumieron la preparación del armazón. Los guardianes de las municiones y los cañoneros consiguieron la goma para calafatear los dos barcos. El ritmo de los trabajos avanzó con rapidez porque quienes trabajaban gozaron de un mejor trato alimenticio. Pero al cabo de tres semanas, los viajes del capitán y Le Moyne, que tenían la misión de apertrechar de comida a los trabajadores, fracasaron. Los indios habían desaparecido. La nueva embarcación se abandonó y pronto alcanzó las trazas de una bestia de gran vientre, tan fabulosa como inservible. Un nuevo desaliento se arraigó entre los europeos. Los soldados llegaron al punto de no levantarse a cumplir sus jornadas y las atalayas, por más que insistieran las órdenes de los lugartenientes, empezaron a verse vacías. Sin embargo, al amanecer y al anochecer, se hacían salidas sucintas en las que uno que otro centinela se encaramaba en los árboles para divisar el mar. Pero este les devolvía, invariablemente, la imagen de una lámina resplandeciente y sin nadie.

37

Los cuerpos no dejaban de mostrar, en medio de la incertidumbre, sus apetencias secretas. Una ráfaga de deseo brotaba para traspasar las fronteras de la debilidad. En los aposentos, las parejas se buscaban con premura. Los que no tenían el consuelo de la compañía se topaban con un atajo capaz de conducirlos al centro de sus placeres solitarios. Le Moyne y Caroline quizás no se amaron con más intensidad que en esas noches interminables, cuyos rasgos eran los de una criatura acosada y febril. Pero no se podía engañar el hambre con las breves agitaciones de los cuerpos. Era algo sórdido que devoraba las entrañas de la paciencia. A veces, alguien gritaba al oído de quien estaba más cerca, o en su propia cara, que tenía hambre, que quería tomar leche, comer carne, hartarse de quesos y vino. Y terminaba agarrándose las entrañas flácidas con las manos y abría con desmesura los ojos. Pero a la desesperación no se le debía hacer tanto caso, y el consejo que daban los más lúcidos era enfrentar esas ansiedades con espíritu ecuánime. Algunos soldados salían del fuerte a disparar sus arcabuces a palomas invisibles. Pero no solo era el aire, también la tierra y el agua parecían combatir contra los franceses. Todos los medios fueron utilizados en la consecución de alimentos. Se cortaban las maderas para hacerlas hervir y sacar una suerte de harina pastosa. Recuperaban las espinas de los pescados consumidos, las secaban y las reducían a un polvo con el cual preparaban algo parecido al pan. A veces se atragantaban con yerbajos que los hacían regurgitar y cagar escandalosamente. En tales circunstancias, algunos aprovecharon para vender bellotas y hongos que recogían en sus travesías angustiantes. Cuando Laudonnière lo supo, se indignó ante la mezquindad, pero no tuvo fuerzas para reprenderlos. Otros más, arrastrados por la insensatez, se dieron a quemar las chozas de los indios que eventualmente encontraban para presionarlos y así conseguir algún bocado. Ante los efectos del hambre, ni siquiera las oraciones de los pastores tenían un efecto consistente. Acaso la música de algún laúd o una flauta de pico apaciguaba la zozobra. Pero cuando los sonidos se desvanecían surgía el silencio y éste se llenaba de nuevo con la desesperación. Le Moyne pensó en volver sobre sus pasos y buscar la aldea donde había pasado aquellos días insólitos, pero una sensación de deslealtad con los suyos lo asaltaba cada vez que se imaginaba partiendo. En esas estaba, embebido en el porvenir de una imposible fuga, cuando escuchó la propuesta que habría de sacarlos de la hambruna.

38

Laudonnière se indignó al escucharla. Su divisa era mantener la cordialidad en sus tratos con los nativos. La expedición, hasta el momento, no había enturbiado esos vínculos. El hambre era la única preocupación ahora y se presentaba cada día como el peor obstáculo para la realización de sus objetivos. Pero acudir al secuestro de uno de los reyes de la Florida parecía, según su modo de pensar, una torpeza militar y un irrespeto moral. La Caille, que apoyaba el ardid, dijo que entendía las palabras del capitán y admiraba esa bondad suya que, hasta cierto punto, adquiría visos de candor. Y sentenció, citando a un gran humanista del siglo, que ninguna sociedad estaba moralmente protegida contra las crisis del hambre. Quiere usted entonces que terminemos comiéndonos los unos a los otros, arreció un gentilhombre llamado Challeux que también apoyaba la vía del secuestro del rey Utina. Pero ¿y por qué Utina, que es justamente, entre los caciques, quien más nos ha ayudado?, replicó Laudonnière. Pues porque es el más poderoso, intervinieron al unísono los lugartenientes. Le Moyne, aunque no fue invitado a esta deliberación –desde que había regresado de su estancia con los indios, las huellas de algunos dibujos no del todo desaparecidos en su cuerpo tornaron más o menos indeseable su persona–, tuvo una arremetida de mal genio cuando conoció el destino del viaje de Laudonnière. Se mantuvo huraño y distante durante varios días y solo Caroline fue la depositaria de sus furiosas invectivas contra el plan. Dos barcas remontaron entonces el río Mayo. En ellas iban el capitán, Ottigny y sus mejores hombres. Durante el trayecto, Laudonnière aprovechó cada oportunidad para recordar que la captura de Utina se haría pacíficamente y que estaba prohibido usar cualquier arma. Solo se acudiría a ellas en caso de un ataque por parte de los súbditos del rey. A Utina se le trataría, además, de acuerdo con su condición. Señalaba que, por nada del mundo harían con un monarca de este talante lo que los españoles acostumbraban hacer con sus rehenes. La voz del capitán asumía los tonos de una cantinela cuando evocaba la suerte del Atahualpa en manos de Francisco Pizarro. Aclaraba que él no era un porquerizo sin alma, sino un hombre deferente, amante de la comprensión y dueño de un solo ideal: ser el fundador de una colonia protestante, protegida por el almirante Gaspard de Coligny y con la aprobación de los reyes de Francia, en este mundo nuevo. Pizarro y su tropa habían masacrado a miles de indios que, amparados por su monarca solar, acudieron a la cita de los españoles en son de paz puesto que ninguna guerra se había declarado. Emponzoñado de avidez, Pizarro había exigido un rescate de oro que los súbditos reunieron creyendo ingenuamente que su rey les sería devuelto. Jamás, volvía a señalar Laudonnière, él y sus hombres caerían en una execración de tales proporciones, así se estuvieran muriendo de hambre. Es más, precisaba tajantemente y mirando a Ottigny, quien era el que había tramado la idea del secuestro, que ante el pago del rescate el rey sería devuelto de inmediato. Utina recibió cordialmente a la comitiva francesa. Con los pensamientos y los sentimientos contrariados, Laudonnière se dirigió con él a un claro próximo al río. Llevaba uno de sus sombreros de plumas y una daga preciosa que quería negociar y que Utina, en efecto, miraba con interés. Entonces llegaron Ottigny y sus colaboradores e hicieron lo que debían hacer. El rey se dejó atar las manos, más estupefacto que alarmado, pero guardando siempre la compostura de un hombre de su rango. Y en tanto iban hacia las barcas, elevando su ofrenda al sol, el monarca prometió que sus hombres pagarían el rescate.

39

Pero el pago se entorpeció. La tribu, cuando supo de la captura de su rey, creyó que éste moriría, como correspondía en esas dinámicas de la guerra. No había peor agravio para ellos que la captura de su jefe. Confusos e indignados, decidieron elegir un nuevo rey. En discusiones que no llegaban a ningún acuerdo, pasaron varios días hasta que Utina les envió un mensaje. Les dijo a sus hombres que no estaba muerto y que no moriría. Les ordenaba calmarse y reunir varias barcas de alimentos y conducirlas a la desembocadura del río. Allí los esperarían los hombres barbados y él podría regresar, sano y salvo, a sus antiguas funciones. Los indios sospecharon, sin embargo, de la veracidad de esas palabras y atacaron a los hombres de Ottigny. En un combate que duró varias horas, los franceses disparaban sus arcabuces y los indios caían a montones. En el rearme de las mechas, estos últimos intentaban arreciar su ataque con los arcos, pero no alcanzaban a dar en el blanco. Quisieron detener la barca de Laudonnière lanzándole árboles al cauce del río, pero los troncos no impidieron que el capitán y el rey lograran pasar. La voz de alarma, al mismo tiempo, se había extendido por las aldeas limítrofes. En gesto de solidaridad con el rey secuestrado, los pueblos aliados de Utina reunieron la mayor cantidad posible de alimentos. Se abrieron las grandes chozas que servían de bodegas y salieron huevos de tortuga y de iguana, liebres troceadas y canastos de frutas y verduras. Cada familia, cuando las reservas colectivas no eran suficientes, ofrecía una parte, así fuese pequeña, de su propio peculio. Utina, incómodo por la reacción de su pueblo y esperando que éste se calmara, creyera en sus mensajes y reuniera los alimentos pedidos, no podía quejarse del trato dado en el fuerte. Laudonnière se encargó personalmente de ello. Le mostró con detalle, en primer lugar, la dimensión del hambre entre sus hombres, con lo cual pretendió convencer a Utina de la justificación de su maniobra. Aprovechó para enseñarle cómo era el interior de las viviendas. Dónde dormían los soldados, en qué recinto se hacía el culto religioso, dónde estaban las cocinas y los lavaderos. Algunos pensaban que ese no era el modo de tratar a un prisionero y sobre todo cuando era el rey de unos salvajes que los habían atacado. Pero el capitán se justificaba de la mejor manera. Él había previsto las consecuencias de un secuestro así. Ya el mal estaba hecho y solo le correspondía tratar bien a un rey que, a fin de cuentas, jamás lo había considerado su enemigo. Caroline, siguiendo las órdenes de Laudonnière, se ocupó de sus comidas y su comodidad. Utina durmió en un buen jergón y todas las comidas, aunque reducidas, le fueron prodigadas. Le Moyne, por otra parte, compartió con el monarca varias horas. Pudo preguntarle por el significado de varios de los dibujos que llevaba en el cuerpo. El pintor le mostró algunos de los motivos indelebles que le había hecho Kututuka en los brazos y en el pecho. Con tal gesto se ganó inmediatamente la confianza del rey. Aprovechó también para pintar a Utina en varias posiciones. De perfil, de frente, de espaldas. Acostado sobre la estera y parado en medio del aposento. Lo pintó departiendo con el capitán y con Caroline. Utina no se incomodaba en absoluto con la mirada del francés. Al contrario, se sentía diferente, acaso más hombre y menos rey durante esas jornadas de encierro. Y la verdad era que celebraba con ciertos aspavientos cuando se veía reflejado en los papeles. Ahora bien, tratando de que no cayera en el aburrimiento y en la desesperación –a fin de cuentas, estaba separado de los suyos y lo rodeaba un grupo de hombres extraños y armados–, Laudonnière llamó a tres músicos para que lo entretuvieran. Así, un laúd, un tamborín y una flauta tocaron saltarelos, pavanas y rondós que el rey aprobó llevando el compás con las manos y los pies. El tiempo de presidio terminó con unas explicaciones sobre el juego de las damas. El capitán se encargó de hacerlo y se sintió satisfecho cuando Utina le ganó una partida en la que las fichas del francés eran tallas de flores de lis y las del indio, granos de maíz.

40

Hubo un gran entusiasmo. Los alimentos, venidos de un lado y de otro, eran suficientes. Podían dedicarse a terminar la abandonada embarcación que los llevaría a Francia. Ottigny, ofendido porque había perdido a varios de sus hombres en el combate con los guerreros de Utina, entre ellos a dos carpinteros útiles para la factura de la nave, no quiso participar en la despedida que Laudonnière le hizo al rey. Hubo redoble de tambores, un toque de trompeta y los honores de un visitante especial. Utina se encontró con los suyos en la orilla del río. Cuando los saludó, mostró lo que llevaba: una serie de espejuelos y un pequeño cofre para los collares y los brazaletes que Caroline le había obsequiado para su mujer. El capitán estaba de buen ánimo. Era verdad que algunos franceses habían muerto de debilidad durante la hambruna. Que otros fueron ultimados por los indios en esas jornadas en que salían a buscar alimentos a los campos de tribus enemigas. Pero el balance de muertes no era terrible si se comparaba con las otras expediciones que se habían aventurado a la Florida, interrumpidas por los naufragios y las desgracias de los pocos sobrevivientes. De los trescientos que partieron de El Havre, ocurridas las sediciones y el hambre, el regreso a Francia de un grupo en el *Ysabeau* y los encuentros desafortunados con algunas tribus de la región, quedaban cerca de doscientos. Y en fin, ya terminaba el mes de julio y faltaban pocos días para que llegaran brisas benévolas. Laudonnière no podía quejarse con este resultado. Si alguien iba a reprochar en Francia su regreso con la tripulación, tenía muchas razones para justificar esta resolución. Había preferido salvar a sus hombres que dejarlos en estos rincones del mundo a la buena de Dios y a la mala de los españoles. Los vientos para el regreso aparecieron. Jean de Hais, el único de los carpinteros que quedaba en el fuerte, no se había equivocado: a mediados de agosto, en efecto, podrían partir. Y cuando partir era una palabra que todos pronunciaban, Laudonnière sentía que un abatimiento inesperado le caía encima. Le decía a La Caille, a Le Moyne y a Caroline, mientras comían en su mesa, que le dolía dejar estos parajes. Que jamás olvidaría las dulzuras y asperezas de estos días. En cuanto a los indios, no vacilaba en declararlos, a pesar de su innato recelo y su violencia ancestral, compañeros inolvidables. Tampoco desconocía que su experiencia como jefe de la expedición no había sido del todo loable. Acaso otra persona, más astuta y entera, vendría después y lograría lo que él no pudo. La Caille, por su parte, evocando el pasaje de un libro querido, decía que de estas costas le quedarían la abundancia del firmamento y la impresión de sentirse pequeño bajo sus azules dilatados. Y aprovechó el entusiasmo que provocó esta comparación para leer algunos fragmentos de su poema "La floridiana" que hablaban de árboles longevos, tempestades indomables y de un montón de cosas increíbles que su lengua, por más que quisiera, no podía nombrar con precisión. Pero el reducido auditorio lo escuchaba y aplaudía emocionado. Como hizo falta madera para culminar el barco, los hombres del fuerte destruyeron gran parte de sus casas y, desesperados por embarcarse, se abalanzaron sobre la principal empalizada del fuerte. Laudonnière quiso detenerlos, pero temió un descontento más. Los dejó hacer porque ya empezaba a padecer una lasitud profunda. Y porque había decidido destruir el fuerte y echarle fuego antes del regreso.

Era seguro que, de no hacerlo, los españoles se apoderarían de él en sus campañas futuras.

41

Le Moyne, antes de empacarlo, olió el atado de hojas de tabaco que le llevaría a su maestro Tocsin. Le pidió a Jean de Hais que le hiciera dos jaulas pequeñas. En una estaba la babilla y en la otra una tortuga cuya concha era el diseño magnífico de una región bizarra. Le llevaba a Ysabeau collares y pendientes de caracoles marinos ensartados con perlas y pepitas doradas. Aunque cuando imaginaba su reencuentro con la muchacha, el pintor se hundía en suposiciones lóbregas. Ella, ante una larga ausencia, le había mencionado su intención de trasladarse a París, donde tenía una oferta de trabajo como costurera en un taller familiar. A pesar de que Caroline había sido una compañía encantadora y su hospitalidad motivo de gratitud, Le Moyne no podía sacarse de los pensamientos a su prometida de Diepa. Los pigmentos para la pintura, recogidos durante su aprendizaje con Kututuka, formaban parte de su mayor tesoro. Los rojos, los negros y los amarillos de ciertas semillas llenaban varios saquitos tejidos por los indios. En el baúl donde se acomodaban los instrumentos cosmográficos, guardó diligentemente los dibujos, los cuales se apretaban en varios cuadernos y se extendían en hojas amplias de pergamino y papel. Antes de guardarlas, Le Moyne les dio un vistazo rápido. Reproducían diversas actividades del trajinar de los timucuas. Labores de cacería y agricultura, actividades de recreación –los varones jugaban a lanzar a una canasta pelotas azuladas–, las ofrendas a la divinidad solar, el rito en que las madres sacrificaban cada año su primogénito al rey, las procesiones en que los monarcas de la tribu eran cargados en parihuelas atravesadas por guirnaldas. Había una serie de los dibujos dedicada a las muertes tanto de los indígenas como de los franceses. Los cuerpos de los facciosos colgados al lado de la entrada principal del fuerte y picoteados por las aves. La última lámina que vio mostraba el castigo infligido a los centinelas nativos que, por descuido o por cansancio, se habían dejado sorprender por el ataque enemigo. A esos guardias desavisados les quitaban las armas, les rapaban el cráneo, los despojaban de sus adornos y los sometían a un juicio delante de los notables de la aldea. Luego, un verdugo los hacía inclinar, les ponía el pie sobre la espalda y les descargaba el garrote sobre el cráneo rapado. Pese a esos hábitos brutales, que nunca excedían a los castigos realizados en Europa por faltas incluso mínimas, Le Moyne se iba de estas tierras también con su dosis de congoja. Afuera, en la plaza del fuerte, se preparaban los víveres para la partida. Bizcochos de mijo, reservas de agua, animales salados se cargaban en las embarcaciones. Laudonnière, en el último momento, había cambiado de parecer con respecto al destino del *Caroline*. No lo destruiría y, en cambio, se lo dejaría a Saturiona, con quien había podido finalmente superar los reveses, como muestra de su agradecimiento. Incluso, llenándose de un ánimo fortuito, le prometió que vendría al cabo de diez lunas con tal poderío de armas que le ayudaría a vencer a sus enemigos, entre ellos el propio Utina. No obstante, Laudonnière se sentía devastado por el cansancio. Pensaba que si seguía así, arrebujado en fiebres y escalofríos, no sería capaz de llegar a su Nantes natal. Era un mediodía de finales de agosto cuando los vientos soplaron con brío. Ottigny, sucedida la acción de gracias al Señor, elevó las amarras de primero. Y se disponía a tomar el mar cuando los gritos de su gaviero lo alarmaron. Las velas de varios galeones se divisaban en la distancia.

42

Jean Ribault apareció con una barba de pelos lacios que señalaba la moda que el almirante De Coligny imponía en el círculo de sus colaboradores. Ribault no solo era el descendiente de una prestigiosa familia de Normandía sino que, además, en las faenas de la guerra, pocos lo igualaban. Diestro tanto en los combates del mar como en las estrategias de tierra firme, jamás escatimaba los ejercicios corporales. Hablaba francés y bretón con soltura, entendía latín bastante bien, y se desenvolvía en inglés y español, las lenguas de sus enemigos encarnizados. La flota que comandaba era de siete navíos y una tripulación de setecientos hombres. La procedencia de su gente no solo era francesa. Varios guardias venían de los países flamencos y de Alemania. Traían los libros de Lutero y Calvino, además de un buen número de biblias, impresas en los talleres de Ginebra. En el fuerte, con la llegada de Ribault y sus hombres, se produjo un movimiento enardecido. Las mercancías, los enseres, los alimentos entraron de nuevo al *Caroline*. A los animales –caballos, asnos, vacas y chivos– se les hicieron nuevos corrales y galpones. Los estandartes de la nueva religión coronaron una vez más las empalizadas que hubieron de reconstruir. Laudonnière, al ser notificado por Ottigny de la presencia de los refuerzos, preparó un recibimiento oficial. Se desembarcó uno de los cañones y se disparó en medio de los gritos. Al ver que Ribault y su comitiva entraban al fuerte, ordenó que sus arcabuceros los recibieran con una salva de artillería. Los dos amigos se saludaron con efusión. Laudonnière bromeó en torno a la gran seriedad que la barba le otorgaba al recién llegado. Ribault preguntó, por su parte, qué males aquejaban al capitán. Después agradecieron con una celebración religiosa, sobria y breve, su buen arribo a las tierras de América. En algún momento ambos se separaron para tratar los nuevos planes. Ribault mostró las cartas oficiales en las que se decía que él era ahora el jefe de la Nueva Francia. En los papeles estaba estampado el sello de Gaspard de Coligny que lo atestiguaba. Laudonnière recibió la que le enviaba el almirante. En ella lo destituía de su antiguo cargo y le solicitaba regresar para que diera un informe detallado de sus acciones, tan mal comentadas en la metrópoli. Laudonnière se sintió atropellado con esta decisión. Las piernas le flaquearon y un desvanecimiento se le instaló en el pecho. Ribault entendió el malestar de su amigo y con decoro le aconsejó aplazar la partida. Él podía quedarse en el fuerte *Caroline*, mientras que Ribault construiría otro a unas cuantas millas de allí. Ambos se tenían la confianza necesaria como para gobernar juntos hasta que los dos pudieran sentirse seguros en los nuevos territorios. Fue entonces cuando Ribault le reveló la misión militar que se le había encomendado. Su obligación era enfrentar una flota española que venía en camino y cuyo objetivo, según las órdenes de Felipe II, era acabar con la presencia de los herejes en la Florida. Para eso son todos estos hombres, capitán Laudonnière. Están bien armados y tan convencidos de defender nuestra fe que no me cabe la menor duda de que triunfaremos. Laudonnière se vio, nuevamente, frente a la vanidad sin tapujos de Ribault. Esa confianza en sí mismo que parecía indestructible. Era cierto que jamás en su vida alguien tan seguro de sus propios méritos se le había cruzado. Acaso un hombre así, pensó el capitán, es lo que nos hace falta. Enseguida miró el hormiguero humano que le daba un tinte de exaltación al fuerte. Sopesó sus energías, bastante debilitadas. Pensó que, a pesar de las buenas intenciones de su amigo, él sería un simple subalterno y dijo que prefería volver con los suyos. Ribault lo miró con sus ojos grises. Lo abrazó con fuerza y le dijo que podía regresar cuando lo deseara.

43

Era amarillento y magro como una espiga. La mirada austera otorgaba a sus ademanes una impresión de bravura. Una barba espesa y cuidada le acicalaba la tez. Su voz poseía un timbre estridente, fácil de escucharse en los espacios abiertos. Había nacido en Avilés, en el seno de una familia pudiente y católica. Desde la infancia mostró un carácter indomable que se manifestó en constantes escapes de su casa. Se enamoró de los océanos y adquirió una animadversión singular hacia todo lo que tuviera que ver con Francia. De joven conformó una expedición de cincuenta hombres cuyo objetivo fue cazar corsarios de ese reino infestado de herejes. A muchos de ellos ajustició y de sus riquezas, esa había sido la consigna de su emperador, se usufructuó. Con los años, su valor creció y las costas cantábricas y gallegas se vieron limpias de facinerosos. La valentía y velocidad con que exterminaba a los enemigos de su fe llamaron la atención de Carlos V, quien terminó nombrándolo protector suyo en las incursiones hechas al país de

Flandes. Pero antes, por razones de nobleza, debió casarse con una damita de diez años. Y el día en que la desfloró, pasado el primer menstruo de ella, se colgó una inmensa camándula argéntea en el pecho. Fue bajo las órdenes de Felipe II que empezó a recorrer los mares de América. Conoció México, Panamá y La Habana. Sus destrezas en estas travesías fueron tan ejemplares que lo nombraron Caballero de Santiago, Comandante de Santa Cruz de Carza y Capitán General de las Flotas de las Indias. Por asuntos cenagosos, relacionados con enriquecimientos ilícitos, la Casa de Contratación de Sevilla ordenó su captura. Pasó un tiempo de vergüenza en prisión, hasta que demostró su inocencia con una paga jugosa que lo condujo a la libertad. Tuvo un hijo llamado Juan que, como él, se enamoró de las andanzas marinas. Pero el joven naufragó en un navío por los lados de Bahamas. Con recurrencia, Juan se le aparecía en sueños y vigilias llamándolo con señales silenciosas. Varios testimonios, y la insistencia de esos gestos sin voces que lo asaltaban en los sueños, le hicieron creer en la esperanza de que su vástago vivía entre los salvajes de la Florida. Un tanto porque necesitaba hallarlo vivo para abrazarlo, o muerto para enterrarlo, otro tanto porque Felipe II quería enviar una flota española para exterminar a los hugonotes franceses que se habían establecido en sus feudos tropicales, Pedro Menéndez de Avilés ofreció sus servicios y la financiación de una buena parte de los gastos. El rey, flaco y mustio como él y ataviado de negro, lo recibió en su palacio de El Escorial. Entre tapices verdes y carmesíes, que colgaban de las paredes, y frente a un cuadro de un tal Hieronymus Bosch, que a Pedro le parecía la consumación de todas las aberraciones humanas, planearon la represalia.

44

Desde el *San Pelayo*, Menéndez de Avilés vio los galeones enemigos. Cuatro estaban anclados frente al *Caroline*, hacia el lado del mar. Otros más, pero de porte menor, flotaban en el río. No era apropiado atacar con tan pocos hombres y las embarcaciones averiadas. Durante la travesía por el Atlántico, al aproximarse a las Antillas, la expedición de Avilés, conformada por treinta y cuatro navíos y más de dos mil hombres, se había topado con un huracán que los dispersó. Avilés llegó de primero a las costas de Puerto Rico. Luego arribaron seis navíos más. Con esta tropa tomó la dirección de la Florida. Parecía temerario hacerlo, pero Avilés seguía siempre su propia voz y no la de sus consejeros. Compró la información de unos indígenas con bagatelas en tierra firme. Éstos le confirmaron la presencia francesa algunas millas adelante. Le dieron, además, un informe sobre los náufragos españoles que habían sobrevivido en esas playas. Avilés no vio rastro alguno de su hijo en las señales de los indios y se le agrió más el ánimo. Sus capitanes insistían en que era preferible esperar al grueso de la flota para garantizar el triunfo. Hacerlo tal como estaban significaba enfrentarse a un enemigo superior. Los hombres de Avilés se veían agobiados por la fatiga y necesitaban tiempo para sobreponerse luego de un viaje de casi dos meses de duración. Pero Avilés era terco. Nadie que estuviese a su mando podía objetarlo, bajo pena de ser sometido a juicio por insubordinación. Algo le decía, por lo demás, en esa noche de lluvias opresivas, que debía atacar sorpresivamente. Las antorchas estaban apagadas y el *San Pelayo* se deslizó, pesado en sus novecientas toneladas.

El plan de Avilés consistía en introducirse entre los barcos y el fuerte para impedir que los dos frentes herejes pudieran ayudarse entre sí. Cuando la embarcación puso su proa frente a la nave capitana de Ribault, los españoles prendieron las luces y tocaron los clarines. Avilés preguntó en francés, con esa voz suya que resonaba con nitidez, por la procedencia de las naves y el credo religioso de quienes las regían. Al ser respondido, se presentó con todos sus títulos y como emisario de Felipe II, cuya orden era expulsarlos de sus tierras. Si no se rendían, les daba plazo hasta la llegada del alba, les daría muerte y no tendría misericordia con nadie. Los franceses se le burlaron en la cara. Le reprocharon su acento en la lengua franca y le dijeron que aprendiera a hablar. Luego lo vituperaron y lo culearon con los dedos y los brazos. Le recordaron, por último, que no había necesidad de esperar hasta el amanecer. La voz de alarma se explayó y los cuatro navíos hugonotes, al verse bloqueados por los españoles, cortaron las amarras y se adentraron en el mar. Avilés, indignado, ordenó disparar sus cañones. Estos resultaron ineficaces y, en cambio, pusieron en guardia a la gente del fuerte. Ribault reunió a sus hombres para responder al ataque. Pero vieron que la flota católica se distanciaba hacia el sur, tomando la dirección de la bahía de los Delfines. Un consejo de urgencia se organizó en el *Caroline*. Como el día había amanecido lluvioso, Laudonnière, postrado por las fiebres, habló del peligro de perseguir a los españoles con semejante tiempo. Era mejor apertrechar el fuerte y resistir el ataque desde tierra. Ribault se negó con firmeza. Había que atacar pronto y por mar, antes de que el resto de la tropa del español llegara para fortalecerlo. Él sabía, desde su partida de Diepa, que el enemigo era numeroso.

Laudonnière no tenía fuerzas para enfrascarse en la discusión. Sin embargo, habló de los vendavales y dijo que era la época de ellos. Ribault se mantuvo en su posición y ordenó a sus hombres embarcar. Laudonnière le rogó que no lo abandonara en el fuerte. Déjeme al menos a mis hombres. Ribault respondió que no podía poner en el *Caroline* a quienes conocían mejor que nadie estos parajes. Laudonnière le suplicó que le concediera al menos a La Caille y su tropa. Pero el sargento se interpuso. Él prefería participar en el ataque a los necios hijos de España, dijo. Con todo, por la presión de su ruego, el antiguo capitán logró disponer de dieciocho de sus hombres de armas para la defensa del fuerte. Ribault le prometió que vendría al cabo de tres días. Laudonnière vio cómo el fuerte se vaciaba y volvía a quedar envuelto en el silencio que anticipa las calamidades. La lluvia arreció cuando la flota francesa se alejó de la desembocadura. En el cielo, las nubes se tornaron más oscuras. Esperemos que regresen vivos, dijo Laudonnière. Le Moyne, que estaba a su lado, quiso responder algo. Pero ninguna palabra salió de su boca. Ni siquiera había tenido tiempo de despedirse de su compañero, el sargento La Caille.

45

Avilés preparó todo con precisión. La guerra le ofrecía una vez más la oportunidad de aprovechar circunstancias, temibles para los demás, pero que a él le parecían las más favorables. Estaba obsesionado con una idea fija que lo enaltecía y lo atormentaba al mismo tiempo. Cuando divisó la amplia bahía de los Delfines, ordenó que desembarcaran. Con ellos venía un grupo de negros hercúleos que improvisaron un fuerte de maderas ligeras. Los guardias debieron ayudarles para que la vivienda estuviese terminada y realizar los eventos de la fundación de una nueva ciudad. Luego Avilés ordenó que los otros tres navíos hicieran lo mismo. Bajaron las provisiones, las armas y los aperos de labranza. Temiendo que la tripulación de Ribault llegara y atacara sus barcos, el español impartió nuevas órdenes. Uno de ellos regresaría a España y el otro iría a Santo Domingo para esperar al resto de la escuadra que aún no había llegado. Luego se trajeó de terciopelo, se puso las condecoraciones y las joyas y desembarcó en una de las barcas con sus capitanes y los sacerdotes. Una salva de artillería los recibió con pompa. Hubo genuflexiones, bendiciones y una misa se celebró con cantos en latín. El lugar se llamó San Agustín y desde entonces y para siempre pertenecería al rey de España, dijo Avilés con solemnidad. Un grupo de indios, aliados de Utina, que presenciaban la ceremonia, dieron voces y señalaron hacia el mar. Los seis navíos franceses se veían un poco más allá de la ensenada. Eran cuatro galeones y dos pinazas dispuestos al ataque. Pero, de pronto, se desató un viento de violencia y Jean Ribault recordó las prevenciones de Laudonnière. Ordenó en medio de las embestidas que buscaran refugio a como diera lugar. Encaramado en uno de los bastiones del fuerte, Avilés vio cómo los barcos enemigos se dispersaban en dirección del *Caroline*. Pero él no vaciló ante el mal tiempo. Al contrario, supo que este era su aliado. Cuando las embarcaciones se perdieron en un horizonte de relámpagos, emprendió su plan. Reunió a sus hombres, que sumaban medio millar. A cada uno de ellos le asignó su propia ración de alimentos por una semana –bizcochos y una cantimplora de vino– que debían cargar con sus armas. Se amparó en guías indígenas, que tenían suficientes motivos para despreciar a los franceses, e iniciaron el viaje bajo la tempestad. Fue como recorrer el cuerpo de un monstruo cenagoso. La lluvia había convertido las tierras en una sucesión de pantanos impenetrables. El recorrido fue sostenido e infernal. Avilés, reacio a las pausas cuando se trataba de aniquilaciones, iba al frente con un grupo de veinte vizcaínos que con sus hachas abrían espacio en la jungla cerrada. La orden era no descansar. Pasaron casi sesenta horas con un agua fangosa que les llegaba a las rodillas y, a veces, por trayectos largos, debían levantar los brazos para que la pólvora no se malograra. Algunos sucumbieron a la fatiga. Otros dejaron tras de sí sus armaduras aparatosas que, no obstante, poseían la virtud de protegerlos de las mordeduras de las alimañas. Unos más desertaron para perderse para siempre en esos limos malsanos. En los momentos de más apocamiento, Avilés levantaba su voz afilada y recordaba que eran los mejores soldados de Dios y del gran rey del mundo. Por fin llegaron, en medio de un amanecer lluvioso. Se escondieron en un bosque de cedros cercano al fuerte. Uno de los soldados suscitó la risa cuando comparó esos follajes mojados con ubres de vacas grandes. Pero la bruma no les dejaba ver si había centinelas en las vallas restauradas del *Caroline*. Hubo una protesta contenida cuando se dio la orden de atacar en las primeras horas de la mañana. Querían dormir, reponer los ánimos, dejar que sus atuendos se secaran un poco. Pero Avilés detuvo las quejas y amenazó con la decapitación en caso de que le desobedecieran. Se levantaron uno a uno, entumecidos y agotados, y avanzaron en la lívida claridad del día. Era el 20 de septiembre de 1565. Un soldado hugonote, soñoliento, que había salido a mear junto al río, fue degollado mientras sacudía de la verga sus últimas gotas. Nadie había en las atalayas del *Caroline* que pudiera escuchar su gemido.

46

Le Moyne no había conciliado el sueño durante la noche. Cada ruido que provenía de la intemperie y los que le ocasionaba su imaginación alterada lo despertaban. No paraba de voltearse en su catre, de levantarse y mirar hacia afuera. En algún momento había escuchado pasos en la plaza. Volvió a salir y vio que los guardias, calados por la lluvia, dejaban sus puertos de vigilancia. El oficial La Vigne, creyendo que bajo ese tiempo nada peligroso podía suceder, los autorizó para que descansaran. El pintor se alarmó, pero le dio lástima importunar a Laudonnière para avisarle de la medida contraproducente. El capitán estaba tan abatido y las fiebres lo asediaban con tanto encono que lo mejor era dejarlo descansar. Caroline tampoco podía dormir a esas horas de la madrugada, pues los ataques de tos del capitán impedían cualquier asomo de sueño. La mujer había terminado por aceptar la propuesta del pintor que consistía, en caso de que la situación empeorara, en buscar la aldea del rey Saturiona. Allá podían encontrar un refugio temporal. Le Moyne incluso, lleno de malos presagios, pretendió irse desde el momento en que Jean Ribault decidió lanzarse tras los españoles. Caroline dijo que esperaran un poco, que trataran de convencer a Laudonnière de que se fuera con ellos. Pero con el estado de su salud era peligroso hacerlo mover. Y estaban esas lluvias que complicaban cualquier desplazamiento. Al primer canto de los gallos que habían traído las familias normandas de Ribault, Le Moyne decidió subir a la empalizada. No tuvo tiempo siquiera de abordar las escaleras, pues un toque de trompeta se desgranó en el aire. En la puerta de entrada apareció el primer estandarte español y en un santiamén se produjo el caos. Los alaridos iban y venían y la gente, aún con el sueño colgado de los ojos, salía de su casa sin saber muy bien qué sucedía. Le Moyne reaccionó de su primera parálisis cuando escuchó la descarga de los arcabuces. Como si alguien le hubiera punzado las cuerdas de su instinto, saltó como un felino en dirección de la casa de Laudonnière. Había que prevenirlo, ayudarlo a levantarse, ponerle unas frazadas encima y salir con él y su criada hacia la parte de atrás del fuerte. Pero en ese corto trayecto se encontró varias veces con la desgracia. El pastor L'Habit recibió un pistoletazo en la boca y se desplomó sobre unas gallinas que huían espantadas. A La Vigne dos espadas le atravesaron el pecho. Un poco más allá, al hombre que tocaba el pífano le abrieron el vientre con una pica y le enarbolaron los intestinos como una bandera. Perplejo ante el espectáculo de sus propias tripas, el músico iba a gritar cuando una espada le desprendió la cabeza. Un torete se precipitó en busca de una salida que solo encontró donde había un par de niños. Entre las patas del animal se enredaron, como guiñapos, los cuerpos núbiles. Le Moyne iba a entrar a la casa de Laudonnière, cuando sintió que se le desgarraba uno de los hombros. Se tocó y vio sangre. Se asombró de su color rojo y espeso y que su olor fuera tan dulzón. Entró en las habitaciones y no halló rastro de sus habitantes. Entonces fue cuando se acordó de los dibujos. Una ráfaga de desesperanza le desgonzó las piernas. Putas guerras que todo lo destruyen, exclamó. Pero, en vez de escapar, tomó el camino de regreso a su habitación. Cruzarlo significaba pasar por el centro del infierno. A los hombres que detenían, los españoles los degollaban de inmediato. Le Moyne se paralizó de rabia cuando vio que a dos mujeres las colgaron de uno de los gaviones de la empalizada y les introdujeron lanzas por la vulva. Quiso enfrentar el oprobio, vengar esas maternidades injuriadas, morir en ese gesto si fuera posible. Pero volvieron a su memoria los dibujos y pensó en su maestro Tocsin. Recordó vertiginosamente sus antiguas jornadas de mercenario. Había venido a América para pintar y no para enturbiar sus días con la sangre de los otros. En medio del estrépito, con los ojos atiborrados de lágrimas, trató de hacerse una senda que lo condujera a sus pertenencias. Por nada del mundo podía perder las imágenes. Allí estaba concentrada la esencia de sus días en el Nuevo Mundo. Qué otra cosa, sino esas láminas, podía mostrar en Francia. Se llenó de bravura y se arrojó al centro del acabose. Pero, más allá de la destrucción y la muerte, vio que alguien le hacía señas. En medio del humo y de la vocería no supo quién era la persona. Por un instante, creyó que era Ysabeau y espabiló para zafarse del tamaño de esa alucinación. Sin embargo, ahí continuaban las manos de la mujer y señalaban la salida hacia el oeste. Una voz le ordenó que se detuviera y le disparó con el arcabuz. Le Moyne reaccionó ante la explosión y se arrojó al suelo. La salida estaba a unos cuantos pasos. Cerró los ojos, apretó los dientes y se incorporó.

Los escapados fueron encontrándose en el bosque. Se habían lanzado, como animales acosados, hacia lo más profundo de la maraña vegetal. Solo tenían energías para apurar los pasos y balbucear palabras que interrumpían los llantos atragantados. Intentaban orar pero a sus jaculatorias confusas las interrumpía el tiritar de los cuerpos. Estaban empapados por la lluvia que no cejaba. Desde el fuerte provenían, ininterrumpidos, los disparos que eliminaban a los últimos hugonotes. Laudonnière tosía y expelía esputos verdosos en un vaso que, inexplicablemente, se había traído consigo. Gemía pasito y le castañeteaban los dientes y sobre sus cabellos revolcados algo parecido a un birrete se sostenía. Había logrado escapar ayudado por el carpintero De Hais y el trompeta Le Muet. Y solo le alcanzaba la voz para agradecerle al Señor que hubiera permitido que unos cuantos desgraciados, que circulaban por los predios aledaños al fuerte, pudieran seguir vivos. Jacques Le Moyne tenía un dolor persistente en toda la espalda, pero un vendaje puesto por Caroline había detenido el fluido de la sangre. El pintor la cubrió de besos cuando ella, con su vestido en hilachas, surgió de entre los huyentes. Lo primero que vio, luego de su rostro untado de barro, fue el bolso con los dibujos que traía colgado en bandolera. Al pintor se le salieron las lágrimas. No paraba de abrazarla y de limpiarle con besos la materia innoble. Los colores en casi todas las imágenes, empero, estaban malogrados. Acaso una o dos de ellas se veían intactas. Caroline decía que había intentado cargar el baúl de los utensilios cosmográficos, de los saquitos con los pigmentos, de los cuadernos con los diseños nativos, pero que el peso excedía sus fuerzas. Le Moyne, conmovido, le decía que ella era un milagro y le volvía a besar los cabellos empantanados. Uno de los sobrevivientes, llamado Barthélemy, que tenía una venda bermeja en el cuello, dijo que cerca de la desembocadura del río estaba anclado uno de los barcos de Ribault. Determinaron, entonces, atravesar los pantanos para prevenirlo de su existencia. Una nueva noche, ventosa y desamparada, les cayó encima. Debieron esperar, sumergidos en el agua hasta los hombros, a que llegara otro amanecer de luces desvaídas. Le Moyne mantuvo los brazos levantados con el bolso de sus dibujos para que no se estropearan del todo. Caroline y otros más se turnaban cuando el cuerpo se le encalambraba. Al abordar la orilla más conveniente, Barthélemy se lanzó al río. Dos barcas se soltaron del barco y dieron inicio al rescate de los sobrevivientes. Laudonnière, sobreponiéndose a su cansancio, se encargó de dirigir el salvamento de los otros escapados en las proximidades del fuerte. El último en ser recogido fue Le Beau, el tesorero. Estaba semidesnudo, su cuerpo atravesado de tumefacciones, una costra sangrienta le asomaba en uno de los pómulos y en sus ojos temblaba una llama de terror. Era, sin duda, el tesorero más miserable del mundo, pensó Le Moyne. Desde la proa del barco vieron que el estandarte de España, con sus leones rojos y sus castillos amarillos, ondeaba en el fuerte. Pájaros negros comenzaron a sobrevolar el cielo, atraídos por la mortecina. Valnot, el capitán de la embarcación, departió un rato con Laudonnière y tomó la decisión de regresar a Francia. No había nada que hacer. Los otros navíos de la escuadra de Ribault se habían perdido en el temporal y de ellos solo quedarían quizá los vestigios en los acantilados. Y permanecer en estas tierras significaba caer en manos del demonio católico. Mientras elevaban anclas, el capitán, con la mirada atribulada, repetía una frase con ritmo obstinado: «¡Oh, viajes!, sois la desgracia arrojada al rostro de la humanidad». Al lado del castillete, junto a una pequeña estufa, Le Moyne trataba de calentarse los pies. En vano había buscado el guijarro de Diepa en sus bolsillos, aquel en donde el mundo se representaba tan formidablemente. Pero, en uno de sus dedos, vio la pequeña lagartija que Kututuka le había pintado. Significaba la amistad perdurable. Era el único saurio, además, que podría llevarle a Philippe Tocsin.

Segunda parte
DUBOIS

Nuestra tradición es el desamparo.
REINALDO ARENAS

Me llamo François Dubois. Nací en Amiens en el año de gracia de 1529 y viví en esa ciudad hasta que la juventud me llegó como una inmensa curiosidad por el mundo. Y el mundo entonces era París. No me equivoco si digo que viví en esa ciudad hasta el verano de 1572. En cambio, algo muy profundo en mí vacila si afirmo que soy pintor porque desde hace mucho tiempo soy incapaz de pintar cualquier cosa. Yo, que alguna vez me consideré ese hombre que quería verlo y reproducirlo todo, soy ahora un terreno baldío. Una tierra árida que intenta, sin jamás lograrlo, mostrar la dimensión de sus fantasmas.

Hace poco leí lo que escribió Rabelais sobre nuestro tiempo. El monje se ufanaba de haber nacido en un siglo pleno de luz. Cómo quisiera compartir esa tensión suya del espíritu. Cuánto daría por desterrar de mí la certeza de que vivimos tiempos opacos. Me apoyo en Erasmo que, ante el panorama de las guerras que empezaban a proliferar, decía solo ver tinieblas en las cosas humanas. Algo semejante a lo dicho por Rabelais escuché de boca de varios hombres letrados en mis días de París. Doulote, embriagado de confianza, llegó a decirme, mientras nos paseábamos por entre sus libros escritos en griego y en latín, que esos hombres que ya éramos nosotros podíamos diferenciar entre el bien y el mal. Él le endilgaba esa iluminación del pensamiento a la facultad que habíamos alcanzado de conocernos a nosotros mismos. No me cuesta creer que Doulote murió envuelto en esa suerte de candor. Yo, sin embargo, avanzo hacia la muerte, aquí en esta casa de los suburbios de Ginebra, sumergido en un escepticismo férreo y en una resistencia silenciosa.

Pero sé que debería creer en la humanidad. En esos seres desprovistos de rasgos y ahítos de olvido que, así los imagino con la ayuda de unos cuantos versos de Virgilio, hacen fila para tomar el turno que se les ha dado e ingresar al ciclo tumultuoso de la existencia. A veces veo esas muchedumbres poseídas del afán por volver a la luz y nacer nuevamente. Escucho sus respiraciones y el pálpito de sus corazones, como si se tratara de un enjambre gigantesco, antes de comenzar su periplo ilusorio. Y pienso en quienes se inclinarán hacia el conocimiento y la búsqueda de la belleza. Entonces me asalta un deseo de creer en las bondades de la criatura humana. Me alcanzo a entusiasmar porque sé que algunas de ellas escribirán poemas conmovedores. Otras harán pinturas portentosas. Algunas más compondrán una música que se comparará con el sublime rostro de Dios. Me apresuro en concluir aquello de que el hombre es una obra maestra cuya razón posee el rasgo de la nobleza e infinitas son sus facultades. Que es la maravilla y el arquetipo de los seres de la tierra. Que es necesario renovarlo continuamente, como lo proponen los ministros de los consistorios, para que el futuro sea más benévolo. Pero debo admitir que el optimismo en las virtudes de esa desconocida prole es bastante frágil en mí como para intentar cultivarlo cada día.

Desde temprano fui consciente de esta inclinación mía por la desconfianza. Sé que de la mano de ella fui cayendo poco a poco en la hipocondría. Hoy, más que nunca, me sé enfermo, producto de mi imaginación turbia, pero también de la realidad que he vivido. Y solo dos gatos, una hembra de pelambre maculado y un macho de blancura impecable, me consuelan en este ahora de amarguras que ni siquiera el sueño mitiga. Aunque está mi querido Jérôme de Bara, pintor y vidriero, que trata de convencerme, con sus guisas cordiales y su labia atravesada de chismes sabrosos, de que vuelva a los pinceles, al óleo, al temple de huevo, y haga lo que quizás deba hacer. Y están los hijos de Jean Petit, mi otro amigo, hacedor de paisajes invernales que, sería injusto no reconocerlo, suavizan las horas con sus juegos y la dulzura con que tratan a mis gatos.

Decía mi madre que en su embarazo la estremecían unos estados de abatimiento repentino cuyas causas nunca pudo explicarse. Sobre todo en los arribos de los crepúsculos, entre la algazara de la vida terrenal que suscitan los últimos rayos de luz, a mi madre se le oprimía el pecho y a su ánimo lo asaltaban zozobras raras. Me decía, y yo era un adolescente que gustaba saberse narrado por la voz de ella, que la única solución para salir de esos momentos era ponerse a llorar mientras se mecía en una silla. Una silla tan incierta como los dos cuerpos que albergaba. Pero exagero, es verdad, y me dejo llevar por suposiciones ociosas. Porque esa zozobra era solamente mía y no pertenecía en absoluto a mi madre.

Mis primeros meses estuvieron sacudidos no por un llanto vespertino, sino por uno que parecía no tener pausa. Había que acudir a una curandera de las afueras de Amiens que, luego de comprobar que no había motivo para alarmarse, mezclaba en su cura brebajes amargos con canciones que ella misma entonaba. Mi madre decía que la sola visión de los ojos de esa mujer, de la cual no poseo recuerdo alguno, y la escucha de su voz, tenían el poder de apaciguar mi malestar y cerrar mi boca. Pero cuando el niño fue creciendo, y las lágrimas se hicieron cada vez más esporádicas, el otro orificio se empecinaba en no abrirse. Mis remembranzas de la niñez están surcadas por el eco de las angustias que me provocaban esos estreñimientos. Solo una dieta de frutas, difíciles de conseguir por lo demás en la ciudad, lograba ampliarme el ano favorablemente. Con los años, debí acudir también a una dosis de hierbas aromáticas y a una alimentación frugal que han sabido equilibrar mis digestiones. Aunque creo que el llanto ha regresado con fuerza. Ahora es interno y no se suspende con nada y su rastro ha terminado por marcarme unas líneas profundas en la frente.

Mi madre, en realidad, fue un ser ajeno a las borrascas del ánimo. Creía en Dios y oraba a un arsenal de imágenes santas, conformadas por vírgenes y crucifijos tortuosos, con un fervor que pocas veces he visto en otra mujer. Recitaba diariamente el rosario con sus invariables avemarías y padrenuestros. La meditación de los misterios, fueran estos los gozosos, los dolorosos o los gloriosos, marcaba sus horas con rigor. Me inculcó, como toda madre de su tiempo, una piedad y una fe que en mí pronto fueron desmoronándose. Quizá no fue culpa suya, ni de la escueta familia que me rodeó, en la que el padre fue siempre una presencia fantasmal. La culpa de mi escepticismo habría que atribuirla a estos años turbulentos en los que la demencia penetró en el corazón de los seguidores de Cristo. Pensaba mi madre, y ese es el credo de su enseñanza que con mayor claridad conservo, que la vida es una gran prueba. Estaba segura de que no había otro modo de salvarse que atravesar nuestros peregrinajes, sesgados de provocaciones y engañifas, de tentaciones y yerros, con una resignación que en ella era ejemplar y que en su hijo ha estado cargada siempre de reclamos. No obstante, pese a este voluntario sometimiento de su espíritu, mi madre era radiante y ecuánime. Cuando la evoco, se me presenta, en los amaneceres de la primavera, pequeño y diligente ser ya fenecido, con sus grandes ojos negros, entonando una canción cuya melodía recuerdo con nitidez, así sus palabras las haya olvidado del todo. Y en ocasiones, esa es otra de las maneras del consuelo que otorga mi precoz vejez, me veo susurrando aquella música con una eme que mis labios pronuncian.

Siempre me asalta la pregunta de lo que pensaría ella, en caso de que viviese, al enterarse de mi conversión. Cuáles serían sus reproches si viera mi indiferencia hacia las imágenes que veneraba tanto. Cómo sería su mirada si supiera que son los preceptos de Lutero y Calvino, y no los de los jerarcas católicos, los que me han orientado en medio de las persecuciones. Qué me diría si le confesara, incluso, mis momentos más atribulados en los que he renegado de toda religión porque ella ha sido la culpable de nuestros infortunios. Estoy seguro de que me escucharía, apacible, y no me condenaría porque los lazos de la sangre sobrepasan la dimensión de las pugnas históricas. Y una madre y un hijo siempre se amarán por encima de la justicia divina y humana.

Recuerdo su regocijo cuando reconoció mis facilidades para el dibujo. Fue una noche de otoño. Ambos acabábamos de orar para que nuestro sueño fuese reparador. Ella me dio la bendición y yo le pasé la hoja en la que estaba la figura. Era un árbol. Un arce que crecía cerca de la ventana de nuestra morada y cuyo ramaje incendiado por las coloraciones ocres, al no poder entrar, se había acomodado al muro y buscaba un espacio libre entre las alturas. La celebración fue tan espontánea que mi madre hizo que el sueño se me escabullera y que yo pasara el resto de mis días con la certeza de que esa sería mi vocación. Me gustaba pintarla realizando sus labores de costura, que era una de las formas con que se ganaba la vida. Plasmaba el cuidado con que hacía los encajes y los jubones. También la dibujaba arrodillada frente a su altar multitudinario y cuando tomaba la canasta para ir al mercado a comprar las verduras en las proximidades de la catedral. Entonces yo me soltaba de su mano y me dirigía hacia las puertas del templo y me adentraba en sus naves. Mis ojos iban de las luminiscencias de cristal, en donde los ángeles rodeaban la existencia de Jesús, al vacío misterioso levantado en lo alto de las columnas y los arcos. Una emoción innombrable me sacudía la sangre y el niño que era yo se daba a correr, aspirando quizás a que el impulso de sus pasos lograra extraer de la espalda un par de alas tornasoladas. Pero la misma catedral se encargaba de hacerme comprender que mi destino era la tierra. Una vez descubrí en el centro de la nave a un viejo que daba pasos en círculos y miraba con atención un diseño forjado en el suelo. Me aproximé y le pregunté qué hacía. Recuerdo que el anciano se inclinó y, mirándome a los ojos, respondió: Esto es un laberinto. Trato de llegar al centro, allí donde está Dios, pero no soy capaz. Varias veces desde entonces, y aprovechando las idas al mercado de mi madre, olvidaba los colores espléndidos de arriba y me dedicaba a seguir, como si se tratara de un juego, la dirección de esas líneas marcadas en el piso. Pero, como el viejo, me perdía siempre sin alcanzar su centro.

Mi madre y la catedral, por aquellos años, fueron la esencia de todos mis propósitos. Sin embargo, yo regresaba cada vez con mayor interés a los árboles. Me dediqué a pintar el arce de mi ventana sacudido por las bondades y las intemperancias del clima. De tal manera que fue en esos dibujos donde habría de descubrir el carácter mismo de las estaciones que moldean nuestra respiración. Al árbol lo ataviaba una muchedumbre de retoños sedientos de color. Su vitalidad se preservaba a través del verde rotundo del verano. Pero todo ello parecía morir lenta e inevitablemente. Y en el invierno una calma callada y onerosa invadía su follaje desnudo. En realidad, creo que más que pintar los árboles, los aprendices de este oficio deberían de ocupar sus días en palpar con su mirada el desarrollo de las lentas metamorfosis de esos seres que nos hablan sin que nosotros parezcamos comprenderlos. No hay que olvidar la palpitación de la savia que sube, vibrante y oscura, por los troncos. Se debe aguzar el oído para escuchar, aunque son nuestros ojos quienes perciben esas inclinaciones sutiles pero primordiales, el susurro de los pedúnculos y la mudez espléndida o penumbrosa de sus enveses. Tener todo el asombro dispuesto a enfrentar el mecanismo de la flor que abre sus pétalos al volátil emisario del deseo. Comprender, en fin, que la confluencia de las ramas, su trabazón extendida en el aire, es el cielo que nos cobija y nos colma antes de que las lluvias lleguen y nos mojen.

Tal vez esté errado, pero desde que era muchacho, al pintar las fachadas de la catedral y los palacios de Amiens, e incluso cuando me lanzaba a hacer esbozos donde aparecían las herramientas que me ayudaban a representar el mundo, se me venía la idea de que el pensamiento y las emociones no solo pertenecen a los seres vivos, sino que también son un atributo de los objetos. Pues qué otra cosa intentaba yo al pintar, por ejemplo, las tijeras, los husos, las agujas que utilizaba mi madre, si no era extraerles un movimiento a naturalezas que, detenidas en los dibujos que hacía, parecían muertas. Con todo, fue en las postrimerías de mi infancia cuando asistí a un singular acontecimiento en el que participé como modelo. Todavía faltaba tiempo para saber lo que significaba tal circunstancia —existir para que otra persona nos vea y nos ponga en situación frente al irremediable vacío que rodea al mundo—, y solo el París de mi aprendizaje habría de mostrarme su sentido cabal.

Nos reunieron a muchos niños en un espacio amplio para que alguien, supongo que muy importante, reprodujera nuestros entretenimientos. Mi remembranza es vaga, pero veo aún, hacia mi derecha, una cerca de color rojo en donde estaban montados tres infantes que simulaban ser jinetes. Más allá estaba la orilla del río con sus árboles flacos y todavía más lejos surgía la campiña verdeante del estío. A la izquierda, se prolongaba una de las vías principales hacia un allá indeterminado. Éramos tantos que podíamos llenar los rincones de Amiens. En algún momento, se nos asignó un papel diferente. Unos jugaban a la gallina ciega, a los zancos, a la carraca. Otros al aro, a las escondidas, a las tabas. Otros a la cucaña, a la peonza y a los músicos. Había uno que montaba un caballito de palo y otro que hacía pompas de jabón y las perseguía embelesado. Varios lanzaban sus trompos bajo los arcos de una de las edificaciones. Otros más portaban máscaras estrafalarias y uno más inflaba un globo y el de más allá, haciendo piruetas con el chorro, meaba. Otros saltaban sobre las espaldas enfiladas de sus amigos y los grupos más numerosos representaban una boda y jugaban al salto de la palomita. Ahora que vuelvo a esa jornada pienso que, más que jugar, los niños realizábamos una función en la existencia. A mí me tocó hacer de acróbata. Como si con mis volteretas sobre un travesaño, que debí efectuar durante no sé cuánto tiempo, se me hubiera destinado a mostrar el mundo al revés. Todavía me pregunto a quién se le ocurrió ese montaje de la diversión y la locura, a la que estamos triste e irremediablemente condenados, solo para pintarlo.

Mi madre murió de unas fiebres repentinas y, sin su presencia, Amiens se me volvió un espacio sin interés. En las horas de su agonía quise preguntarle por el destino de mi padre. Quién era él, cómo se llamaba, dónde vivía si es que aún estaba vivo. Ella se negó a darme alguna referencia y agregó, con la poca fuerza que le restaba, que era inútil seguir las huellas de nadie. La tomé de la mano, la miré, insistí. Pero ella dijo que mi padre era un fantasma y lo mejor que se podía hacer con los fantasmas era olvidarlos. Solo supe de su boca que el propósito de él fue siempre tomar rumbos inesperados y no comprometerse con nada ni con nadie. A pesar de que mi madre la calló siempre, y me aconsejaba olvidarla, fue la existencia de mi padre —ese rostro con reminiscencias del mío, su oficio que estaba vinculado con el trabajo de las maderas, su ausencia definitiva— la que ella evocó en sus últimos instantes.

Llegué a París a principios del verano. Las primeras impresiones que tengo de la ciudad son varias: la visión del río con su cauce paralizado en un calor pegajoso y un olor fétido en la atmósfera; el bullicio incesante de gentes que caminan apresuradas de un lado a otro y, encima de ellos, un cielo color perla que se me clavó en el alma como una prefiguración de algo que solo con el paso del tiempo pude entender. Era como si ese paraje donde residía Dios, con el matiz profundo y acerado del día estival, estuviera lejano de los afanes de quienes vivían en París. Pero mentiría si digo que no me embargaba una curiosidad jubilosa. Tenía veinte años y llegaba a la urbe para descubrir una manera nueva de interpretar a los hombres y el contradictorio entramado de sus acciones. Muchos jóvenes estudiantes se instalaban en el Quartier Latin o en los alrededores de la Universidad de la Sorbonne y de las iglesias de Saint-Germain y de Saint-Séverin, buscando las verdades que Aristóteles prodigaba a través de las glosas de Abélard. Yo del filósofo griego no sabía mayor cosa, pero si sus palabras tenían que ver con mi sed de color y de formas estaba dispuesto a leerlo. En cambio del otro, del que había sucumbido a su joven amante, escuchaba suficientes loas y despotricaciones hasta bien entrada la noche cuando de las tabernas, alborotadas por los vinos, los saltarelos y la lectura ebria de los poetas, nos expulsaban sus propietarios impacientes.

Fue una de esas noches cuando encontré al que sería mi primer gato. Apareció, de pronto, en la puerta de mi habitación. Dicen que esos animales escogen a quien va a ser su dueño y protector y el azar es ajeno a sus determinaciones. Que hay unos hilos impredecibles que impulsan el acercamiento entre dos seres cuyos recorridos particulares y hasta parecidos han de fusionarse. Ese gato de ojos atribulados maulló débilmente y se me lanzó a los brazos. Recuerdo que temblaba y a su cuerpo sin pelo lo calaba una sustancia aceitosa. Durante los días que siguieron no se separó de mí un instante. Cualquier ruido lo amedrentaba y si alguien entraba a mi pieza el animal se escabullía para meterse debajo de la cama. Fueron mis cuidados los que lo fueron tranquilizando ante el bullicio que solemos hacer los humanos cada día. Pero, en general, era un animal asustadizo y se procuraba siempre un refugio: entre las sábanas o bajo los almohadones o en los rincones de la habitación en donde se amontonaban mis tablas y mis telas. No me costó mucho averiguar el origen de la sevicia con que lo habían tratado. París es una ciudad que, desde hace tiempo, parece aborrecer a los gatos. Al llegar, no demoré en enterarme de ciertas jornadas nocturnas en que las gentes hacían grandes fogatas que duraban hasta el amanecer. En ellas se lanzaba a los felinos, envueltos en sacos y emborrachados a la fuerza con aguardiente adulterado. Era usual en mis caminatas encontrarme a varios de ellos, sin el pelambre que sus torturadores arrancaban con las manos, colgados de los árboles como trofeos denigrantes. Supe que un día, antes de que apareciera mi gato, se presentó un suceso por los alrededores de la calle Saint-Séverin. Un grupo de artesanos, para vengarse del mal trato de su patrón y del carácter abusivo de su esposa, se ensañó con los gatos que éstos poseían. Entre burlas y groserías apalearon a uno y dejaron su cuerpo destripado al lado de un albañal. A otro lo colgaron de un alero. A otro más lo decapitaron y le cortaron los órganos sexuales. Como un incendio se expandió la noticia de que la mortandad estaba vinculada a historias de brujas y que aquellos animales eran sus mensajeros. La verdad, no obstante, era otra: tales ruindades manifestaban el descontento de un grupo de hombres que protestaban, con una injusticia aún más abominable, contra la injusticia que se cometía con ellos.

No quiero adelantarme a los hechos y contar lo que habría de pasarle a mi gato durante las jornadas de agosto de 1572. Pero si he decidido evocar este encuentro de ningún modo fortuito –pues no hay nada que no esté de antemano hilvanado en la trama de nuestros destinos– y consignarlo en estas hojas es porque ese animal fue quien atrajo hacia mí a la mujer que he amado siempre. La remembranza de ella va unida a la mirada gris o azul penetrante de los gatos, a sus movimientos lentos e inaudibles, a esas formas suyas de inclinarse sensualmente hacia la languidez cuando los acariciamos. Los dos gatos que me acompañan ahora significan, además de los fantasmas que desde hace años me acosan, uno de mis pocos modos de aferrarme al mundo. A ese mundo que alguna vez estuvo nimbado de felicidad y que me fue cercenado brutalmente. En este preciso instante hago una pausa en la escritura, tomo el vaso de vino de las noches, y a mis pies siento el tibio ronroneo de mis dos pequeños dioses misteriosos. Les acaricio las orejas, les rasco el cuello y hundo los dedos en sus costados. Me miran, con los ojos entreabiertos, suspendidos en la delicia, y cierran los ojos con una aquiescencia que solo ellos son capaces de expresar. La hembra me muerde levemente el dedo y el macho brinca hacia mi vientre. Sé que los veo, pero es el rostro de Ysabeau el que me mira desde más allá del tiempo, diciéndome que, después de la soledad, el silencio y el horror que se nos impuso, nos reuniremos en algún lugar de la muerte.

En París busqué a mi tío Sylvius. Su generosidad lo emparentaba con el carácter de mi madre. Desde muy temprano había abjurado de la religión católica. No obstante esta ruptura, apareció en el velorio de su hermana y me animó a que fuera a París. En verdad fue Sylvius quien me orientó por la senda reformada. Aquellos eran tiempos en que las transformaciones de la fe debían hacerse con prudencia, aunque una significativa parte de los habitantes de la ciudad había decidido pasarse al nuevo bando de los cristianos. Mi tío se refería a las mil quinientas iglesias protestantes dispersas por el reino y a los dos millones de franceses que se sentían acogidos en una religión que otorgaba al creyente mejores prerrogativas frente a la práctica de su credo. Sobre todo había una, de Lutero, en la cual nos sentíamos cómodos: para salvarse solo bastaba la fe y no esa práctica laberínticamente burocrática de la confesión y las indulgencias. Para ir al cielo no había que pagar diezmos, ni ir a la misa dominical, ni tampoco asistir a las sesiones del catecismo. Muy rápido, apoyado en las pláticas con Sylvius, aprendí a desconfiar de la codicia de los católicos y de sus sacramentos inútiles. Y tanto la inclinación al despilfarro como la falsedad de sus máximas autoridades me habrían de parecer, desde esos días, sinónimo de descarrío.

Sylvius era cirujano. Se mostraba sobrio en el vestir. Nunca le vi en sus sombreros plumajes vistosos. Su color habitual era el negro y si usaba el blanco podía vérselo en sus cuellos tejidos por manos diestras. Su voz tenía la gravedad de los hombres sabios y jamás se alteraba ante la estolidez de los otros. Aunque admiraba al almirante De Coligny, discrepaba de su deseo de propiciar la guerra contra los españoles en las regiones de Flandes. Dueño de las dotes de quienes llamaban humanistas, Sylvius conocía bien el griego y el latín, idioma este último que me ayudó a descifrar durante el tiempo que viví bajo su protección. Establecía puentes sugestivos entre Hipócrates, Avicena, Paracelso y Servet. Elogiaba los siete tratados de *Cirugía magna* de Guy de Chauliac que desde tiempo atrás practicaban los médicos, desde Montpellier hasta la capital del reino. Como no estaba relacionado con la práctica universitaria, Sylvius mantenía una cierta independencia frente a los dogmas del saber, y él mismo no vacilaba en practicar faenas que los jerarcas de la facultad consideraban viles porque en ellas se derramaba sangre humana. Quizás por esta distancia, miraba con respeto el papel que las mujeres cumplían en la cotidiana disciplina de combatir las enfermedades y preservar la vida un poco más. Seguía, por otra parte, lo más cerca posible el estado general del mundo. Se adentraba, con curiosidad aguda, en los avances que el descubrimiento de la perspectiva le otorgaba tanto a la pintura como a la arquitectura. Cada día estaba pendiente de lo que acontecía en ese lejano mundo, extraño e inmedible, atravesado por la avidez y el crimen, que España y Portugal habían descubierto y querían repartirse bajo la bendición del Papa. Por mi tío habría de enterarme más tarde de los proyectos que los protestantes de Coligny estaban ejecutando para tratar de radicarse en América. Y por él mismo, mejor dicho, de su propia mano, fui conducido al Hôtel-Dieu. Allí donde habitaban las criaturas de Ambroise Paré.

Con los cabellos erizados y una barba cenicienta que le llegaba al pecho, Paré tenía visos de charlatán. Bajo, escaso de carnes, de gestos enfebrecidos, cuando pude entrar a los aposentos del hospital, era un cirujano cuya respetabilidad, a pesar de no ser apreciada por los doctores de la Sorbonne, lo había llevado a ser el médico de los reyes de Francia. La gente en sus hablillas matizaba esta circunstancia diciendo que Paré detestaba la universidad pero amaba el poder. Parte del desaire con los universitarios, que era mutuo, se debía a que él no se desenvolvía bien en la lengua culta, desconocía el griego y utilizaba un francés canallesco para escribir sus tratados empíricos. Su obra sobre las heridas provocadas por el arcabuz, me explicó Sylvius, no solamente despertó la furia de sus colegas, sino que contenía un descubrimiento que aligeró las dolencias de los heridos. Con una amplia experiencia adquirida en los brutales campos de batalla y no en las límpidas aulas de la universidad, Paré se dio cuenta de que la pólvora no envenenaba las llagas, como creían todos, y que lo que mataba a los heridos era el mismo tratamiento. Este consistía en lavar con aceite de saúco hervido y cauterizar con hierros calientes las zonas afectadas. En vez de ello, Paré aconsejaba una venda untada de yema de huevo, aceite rosado y trementina. Su voz, por otro lado, desconocía las pausas cuando nos explicaba las deformidades de sus pacientes. Eran tantos y tan estrambóticos que podría decirse que los pabellones del Hôtel-Dieu semejaban sucursales del infierno. Sylvius bromeaba cuando, traspasando aquellos umbrales, me decía, Cuidado, querido François, aquí inician los dominios del Hades. El mismo Paré afirmaba algo que nos hacía sonreír a contracorriente. No es en los mundos

125

nuevos que estamos descubriendo, sino en lugares como estos, donde viven los monstruos de la humanidad. Las hipótesis que explicaban el nacimiento de esas criaturas iban desde la gloria, la ira de Dios y las acciones de los demonios, hasta causas que incumbían a los hombres, tales como la gran o poca cantidad de semen de sus eyaculaciones, la estrechez de las matrices o los golpes y enfermedades hereditarias que sufrían las madres desdichadas. Sin embargo, los seres humanos que nos mostraba Paré –las mujeres velludas; los gemelos que compartían una sola cabeza; el niño con dos testas, dos brazos y cuatro piernas; otro con cabeza de macho y cabeza de hembra; esa figura de dos narices y cuatro ojos desiguales que compartían un mismo tronco horizontal; otra más en cuyo centro había una verga sin testículos y de cuyo vientre se desprendían, de un lado, dos piernas, y, de otro, tres brazos; o aquella otra que tenía faz de rana; y una última mitad simio y mitad perro– eran inofensivos en el fondo y despertaban una impresión que, al menos entre nosotros, no iba más allá de la repugnancia y la conmiseración.

Sé que algunos concluían que allí sobrevivía el espanto. En particular cuando nuestros ojos se encontraban con las miradas desoladas de los niños contrahechos. Pero faltaba poco tiempo para reconocer que el verdadero horror tiene su señorío en los hombres normales y que para toparse con sus proyecciones no era necesario atravesar las fronteras ni tampoco cruzar puertas de hospicios administrados por la caridad cristiana, sino darse una vuelta por las calles que transitábamos, embargados en la confianza de estar habitando el centro más civilizado del mundo.

Confieso que mi impresión de estas visitas fue honda y por aquellos días, al llegar a mi habitación, dibujé dichas extrañezas. Mi tío, al ver mis trabajos, se entusiasmó. Me aconsejó mostrárselos a Paré, pues sabía que éste tenía la idea de publicar en el futuro una suerte de tratado con sus monstruos. Pero la vez que nos dirigimos al hospital se nos informó que el médico había salido hacia Fontainebleau para unirse a la comitiva del rey que, bajo las decisiones de la reina madre, recorrería el país. La reina intentaba así calmar las fogosidades de los señores de la tierra, que deseaban despedazar el reino, y unirlos bajo el único mandato de su hijo. Con Sylvius comentábamos el despilfarro de la caravana real. Más de quince mil personas siguiendo a un famélico rey de catorce años y a su madre intrigante, montados en literas y quejándose de las incomodidades del viaje y del escándalo exterior, era suficiente para demostrar el ridículo espectáculo del reino. Pero en tanto Sylvius se hundía en las críticas, yo imaginaba esa ciudad moviente, con sus muebles, vituallas y tapicerías; con sus bufones, músicos y bailarines. Mientras mi tío alegaba que en vez de resolver las penurias que había dejado la pasada guerra, la corte gastaba una enorme fortuna en una feria pueblerina de tontos, yo reconstruía mentalmente el pueblo de artesanos y de mercaderes que hacían los cortejos aduladores, y ofrecían en las mañanas sus trajes y objetos decorativos para que luego, en las noches, se estrenaran en las fiestas que el gentilhombre de turno preparaba para recibir a los reyes y sus favoritos. Al cabo de los meses, cuando regresó Paré, mi tío volvió a insistir, pero mi interés por las deformidades humanas había pasado y estaba sumergido en otros asuntos. Buscaba ahora los

Orulle

manantiales del arte que, provenientes de Italia y los países flamencos, llegaban a París.

Para entonces la ciudad me invitaba a mirarla. Ahora bien, es menester aclarar algo: nunca he sido un maestro en el real sentido de esta palabra. Ni en París ni en Ginebra acepté la presencia de jóvenes neófitos. No por soberbia o porque me visitaran pretensiones egoístas, sino por una incorregible timidez y mi tendencia al aislamiento. Timidez y aislamiento que se han pronunciado desde que comenzó mi exilio. Por lo tanto, siempre estuve retirado de los círculos artísticos. En realidad, creo no tener nada novedoso que decir y, sobre todo, nada para mostrar. Todo lo que hice, y pudo ser interesante para los otros, fue arrasado durante las jornadas de San Bartolomé. Y aunque es cierto que cumplo oficios de artesano en pintura, aquí en Ginebra, trato de hacerlo de la manera más modesta y silenciosa posible. Ayudándole a la confección de los vitrales a mi amigo Jérôme, pintando algunos retratos con lápiz para los diáconos de la Bolsa de los Pobres Extranjeros y compartiendo frases con quien, interesado en la técnica de los óleos sobre la madera, se aproxima a mí.

No cometo falta alguna si expreso una que otra consideración sobre el que ha sido mi oficio. Pienso, en primer lugar, que nuestro don solo reside en mirar. Reconozco que es fundamental conocer los secretos de nuestro arte, desde el modo de lavar los pinceles y vasijas, moler los colores y preparar el lienzo o la madera, hasta saber modular a lo largo de los días las correcciones que se deben ejecutar. Pero se pueden manejar a la perfección estos obrajes sin que ello garantice que seamos verdaderos pintores. El secreto reside en mirarlo todo como si en esa actividad, que muchos realizan naturalmente, estuviese concentrado el alimento esencial del espíritu. En París, en esos primeros años, yo miraba empujado por una suerte de obsesión las barcas que atravesaban el Sena, los feligreses que visitaban las iglesias, los corrillos de estudiantes en los claustros universitarios. Miraba el desarrollo de los mercados y la preparación de las jornadas de caza del jabalí en las inmediaciones del Louvre. Cuando me enteraba de los duelos que sucedían en el descampado próximo a la universidad, dibujaba esos escenarios de la celebración y el llanto. Aunque esto último lo observaba con mayor intensidad en los terrenos del cementerio de los Saints-Innocents. Al lado de un ángel, ajado por la intemperie, que solicitaba silencio con el dedo índi ce, me acomodaba para dibujar los entierros y las exhumaciones. Sentía una felicidad recóndita cuando lograba saberme testigo de lo que para la mayoría de la gente eran los cotidianos acontecimientos de una ciudad como cualquier otra. Pero para mí esos movimientos de vida y muerte eran motivo de sorpresa. En ocasiones me preguntaba qué podría pasar conmigo si ese pálpito, que sacudía no solo a los hombres, sino también a los animales, a los vegetales y a las cosas de la ciudad, se detuviera. Reflexionaba sobre qué clase de desgracia podría invadirme si, de súbito, las hojas de los árboles dejaran de moverse y los gorriones interrumpieran su vuelo. Suponía la tristeza de los propios árboles y los pájaros. Imaginaba la mía, ingenuo y curioso joven que no sabía lo que le esperaba y que, estremecido por la emoción de cada instante, trataba de pintar el mundo.

Sin duda, algo valioso ha acaecido en estos tiempos. La pintura se ha liberado del yugo de la religión para escoger sus modelos. Esto no quiere decir que no siga bebiendo de las historias de la Biblia, o que los episodios del padecimiento cristiano no sigan siendo uno de los referentes principales de lo que se ha hecho recientemente. Pero cuando se nos dijo que si queríamos dibujar a la Virgen María podíamos hacerlo tomando la imagen de nuestras propias mujeres, a esas que amábamos y al mismo tiempo veíamos envejecer en la intimidad de nuestras habitaciones; o mejor dicho, cuando Botticelli demostró que él mismo, con su holgado atuendo de maestro, podía estar entre los testigos de las ofrendas que los Reyes Magos le obsequiaban al recién nacido, se abrió una ventana. Jean Petit, uno de mis pocos amigos de este último período, dice que prefiere inclinarse ante las imágenes que tienen el rostro hierático y sumiso de las vírgenes antiguas, que ante cualquiera de esas féminas disolutas de los pintores que produce a raudales la Italia pecaminosa. Ante este juicio, prefiero no enfrascarme en discusiones y mejor guardo reserva porque sé que esos terrenos lindan con el desafuero. De hecho, ya es mucho decir que Petit y yo entablamos un puente de simpatía porque, siendo protestantes, no abjuramos de las imágenes como lo han hecho ya muchos. Hemos impugnado las hordas comandadas por Carlstadt y Thomas Müntzer que se lanzaron a las calles para destruir toda representación sacra, acompañando su vandalismo con actitudes excesivas. Quienes nos reunimos aquí en realidad no aprobamos las acciones cometidas por los energúmenos de nuestra religión: echar las hostias consagradas a los perros, poner excrementos en las pilas bautismales, utilizar el óleo santo para engrasar las botas, lanzar cerdos beodos en las iglesias, rapar micos para vestirlos con las prendas de la clerecía católica. Sin embargo, a pesar de que mi vivienda es un espacio en que se evoca continuamente la injusticia y se nombra a los culpables de nuestros infortunios, me doy a recordar los días en que gozaba viendo algunas de esas pinturas prodigiosas.

Había una en particular por la que he guardado una admiración sin altibajos. Se trata de *La Virgen con el niño*, de Jean Fouquet, quien era para nosotros, los aprendices de entonces, uno de los maestros más destacados. La Virgen, tan blanca como un marfil de ensueño, era Agnès Sorel, una de las amantes de Carlos VII. Aún recuerdo, como si lo hubiera visto hace unos instantes, ese rostro delicado. Los ojos lánguidos que miran al niño, o quizás a su propio seno descubierto, poderoso y redondo el pezón como una fruta madura. La boca diminuta y bermeja, tan pequeña en el recato de todos los días y tan amplia como debió haber sido en los trajines de la molicie y el placer. Esa Virgen, asociada con una mujer que murió envenenada luego de un parto, es tan bella en su silencio que parece un ser de otro mundo. Tal vez por esta razón la rodean seis angelitos rojos y tres azules, entre los cuales hay uno que nos mira como explicándonos de qué manera puede reflejarse la belleza. Con vírgenes así, me dijo un día Jérôme de Bara, que había visto conmigo la tabla de Fouquet en Melun, se puede ser un católico convencido hasta el fin de los tiempos.

Pero no era esa la única divisa que se nos enseñó. Estaba la otra, vinculada al tema de la profundidad espacial, o como la llaman los italianos, la perspectiva. Cuando la aprendí, el mundo de mis figuraciones se explayó como un milagro. Un milagro que podía decirse a grandes voces y en todas las direcciones. Era como si hubieran abierto no solo una ventana, sino las puertas de una dimensión nueva de la realidad. Había varias tablas que nos servían de modelos. La primera de ellas, y quizás la más inquietante y la que ninguno de nosotros podrá igualar jamás en el dominio del color y en el manejo del detalle, entre exuberante y sobrio, era la titulada *El matrimonio Arnolfini*. Es verdad que al rememorarla ahora, desde este retiro gris de Ginebra, me constriñe el alma ese estado avanzado de la gravidez. Pero no quiero detenerme en la desventura, ya me ocuparé de ella más adelante, sino que me gustaría comentar en dónde residen los aciertos de esta obra de Jan van Eyck.

La vi en Brujas. En uno de esos viajes que, durante mi estadía en París, hacía a las ciudades más cercanas para ver las pinturas importantes. En aquellos años, no sé lo que pasa ahora, pues de tales noticias ya no me ocupo, nos llegaban rumores de la perfección de ciertos trabajos. Pero más que la búsqueda de una perfección, lo que nos empujaba a hacer esas trashumancias era la atmósfera de búsqueda incesante, casi juvenil y nunca temerosa, que se estaba dando por el pedazo de mundo que nos había correspondido. Lo que estábamos forjando, cada uno desde sus propios talentos, era una estrada más libre y menos agobiante. Un horizonte que limitara más con la luz humana que con la divina. Esta última ya la conocíamos y estaba asediada de brumas y de portones sellados que solo franqueaban los elegidos de la nobleza y el clero. Los nuevos tiempos, y yo creía a la sazón en este impulso cognitivo, como si fuera un buen discípulo de Rabelais, se presentaban en la tabla de Jan van Eyck. Su encanto brotaba casi de la escena íntima que mostraba. Lo nuevo no sucedía en el afuera de esos cortejos de las familias nobles que había pintado Benozzo Gozzoli, o en las batallas profusas de Paolo Uccello, o en los preparativos del viaje de san Nicolás de fray Angélico, sino en una alcoba en la que un par de amantes se prometen ternura y fidelidad. Arnolfini y su mujer están de frente. Ella viste un traje cuya cola se desparrama contenidamente por el suelo. El verde y el azul de las prendas son vivísimos y a la vez calmos. Los senos se adivinan diminutos, sostenidos por un cinturón primoroso, y dialogan con la suavidad de las facciones de una tez blanca y ligeramente sonrosada. Arnolfini es delgado y pálido, aunque un poco más oscuro que su esposa. Porta, como es usanza en las regiones flamencas, un gorro estrafalario en el que parece naufragar su cabeza carente de pelo. No es un hombre agraciado, mientras que en su mujer todo es suave y bello. En Arnolfini la nariz, la boca, el hoyuelo que le parte el mentón y las orejas son incómodamente grandes. Pero ambos personajes se aman, y acaso en toda la pintura que he visto no he encontrado un pudor más sosegado y una seguridad tan convincente en lo que tiene que ver con los sentimientos humanos. Sé que podría detenerme en esta tabla. Evocar, por ejemplo, el candelabro dorado que cuelga del techo. La luz que entra por la ventana y lame sin ansiedad los contornos de cada objeto doméstico. Esa luz que parece la mágica cristalización de un sueño familiar. Las cuatro naranjas que, cuando las vi, pequeños soles inextinguibles, tuve un deseo apremiante de probar, por ser un sabor que mi boca no había conocido. Podría referirme a los chanclos del primer plano, tocados por el barro, cuya sombra en el piso los hace ver como seres vivos. A la manera única en que el pintor, con blandas pinceladas, logró plasmar el pelo del perrito que habla de la fidelidad del amor. Recuerdo que cuando vi esa tabla, reproché con mi prepotencia juvenil un poco la torpeza de Van Eyck al hacer el piso de madera del cuarto. La perspectiva de ese suelo no está bien lograda y obedece a un nivel pictórico de aprendiz. Pero el secreto de la genial profundidad no respira allí, por supuesto, sino en el espejo cóncavo, situado detrás de la pareja.

Siempre he pensado que ese espejo es como un pasadizo hacia el mañana. El universo en él se vuelve hondo e insinuante. De tal modo que guarda una esperanza, la más menesterosa, de escapar de la realidad. Es como si el maestro flamenco nos estuviera diciendo que ésta no solo consiste en lo que vemos, sino en lo que se halla en los perfiles de un reflejo, e incluso en lo que está mucho más allá de él. El fin de toda imagen, y más aún el de las que conforman esta tabla, es decir que hay un camino que va de lo visible a lo invisible, de lo corpóreo a lo espiritual. Vivimos la realidad, nos susurra Van Eyck, al mostrarnos los dos amantes de primer plano. Sin embargo, existen circunstancias que pertenecen a otro orden y están guardadas en una ilusión suspendida. Y para corroborarlo ahí está el espejo en cuya superficie pulida se reflejan las espaldas de los esponsales y los dos secretos e innombrados testigos. Éstos parecen más fantasmas que otra cosa, acomodados en el quicio de la puerta. Y está la luz que también entra por la ventana ampliada por el espejo. El afuera luminoso que vislumbramos, todavía con mayor certeza, como la alternativa de salida de una situación que, si bien es la expresión de una felicidad conyugal, está enmarcada bajo ciertas condiciones aciagas. Ahora que he recordado los detalles de la tabla de Van Eyck, no puedo olvidar el marco del espejo adornado con diez medallones que representan la pasión de Cristo. Y entonces me pregunto, yo que he estado gobernado bajo estas universales formas del sufrimiento, si algún día nuestra fe podrá permitirnos la fuga definitiva del mundo y sus realidades sangrientas.

Quizás pueda concluirse, por lo que he dicho, que las pinturas marciales de Uccello me disgustan. Nada más distante de ello que las sensaciones suscitadas en mí por este pintor. Me gusta el color que otorga, por ejemplo, a los caballos y soldados de sus batallas de San Romano, una especie de fantasía simpática. Con esos matices, que van del amarillo y el rojo al azul, de los negros hondos a los blancos centelleantes, la guerra es un espectáculo inocente. Todo, hasta los hombres abatidos, se paraliza en un juego pueril ajeno a la crueldad que ella misma significa. Las lanzas no son las armas que buscan sedientas el escape de la vida, sino columnas flamígeras que definen la perspectiva sobre la que están elaboradas las imágenes. Lanzas que, si se observan con detenimiento, están desprovistas de puntas y se ven romas. No fueron estas tablas las que más elogié cuando vi algunas de sus reproducciones en París. El tema de los condotieros, que flota en las tres partes de la batalla de San Romano, no me despierta entusiasmo. Los mercenarios de Uccello, salvo por el tratamiento del color y por lo pintoresco de sus caballos, me parecen personajes repugnantes. Su negocio fue la perpetuación de la guerra. Cuenta un chisme, aunque parece una broma de taberna, que un condotiero de esos que pintó Uccello dio una vez limosna a un mendigo. Éste agradeció y deseó que la paz fuese con su excelencia. A lo cual el condotiero le retiró la moneda y lo agredió con insultos.

Pero cuando pude ver *La caza en el bosque* me di cuenta de cómo la sencillez puede abrazar la maestría. Esta tabla de Uccello invade los ojos con el follaje verde de los árboles del verano. Es un bosque que invita a penetrarlo con los cazadores y los ciervos perseguidos por los perros. ¿Cuántos cazadores y presas de caza hay en la escena? No muchos, pero se repiten sin término en un bosque igualmente impenetrable y misterioso. Esta sensación de persecución sin fin no es motivo de intranquilidad porque la fantasía que favorece la perspectiva, sacudida por los tonos naranjas, pertenece a las coordenadas de lo inolvidable. Las líneas y puntos de fuga están dirigidos hacia esa conjunción de árboles en donde se ha escondido, como el secreto de la belleza y la plenitud del amor, el ciervo saltarín que nunca atraparán los afanados hombres de Uccello.

Con la ayuda de los contactos de mi tío Sylvius en París, logré vincularme al taller del maestro Clouet, pintor de la cámara real. Sus clases se impartían en las inmediaciones del Louvre, cerca de la puerta de Saint-Honoré, en donde Clouet tenía su lugar de trabajo. Pasé muchos días, entonces, atravesando el Sena. Las barcas se agitaban con una humanidad de damas respetables, que cubrían sus rostros con máscaras suntuosas, y gentileshombres armados con sus espadas y sus dagas retocadas con piedras preciosas. A veces, cuando no tenía el dinero necesario y tampoco lograba convencer a los barqueros con algún dibujo peregrino sobre la catedral o la fachada del palacio real, tomaba el camino más largo, que debía hacer a pie, por el puente Saint-Michel. La verdad es que durante un tiempo me aficioné a ese recorrido. Varios motivos me lanzaban por allí. Por un lado, la gran cantidad de clientes, casi todos mercaderes de quesos, vinos y pan, que vivían en el puente mismo, y que me pagaban bien la reproducción de sus rostros. Y, por el otro, confieso que por tales parajes concurrían algunas muchachas que las necesidades del cuerpo me hacían buscar con frecuencia.

No cometo blasfemia si digo que el maestro Clouet no era muy diestro en los asuntos de la perspectiva. Aunque debería mejor afirmar que esto, al contrario que a Paolo Uccello, no lo desvelaba. Su preocupación, y en donde habitaba su singularidad, eran el retrato y la reproducción de la anatomía humana. Si algo conozco de estas cuestiones, todo lo aprendí con Clouet. Pienso que con la práctica del dibujo llegué a conclusiones que habrían de forjar en mí, si no un credo, al menos una postura personal que, entre otras cosas, me separaría de consideraciones que se han convertido en una especie de verdades sagradas. Pero quizás exagero al atribuirme convicciones de quien acomete una búsqueda artística solitaria. En realidad, quienes aprendimos con Clouet éramos un grupo y simplemente seguíamos los principios pictóricos que él, como ningún otro en París, practicaba de modo ejemplar. Lo que quiero decir es que Clouet era el gran maestro y nosotros sus aprendices.

Íbamos, de alguna manera, en contra de la consigna de Michelangelo. Esta se refería a la primacía de quienes se dedicaban a la pintura al fresco sobre los que trabajaban la madera, el lienzo o el papel. Clouet, en cada jornada, nos convencía, con su voz ronca que parecía deslizarse por su barba blanca, de que esa superioridad era falaz y de que la perfección y la belleza tenían que ver también con las dimensiones menores. Aquí se trataba, sin embargo, de una perfección más íntima y de una belleza más entrañable. El rictus de los labios, unos párpados caídos, la insinuación de una red de venas en el cuello, la frente adornada con un birrete, las orejas y los cabellos separados, eran parte de los para nada insignificantes aspectos que Clouet nos enseñaba a captar cuando pintaba sus retratos. En el fondo de esos rostros, que reflejaban naturalezas malsanas y mezquinas y en los que había huellas de un absceso o una enfermedad de infancia o un sufrimiento privado, estaba el secreto de una luz y una sombra entrelazadas. De tal modo que asistíamos a una serie de croquis realizados acaso con rapidez pero en los que palpitaba el misterio de la hondura humana que solo lo fugitivo es capaz de condensar. Clouet nunca habló mal de Michelangelo, pero cada lección suya era un alegato contra los paradigmas entre herculeos y frenéticamente desgarrados de las pinturas del italiano. Solo mencionó una vez su visita a los frescos de la Capilla Sixtina. Pero nos confesó que la grandiosidad, pomposa y heroica del italiano, lo arrojó completamente mareado a las arterias sucias de Roma.

Fue en el taller de Clouet donde encontré algunos escritos sobre arte. Hubo uno que me ayudó a comprender los secretos que hay en el trazo de un cuerpo desnudo. No sé si acomodo los acontecimientos de tal manera que ambos confluyan en mi remembranza; o si mi lectura del tratado de Durero sobre la simetría y las proporciones fue primero, y la aparición de Ysabeau después. O si ocurrió al contrario. Lo mejor es decir que mi descubrimiento pictórico de la desnudez estuvo enlazado al conocimiento del amor. Y que tanto lo uno como lo otro se dieron de modo deslumbrante. Como la luz de este velón que ilumina mi oscura y apretada escritura, surge la figura de Ysabeau en mi vida. Está en la puerta de mi casa.

Es una tarde del mes de mayo y las flores brotan por todas partes y los árboles proclaman su victoriosa presencia con sus follajes frescos. Ysabeau está inclinada sobre mi gato. Le hace mimos a ese animal que fue arisco con todo el mundo y solo afectuoso con nosotros dos. El gato agradece las manos largas y dulces de ella y se deja acariciar todavía más. Yo estoy llegando a la casa, con el tratado de Durero y varios dibujos revisados por Clouet bajo el brazo. Mi respiración se agita de repente. Las piernas me tiemblan sin saber la causa. Y un vacío se me instala en el estómago cuando la veo.

Ysabeau era oriunda de Diepa. Hacía unos cuantos meses había llegado a París. Vivía en la casa de una de sus tías maternas. Se dedicaba a labores de costura y seguía, aunque sin fervores excesivos, las prédicas de los ministros hugonotes. Venía de una familia de ebanistas que construían taburetes y reclinatorios para la oración, y camas, cómodas y repisas para los libros. Cuando le dije cuál era mi oficio, sonrió. Al preguntarle por la causa de esa malicia, respondió que su interés por los hombres parecía inclinarse siempre hacia los pintores. Quedé perplejo ante esta consideración. Pero esa vez no tuve tiempo de indagar más porque Ysabeau me inquirió por el gato. Le dije que era mío y algo le conté de su adversidad pasada. Los dedos se le volvieron a enredar en el pelo del animal y se conmovió ante la cicatriz de la frente que el tiempo no había podido borrar. Como si se tratara de una invitación espontánea, aceptó que la acompañara en el itinerario que aún le quedaba por recorrer. La tía de Ysabeau vivía por los lados de la puerta de Saint-Antoine. ¿Y el gato?, alcanzó a preguntar. Yo lo cargué y le dije que, si no le molestaba, podíamos subirlo a mi domicilio. Ysabeau, ajena a la sorpresa, con una firmeza que denotaba que ambos estábamos destinados a este encuentro, penetró por primera vez en mi casa.

Recuerdo la piel tersa de Ysabeau que untaba diariamente con crema de lavanda. El rostro adormecido cuando dejaba que yo le acariciara su cabellera rojiza y su espalda atravesada por lunares que semejaban astros negros en medio de su blancura prodigiosa. Eran tan largos esos cabellos que podían cubrirle el pubis, igualmente incendiado. Recuerdo nuestra vivienda en las proximidades de la puerta de Buci, y me digo que entre esas paredes la dibujé muchas veces. Cierro los ojos una vez más, mientras en Ginebra cae la lluvia, y trato de recuperar la galería de sus rostros. Ysabeau mirándome desde la derecha y la izquierda. Sonriéndome con la comisura de los labios y el sesgo de sus ojos que yo difuminaba con el lápiz. Ysabeau inclinada, buscando algo en el sugerido espacio en el que sus senos se juntaban. Ysabeau de perfil y su pelo desparramado como una criatura fabulosa sobre los hombros descubiertos. Ysabeau de espaldas y sus cabellos caudalosos interrumpidos por el límite del papel. ¿Dónde quedaron esos dibujos?, me pregunto. Si es que sobrevivieron al saqueo y al fuego, ¿en qué lejana biblioteca o anónimo baúl descansan ahora? ¿Quién ha tenido, durante estos años de sombras, la oportunidad de mirar esa cara que yo, desde mi memoria destrozada, intento no borrar del todo?

Pronto nos casamos. Sylvius y la tía de Ysabeau fueron los testigos en la ceremonia que hicimos. Nuestra mudanza a la nueva casa la realizamos días más tarde y allí comencé a dibujar aquel cuerpo amado. Al ver a Ysabeau pensaba en la conclusión de Leonardo frente a la naturaleza como maestra de todos los maestros. El cuerpo de Ysabeau y los dibujos que lograban mis manos eran dos circunstancias que se fundían perfectamente. Yo reflexionaba en torno a esos dibujos y concluía que, así muchos de ellos fueran bocetos, eran dueños de una especie de lenguaje nada nimio frente a la pintura terminada. ¿No era eso, por otro lado, lo que me había enseñado Clouet? Es decir, que el dibujante tenía la obligación de ser tanto o más audaz que el pintor mismo. Me sentía libre entonces de reproducir a Ysabeau como me diera la gana. En estas faenas no tenía por qué justificarme frente a los preceptos de los grandes pintores. Dibujaba la blandura de sus carnes no por dinero, sino porque me sabía el feliz amante de ellas. Mi método, si es que aquí puede usarse tal palabra, no podía ser más simple. Le pedía a Ysabeau que caminara desnuda por el cuarto. Que diera vueltas en torno a la tina donde después hacía su limpieza. Por instantes, tan veloces que parecían ilusorios, asumía las poses de una belleza que era, a la vez, la más remota y la más actual. Se erguía con los senos de areolas rosadas. Se ponía de perfil para que le resaltaran mejor las nalgas que yo bebía oscilando entre el interés y el arrobo. Se tomaba el pelo y lo cogía con una hebilla dorada y luego se metía en la tina con movimientos calculados. Yo le miraba los muslos, las rodillas, los pies y el modo en que se contraían o se estiraban. Mi observación no se perdía los recorridos de las gotas de agua entre sus pliegues más íntimos. Yo permanecía a la espera de que se presentara el gesto indicado para pintarlo. Mi único deber era captar la revelación. En muchos bocetos, Ysabeau surgía como una Venus. Y al lado de ella un gato, y no el usual perrito de las alegorías latinas, dormitaba entre las sábanas. Una vez, lo confieso, dibujé su sexo. Ella se sintió turbada y no pudo desalojar la vergüenza. Le dije que se extendiera en el tálamo. Le pedí que abriera las piernas. Ysabeau no resistió mis ojos, que pasaban de su hendidura a su rostro, que era como un compendio de la visibilidad, y se lo tapó con un cojín. No sé si caiga en la exageración si digo que allí estaba el tema oculto de mi pintura. Sé que falta tiempo para que estas opiniones aparición de un sexo, sediento y saciado, en un papel, en un lienzo o en una tabla. Pero en la intimidad de mis experiencias me sentía como un Palinuro capaz de dirigir mi nave hacia los horizontes más insospechados. Sé también que en esos dibujos, en los que la desnudez de Ysabeau aparecía bajo tantas formas, la exaltación del detalle otorgaba a su naturaleza un toque alucinatorio y peligroso. Esos trabajos, por supuesto, jamás se los mostré a nadie. Tal fue la promesa que le hice a mi modelo venerada y creo que la cumplí. Tanto es así que hasta el destino funesto de los acontecimientos fue favorable a que se realizara esta promesa.

Debo decir, sin embargo, que tuve el arrojo de mostrarles a mis colegas, al menos a los más cercanos, una serie de dibujos cuya protagonista era una cama. Un lecho de sábanas revueltas y cojines desparramados aquí y allá y en el que solo se percibía el eco de sus figuras ausentes. Algunos de mis compañeros sonrieron incómodos por esta voluntaria invisibilidad que hacía de ella su mayor protagonista. Solo en uno de esos bocetos, recuerdo –y siguiendo mi divisa de que, a diferencia de los cuadros en donde todo debía poblarse de elementos con frecuencia empalagosos, una especie de vaciedad favorecía la sorpresa del dibujo–, puse el pie de

Ysabeau que, a su vez, se reflejaba en un espejo tirado al azar en la cama desordenada.

¿Debo callarlo? No. Absolutamente no. Tengo que decir también que a veces interrumpía mi labor, y en lugar de ir a la imagen me dirigía hacia el cuerpo. Lo olía y lo tocaba. Pretendía ser metódico e iniciaba mis caricias por el cabello para pasar al rostro. Bajaba por el cuello hasta los pechos. Besaba los pezones que se erguían coronados de pequeños montículos. En donde me detenía más para medir la profundidad de ese cuerpo, era en el ombligo. Lo bordeaba con los dedos e introducía la lengua en su redondez incógnita. Entonces le decía a Ysabeau que girara para verle el culo. Los dos hoyuelos que marcaban el inicio de su holgura. Le mordía levemente los glúteos y ella gozaba con fingidos gemidos de dolor y voces tenues que ordenaban detenerme. Ysabeau estiraba la mano con un pudor que me embriagaba de dicha y palpaba mi erección bajo los pantalones. Diligente, apretaba las mejillas contra mi sexo. Lo olía como si estuviera oliendo el esplendor de un fruto. Yo me desvestía, o a veces era ella quien me ayudaba para que estuviésemos pronto frente a la temblorosa igualdad que otorga la desnudez. Nos dedicábamos a cabalgar durante un rato. Yo detenía el derramamiento de mi simiente para que Ysabeau llegara al extremo inalcanzable de la felicidad. Y cuando todo explotaba, en la cima del delirio compartido, mis ojos se detenían en los ojos de nuestro gato que, intensamente amarillos, fijaban mi rumbo progresivo hacia el colmo y luego hacia la nada.

No mucho tiempo después, llegó a París la noticia de las matanzas americanas. A través de Sylvius, como ya dije, nos enterábamos de esas aventuras en las que el dominio de las nuevas tierras se hacía a un precio terrible. Mi tío se indignaba hasta la sofocación al contarnos de qué manera los conquistadores pasaban a cuchillo pueblos enteros de indígenas. Argüía que, pese a las ordenanzas reales y a la consideración de algunos teólogos que demostraban en los nativos la condición no solo de humanos sino de súbditos del reino español, y que por ello merecían un trato piadoso, lo que acontecía en América era otra cosa. Devastan, asesinan, saquean, decía Sylvius. Y luego se enriquecen y obtienen honores y entre nosotros es como si no pasara nada, como si el destino de esos hombres, los castigados y los castigadores, no tuviera nada que ver con el nuestro. Ysabeau y yo nos conmovíamos ante esos balances de la desventura. Una vez, terminada la conversación con Sylvius, mi mujer me habló del enamorado que había tenido en Diepa. Era cosmógrafo y pintor y en tales condiciones participaba en la última expedición protestante a las Tierras Floridas. Por eso cuando se dio la noticia de que Pedro Menéndez de Avilés había asesinado a cientos de franceses en esos lugares, Ysabeau supuso que él estaba entre las víctimas. Por esos días asistimos, con la frecuencia que la irritación nos daba, a las reuniones de los círculos reformados de París. En ellos el almirante De Coligny sobresalía porque sobre sus espaldas, en tanto que financiador de la expedición, caía todo el peso del acontecimiento. La primera muestra de su repudio fue pedirle al rey que les declarara la guerra a las huestes españolas. Coligny exigía llevar tropas a las tierras de Flandes donde los españoles se levantaban como un peligro real para la seguridad del reino. Pero no era fácil aceptar una solicitud que arrojaba a Francia, sumida en un desgarramiento interno, de bruces a un conflicto con España. En esas convocatorias, adonde llegaban familiares de los masacrados de la Florida, se pedía venganza en medio de llantos y vociferaciones. De la misma manera, y en vista de que había sobrevivientes que padecían prisión en la isla de Cuba y trabajo forzado en las galeras del mar, se clamaba por su pronta liberación. Las gentes se aglomeraban al frente del Louvre con papeles. Allí aparecían los nombres y se llevaba un objeto o una prenda de las personas asesinadas y secuestradas por los españoles. En dónde están, los queremos de regreso, gritaban con fuerza esos corrillos en los que yo solía encontrarme. Una noche se hizo una procesión. Todos portábamos una vela prendida y solicitábamos en silencio que nuestros seres queridos fuesen enterrados cristianamente. Que se levantara, en torno a su desaparición, un túmulo funerario que hiciese memoria de ellos. Pero esas multitudes eran dispersadas con violencia y se nos obligaba a volver a nuestros domicilios con la indignación todavía más exacerbada y la esperanza completamente envenenada por la impotencia. Los rumores decían que la reina madre había rechazado con sus aspavientos ruidosos cualquier arremetida militar contra España y, en cambio, proponía un intercambio de cartas y embajadas diplomáticas cuyo objetivo fuese la declaración pública de unas mínimas excusas. Estas, en realidad, nunca llegaron. Pero sí lo hizo una justificación mendaz de Felipe II en la que decía que él, como baluarte del orden católico del mundo, había ordenado eliminar la presencia hereje de las que eran tierras españolas por orden divina. Y así Francia y España fueran reinos amigos, él no podía pasar por encima de su misión de defender la verdadera fe.

Fue en este ir y venir de patrañas políticas y argumentaciones necias, cuando nos enteramos del arribo de algunos sobrevivientes de la expedición de la Florida. René Laudonnière, su capitán, estaba en París, y nos interesó escuchar su informe que se debía dar en presencia del rey Carlos IX. Fuimos al Louvre en compañía de Sylvius y su amigo, el médico Paré que, como sabíamos, mantenía claras simpatías con la causa de la nueva religión. Ysabeau quiso ir con nosotros, y su emoción fue sincera al descubrir que entre la comitiva que acompañaba a Laudonnière estaba su amigo pintor.

La primera impresión que tuve de este hombre fue contradictoria. La aventura que acababa de vivir estaba marcada en su cuerpo. Cuando le apreté la mano, noté que estaba tatuada. Circunstancia que lo hacía ver, según quienes lo tratábamos, como una especie de portador de exotismos de feria. Pero el otro brazo tenía la faz de una realidad distinta: estaba paralizado por el disparo de un arcabuz. A Jacques Le Moyne, ese era su nombre, su estancia en el Nuevo Mundo lo había transformado. Cuando se prolongaban nuestras pláticas, no cesaba de elogiar el carácter paradisíaco de esas tierras. Su emoción lo llevaba a gestos afectados. Me parecía, incluso, que su percepción de lo vivido rozaba las dimensiones del delirio. Ysabeau me confesó que el cambio en la persona de su amigo la tenía impresionada. Dijo que nunca habría creído que Jacques pudiese entusiasmarse tanto como para dejarse pintar el cuerpo por las manos de un salvaje.

Vi varias veces a Le Moyne ocurridos estos episodios de la protesta. Ysabeau siempre guardó una admiración secreta por el temperamento arrojadizo del pintor de indios, que era como se le llamaba en los medios artísticos de París. Entiendo que todavía residía en la ciudad en el momento en que se desarrollaron las nupcias de Marguerite de Valois y Enrique de Navarra. Pero puedo equivocarme, porque ese hombre era impaciente de pies y se la pasaba de un lado para otro, entre Diepa, La Rochela y Ruán, ofreciendo sus dotes de pintor y cosmógrafo y buscando, sospecho que sin lograrlo, la manera de imprimir unas acuarelas que mostraban sus singulares experiencias americanas. Debo decir, por otra parte, que poco me atrajeron sus consideraciones sobre la realidad que había dejado al otro lado del mar. Cuando evoco su rostro, el pelo desordenado y negro, sus ojos de un azul excesivo y las huellas de las geometrías en su piel, relaciono la narración de sus peripecias con las simpatías exhibicionistas, por los modos que él utilizaba al comentarlas, que la novedad imprime en los aventureros. En alguna ocasión señalé, para gran molestia suya, que era desmedido comparar las pinturas corporales indígenas, de las que él me mostró algunos motivos llevados en un cuaderno, con el arte que nuestros maestros ejercían en las iglesias y palacios. Mi opinión, en general, es que ambas expresiones no se pueden comparar. Jacques, en cambio, era incansable al decir que los indígenas manejaban el color mejor que nosotros y se mostraban más imaginativos. Pero, preguntaba yo incrementando su efervescencia, ¿conocen la perspectiva y la técnica del retrato y el desnudo? Incluso me tornaba irónico al suponer que Le Moyne pondría en el mismo nivel las largas declamaciones poéticas que hacían los nativos americanos, y que él decía haber escuchado de viva voz, con los vastos poemas de Homero, Virgilio y Dante. Y es verdad que si no fuese por la mediación de Ysabeau, que dirigía nuestra conversación por otros rumbos, tal vez habríamos llegado a actitudes agresivas, pues era poco probable que quien creía en la grandeza de un arte se pusiera de acuerdo con aquel que en el fondo era escéptico a todo tipo de grandeza.

Hasta hoy he guardado una cierta simpatía, aunque en el fondo sé que es más bien conmiseración, por esos pueblos que nuestro orden social ha ido borrando progresivamente de la tierra. Pero no me cabe la menor duda de que, así vivieran como criaturas en un paraíso natural que ha causado la admiración de algunas inteligencias nuestras, están rodeados de retraso. Por supuesto, en estas divagaciones, soy yo quien escribe en estas páginas, y Jacques Le Moyne es el ausente, lo cual me otorga ventaja. Pero si él pudiera hablar aquí no vacilo en creer que postularía la idea de que en el arte no hay progreso cronológico. Y que, por lo tanto, los frescos de Michelangelo y Rafaello de Urbino, por ejemplo, no son más avanzados que los que hicieron los indios en sus templos y tumbas de Tenochtitlán hace siglos. Jacques aseguraría quizás que cada obra establece su propio ideal y lenguaje y que su coherencia y su continuidad en el tiempo son lo que la hacen perdurable. Pero de qué tipo de perdurabilidad tratamos, me pregunto, sobre todo cuando nuestras palabras son meras exhalaciones de viento y lo que hemos construido, incluidas las supuestas pinturas sempiternas, llegará algún día a convertirse en polvo. Él creía en la vitalidad intemporal de algunas expresiones humanas. Era, a su modo, un iluso. Un cándido al modo de Rabelais y mi amigo Doulote. Cómo me gustaría volver a verlo, ocurridas ya las desgracias en las que una generación como la nuestra ha podido abrevar entre el miedo, la rabia y la ineptitud. Entablar de nuevo este tipo de alegatos, al calor de un vino y en compañía de mis gatos y evocando la imagen querida de Ysabeau. Cómo me gustaría preguntarle qué sentencia le suscitaría aquello de que es más atinado pintar, desde la perspectiva de este tiempo, un infierno urbano y no un paraíso bucólico; no un campo verde y propicio a la aventura, sino el corazón de una ciudad convertida en trampa mortal.

Fueron el relato de Jacques Le Moyne y los que dieron Laudonnière y otros dos sobrevivientes, Nicolas Challeux y Christophe le Breton, los que nos indicaron la magnitud de la tragedia sucedida al otro lado del océano. Se trataba de matanzas que dejaron ver la sucia estrategia utilizada por el militar católico. Pedro Menéndez de Avilés había entrado al fuerte de la Florida en horas de la mañana para masacrar a los habitantes, desatendiendo las opiniones de sus subalternos que decían que esas personas estaban indefensas. Sobre el patíbulo de la horca, y encima de los cuerpos sin vida, Avilés puso un mensaje nada ambiguo: Muertos no por ser franceses, sino por luteranos. Laudonnière, Le Moyne y otros más lograron regresar a Europa. Pero allá quedó atrapado, entre el mar, las tierras de Nueva Francia y los tentáculos de España, Jean Ribault, el capitán que debía remplazar a Laudonnière. Y junto a él, en esa mazmorra de la historia y la naturaleza, murieron casi quinientos hombres.

Los eventos eran tremendos. Se habló de una tormenta que tomó por sorpresa a la tripulación de Ribault. Aunque Laudonnière, que fue mal recibido en el Louvre, se defendía arguyendo que el mal tiempo se perfiló con claridad en el horizonte, y que él fue de la opinión de no perseguir a los españoles en el mar. Su consigna era enfrentarlos desde el fuerte y atacarlos por tierra. La tormenta, que duró varios días, terminó por dispersar a los franceses. No se supo si los dos contingentes intentaron, luego del naufragio, unirse para enfrentar a Avilés. Breton decía que no se habían unido y que cada grupo, por su lado, trató de volver al fuerte que ya estaba en manos de los españoles. El testimonio de Breton parecía el más confiable, pues había sobrevivido a la tercera de las masacres. Cuando lo escuchamos, su voz se cortaba con el llanto. ¿Por qué me he salvado?, preguntaba. Un silencio espeso planeaba en la atmósfera de aquellos conciliábulos que solo él cortaba con una oración dirigida al Señor. Pero la respuesta era sencilla: Breton sobrevivió por ser carpintero. Avilés terminó enviándolo al fuerte para que ayudara en las labores de su reconstrucción. Más tarde lo mandaron a La Habana y de allí a la cárcel de Sevilla, de donde las diligencias del embajador francés en España lograron liberarlo.

Ambos grupos, uno tras otro, con un intervalo de pocas semanas, se encontraron con los hombres de Avilés. La treta del español fue certera y en ella cayeron ingenuamente los franceses. La manera de ambos exterminios también fue similar. Los protestantes estaban cansados, sin armas y hambrientos. Enviaron a los emisarios frente al español y éste les dijo que se entregaran con la condición de que él salvaría sus vidas. Confiando en esas palabras no vacilaron en hacerlo. Se dejaron atar las manos. En los gestos de los captores hubo una celeridad sospechosa. Preguntaron el porqué de esa medida y Avilés respondió que era para evitar una posible fuga en el recorrido que iban a emprender. Cuando todos, eran acaso más de doscientos, estuvieron atados, comenzó la carnicería. Uno a uno, fueron apuñalados por la espalda o degollados. Solo unos pocos se salvaron: los menores de edad y quienes decidieron, en medio de la turbación, abjurar de su credo.

Luego vino el segundo grupo, comandado por Jean Ribault. Alguien, sobreviviente de la anterior matanza, se había unido al capitán. Por lo tanto, é ste estaba prevenido sobre los acontecimientos pasados, tanto en lo concerniente a la toma del fuerte como a los de la masacre que la continuó. Entregarse a Avilés, confiar en sus promesas, significaba caer en una emboscada mortal. Ribault, acompañado por un grupo de ocho hombres, atravesó el brazo de mar que los separaba de los españoles e intentó negociar. Argumentó que los dos reinos a los que prestaban sus servicios eran hermanos, y que Avilés cometía injusticia al tratarlos como enemigos. El español menospreció este juicio y, entre el vino y las frutas que ofreció para mitigar cualquier recelo, dijo que él los trataba como piratas hugonotes y en esa condición residía lo excepcional. Ribault pidió un barco para que sus hombres pudieran regresar a Francia. Avilés se negó y hasta bromeó en torno a la dimensión exagerada de la solicitud. El francés se amparó en otra estrategia. Ofreció cien mil ducados con el fin de obtener un salvoconducto para lo que restaba de su tripulación. El español se consideró agraviado con el trato. La única opción que tenían, exclamó con desprecio, era entregarse. Pero aseguró una vez más que les garantizaría la vida. Ribault atravesó de nuevo el mar con su comitiva. Deliberó largamente con sus hombres hasta que tomó la decisión. Es difícil saber qué puede sentir un ciervo antes de caer en las garras del león. La fatiga, el hambre, una impostergable esperanza de querer regresar al hogar y volver a compartir con los suyos asediaron a estos desdichados que buscaban la aventura y el oro y se habían topado de frente con la infamia.

Ribault, eso opinaban quienes lo conocieron, era un marinero experto, un militar leal, un protestante honorable. Como buen capitán, tal vez solo le importó salvar la vida de sus hombres. Y Avilés estaba al otro lado de las aguas enarbolando esa promesa. Pero algunos de los franceses, olfateando la eminencia del peligro, se dieron a la fuga. Ribault, en cambio, con el resto de su tropa, tomó el otro camino. Peinó su barba larga, arregló su traje estropeado y tomó el estandarte real, la espada y la daga, el casco y el sello en donde se decía que Coligny lo había nombrado capitán de una expedición que pronto llegaría a su fin. Cuando le entregó todo esto a Avilés, los españoles empezaron a transportar, en la barca que pertenecía a los mismos franceses, y en grupos de a diez, a quienes decidieron entregarse. Les ataron las manos para impedir cualquier conato de escape. Ribault quiso protestar, pero de qué servía hacerlo. Cerca de doscientos hombres, sumidos en la incertidumbre, fueron llevados a una playa que favorecía las maniobras militares. Avilés les preguntó si alguien deseaba volver al seno de la religión católica, pues de lo contrario un destino ruin los esperaba. Como nadie dio un paso adelante, los imprecó y los tildó de herejes y les dijo bandidos y, en nombre del rey Felipe II, los condenó a un infierno eterno. Poco antes, movido por una clemencia advenediza, el español había separado del grupo a tres imberbes que todavía fluctuaban en la adolescencia. Ribault fue el primero. Lo pusieron delante de todos. El español lo abordó y quiso decirle algo. Pero el capitán lo interrumpió con determinación. *Domine, memento mei*, pronunció. Luego declamó con alta voz las palabras del salmo: «Ten piedad de nosotros, Señor, ten piedad, que nuestra alma está saciada del desprecio, las injurias y el orgullo de los arrogantes». Pero las palabras fueron devoradas por la vastedad del día iluminado. Dice Breton que estaba gritando algo referido a la grandeza de la Francia hugonote cuando el puñal se le clavó en el pecho. Ribault cayó y fue ultimado por varias espadas. No pasó mucho tiempo para que los otros siguieran el mismo camino y la sangre fuese absorbida por la arena. A Ribault, eso lo leímos luego en el libelo que publicó Challeux, le cortaron la barba y le tajaron la cabeza en cuatro partes que colgaron en picas próximas al fuerte que ahora era español.

En ocasiones sueño que recorro esos paisajes que jamás he visto en la vigilia. Y que en mi sueño, al menos en las primeras veces que lo tuve, se presentaban como un relieve impreciso. Pero a fuerza de tenerlo con recurrencia, empecé a otorgarle un carácter. Podría hablar entonces de una sombra, es la mía, que sobrevuela playas e islas, bahías y estuarios, en procura de alguna señal, de algún vestigio, de alguna palabra. No encuentro nada, sin embargo. Ningún armazón de navío naufragado. Tampoco esqueleto alguno hundido en las arenas calcinadas. Ni siquiera el rastro de una gota de sangre, porque ella parece haber calmado la ecuménica sed de la tierra. Solo creo sentir que en tales parajes sin nadie un viento sopla y el rumor del mar resuena sin fatiga. Como si el agua estuviese destinada a convertir el oleaje en una cantinela propia para consolar dolores colectivos y siempre repetidos. La sombra que soy busca las huellas invisibles de las matanzas del pasado. La cantinela dice que, después de todo, esos duelos terminarán fundidos en el olvido. Y cuando despierto, en mis labios se asoman las palabras dichas tantas veces: *Domine memento mei.*

Nada en ese sueño, quizás deba aclararlo, tiene que ver con la venganza. Si yo hubiera albergado un sentimiento así alguna vez –de hecho me pregunto si lo he tenido después de haber padecido las jornadas de San Bartolomé–, creo que jamás me habría permitido concretarlo. Tal vez sea esa una de las facetas de mi cobardía. Muchas veces, cuando me vi solo en Ginebra, sin Ysabeau y el hijo que llevaba en las entrañas, sin ninguno de mis dibujos y mis telas, reproché mi falta de inquina, mi incapacidad de tomar una alabarda o un arcabuz y unirme a ejércitos vengativos. Otros, no obstante, en lugar de las víctimas directas de las matanzas de la Florida, y como suele suceder en el absurdo teatro del mundo, habrían de hacerlo.

Esta vez se trató de una labor personal. Recuerdo que cuando llegaron a París las noticias de esta retaliación, me dio un pálpito extraño. Hubo un entusiasmo sin reservas entre los protestantes porque por fin alguien había decidido, sin acudir a los laberínticos procesos de la corte ni a las llamadas de los altos mandos militares, obrar como era debido. El héroe se llamaba Dominique de Gourgues y tenía una carrera de infortunios y de proezas digna de elogios, al menos entre quienes se dedicaban a los oficios de la guerra. Si mal no recuerdo había nacido en Mont-de-Marsan, y sirvió con lealtad a tres reyes francos. Provenía de una familia aristócrata de Guyana y durante un tiempo trabajó, bajo el emolumento de la casa de Lorene, en tierras de Alemania y Flandes. Los españoles lo hicieron prisionero en Siena, donde

154

combatió corajudamente contra los Médicis. Fue condenado a las galeras en vez de ser ajusticiado por su resistencia en la ciudad italiana. Es muy posible que, desde entonces, y ante la humillación de los látigos, comenzara a empozar su rencor hacia todo lo que tuviera que ver con España. Los turcos lo hicieron prisionero en Constantinopla y después lo liberaron. De allí, mediante transacciones económicas, se unió a las tropas de Malta y pudo regresar sano y salvo a sus tierras, aunque atafagado de resentimiento. Tenía en mente dirigirse a las costas del África y de allí embarcarse para Brasil en procura de hacerse una fortuna como contrabandista de esclavos negros. Pero entonces fue cuando lo sacudió la noticia de las masacres de Avilés. La indignación le removió los sentimientos y sintió que había llegado por fin su hora. Una convicción imperturbable lo cimbró al principio en una suerte de asombro ansioso. Luego se calmó y, como si se tratara de una orden entre celestial y terrena, emergió la decisión. Vendió todas sus posesiones. Convenció a un hermano de que le diera parte de las suyas para financiar la expedición. Pero no dijo nada de su interés verdadero y nadie logró enterarse de sus propósitos vengativos. Gourgues se veía siempre ecuánime y hablaba de un viaje cuyo objetivo era llegar hasta las costas africanas de Cabo Verde, apropiarse de un cargamento de esclavos para venderlos en América y así obtener jugosas ganancias. Además, quién iba a sospechar de algo tremebundo contra España en un gentilhombre que era bastante conocido por su catolicismo sin tacha.

Gourgues se procuró tres navíos, contrató a más de doscientos hombres y en Burdeos se lanzó al mar. Hicieron lo prometido con el cargamento de los negros y los vendieron en las Antillas a un español contrabandista. Entonces, en las proximidades de la isla de Cuba, Gourgues develó su plan de venganza. Los marineros y los soldados escucharon su arenga y lo apoyaron. Empujados por la vehemencia, bordearon la isla y enrumbaron hacia las costas de la Florida. Gourgues llevaba a uno de los hombres de Laudonnière y su experiencia fue crucial para que los barcos atracaran en tierras favorables. Gourgues, locuaz y dominante, no demoró en atraer a su lado a los indios de la zona, que tenían suficientes razones para odiar la mano dura de los españoles. Un gran ejército de más de dos mil indios se conformó con rapidez y Gourgues pudo consumar la venganza. Así, un nuevo contingente de hombres fue masacrado. Gourgues se cuidó de seleccionar a varios españoles, eran treinta acaso, y a todos los colgó. Sobre sus cuerpos hizo poner un aviso explicativo: Muertos no por ser españoles, sino por traidores, ladrones y asesinos.

Felipe II, al enterarse de esta venganza, exigió un castigo ejemplar para el delincuente de Guyana. Se llegó a ponerle un precio exorbitante a su cabeza, de tal manera que cualquier católico o protestante francés, que no tuviera las indispensables gotas de sangre patriótica en las venas, habría recibido con beneplácito aquella cantidad de ducados. Es verdad, o al menos eso fue lo que se rumoreaba aquí y allá, que Carlos IX prometió un castigo para el asesino. La verdad era otra, sin embargo, y lo sucedido definía muy bien el carácter de esos días. A Dominique de Gourgues lo recibieron como un héroe y lo vitorearon y lo homenajearon en La Rochela y en Burdeos. Hasta los comentarios más irónicos decían que el rey francés le había llamado la atención en público y palmoteado con orgullo los hombros en privado. No es un secreto lo que ocurrió con este personaje que llenó tantas veces la boca en nuestras conversaciones cotidianas. Ante la evidencia de la venganza, y a pesar de la admiración que su acción había despertado entre los protestantes de Europa, Gourgues se refugió un tiempo en un palacio, protegido por los poderosos de la corte de Ruán. Allí estuvo hasta que lo nombraron almirante de una flota que enfrentaría las tropas de Felipe II. Debía ir a París para luego dirigirse hacia Tours, donde lo esperaban las últimas gestiones antes de embarcarse. Pero una enfermedad fulminante se lo llevó de este mundo. Algunos agradecieron esa muerte sorpresiva. Otros la lamentaron.

Debería explicar por qué me he detenido en los intríngulis de estos acontecimientos americanos. La explicación quizás sea porque hallo en su desarrollo una anticipación de lo que vendría después. Acaso lo he hecho porque, en los diálogos con los seres más cercanos que mantenía a la sazón, estos eventos terminaban tarde o temprano por entrometerse. Además, sospecho que, narrando lo ocurrido en esas playas lejanas, puedo llenarme de fuerzas para enfrentar el recuerdo de lo que fueron mis últimos días en París. Es posible que el lector de estas letras comprenda en qué tipo de tensiones diarias vivíamos los protestantes y los católicos en la capital del reino. Los primeros no nos sentíamos tranquilos, así el edicto de Saint-Germain, establecido por Carlos IX, nos otorgara cierta protección e intentara consolidar la paz entre los bandos enfrentados. Pero esta paz era enteca. Sylvius, por ejemplo, había asumido un recelo extremo y trataba de no salir después de ciertas horas de la noche. No solo estaba la delincuencia de siempre, los maleantes que despojaban de la capa, el dinero y las joyas sino, lo que era más grave, que podíamos tropezarnos con grupos armados de católicos intransigentes y seguidores de la familia Guise. Las procesiones se hacían con una proliferación de antorchas que iluminaban grandes cruces siniestras. Los mosquetes se disparaban al aire o a ciertas puertas y ventanas, y las consignas de muerte a los hugonotes las gritaban grupos de encapuchados. Había flagelantes que cargaban camándulas en el cuello y monjes cuyas matracas y tambores redoblaban con la insistencia de los convencidos. La verdad es que jamás se acostumbra uno a estas atmósferas en las que Cristo, símbolo de una supuesta concordia universal, era el fuego que atizaba los rencores. Pero en nosotros, los diferentes en esta igualdad delirante, existía una dosis de resistencia. Ella era, sin duda, nuestro escudo. El señalamiento parecía tan claro, y de esto nos habríamos de dar cuenta más tarde, que estábamos seguros de que todos sabían en dónde vivían los allegados a la nueva religión. Desde los púlpitos de las iglesias, Simon Vigor, Artus Desiré y René Benoist nos llamaban leprosos espirituales. Desiré decía haber visto en el cielo de París un dragón de siete cabezas, parecido al del Apocalipsis, que se habría de abatir sobre nosotros. Vigor vociferaba, como un poseído, que los acuerdos de paz entre católicos y protestantes eran una tea execrable que terminaría por consumir a Francia. Para él, la paz era una blasfemia, una resignación vergonzosa, una cobardía sin fin. Solo la guerra era justa y la única capaz de extirpar la mancha de la herejía. Desde el colegio de Clermont, situado en la calle de Saint-Jacques, los monjes de Ignacio de Loyola lanzaban sermones viscerales que hundían su esencia en los preceptos del Concilio de Trento. Se nos vigilaba agresivamente cuando íbamos a las prédicas de nuestros ministros. El que más nos convencía se llamaba Le Bois y no vacilaba en apoyarse en las palabras de Erasmo cuando exclamaba que no había una monstruosidad más deplorable que ver a un cristiano combatiendo contra otro cristiano. Qué tenían que ver, nos preguntaba Le Bois, la mitra y el casco, el bastón pastoral y la espada, el Evangelio y el escudo. Pero nosotros, en vez de mimetizarnos con el resto de la población y así procurarnos una mínima defensa, manifestábamos con temeridad nuestra indumentaria. Afectos a los atuendos negros, estos nos delataban de inmediato. Éramos, para qué negarlo, provocadores, pero sobrevivíamos. Antes, bajo las ordenanzas de Enrique II, solo teníamos dos opciones: el exilio o la prisión. Ahora avanzábamos un poco. Nos aceptaban a regañadientes y hasta nos era permitido trabajar. Y eso ya era mucho decir. O al menos yo podía hacerlo y sacar de mis labores una cierta satisfacción.

Mi último proyecto consistió en dibujar la ciudad. No podría precisar cuándo empecé a desprenderme de Ysabeau, de sus manos y sus pies que llenaron tantos bocetos, para mirar lo que sucedía en las calles. Necesitaba haber pasado por ella, haberme entrometido en su cuerpo, para enfrentar mejor el afuera. Me sentía como desbordado y al mismo tiempo capaz de volverme a colmar en ese deambular por los espacios de París. Nada me parecía angosto ni limitado. Nada artero ni pecaminoso. Ninguna visión me producía asco o distanciamiento. Al contrario, sentía que mis ojos tenían sed de todo, que mi ansia era universal, y que solo los hombres, en sus infatigables correrías, podían calmarla. Era, pero sé que hasta en los intentos de explicar este entusiasmo me vuelvo equívoco, como si el silencio y el apartamiento, circunstancias que encontraba en compañía de Ysabeau, hubieran dado paso al estropicio y a la agitación de una criatura que parecía ser mucho más que el resultado de nuestras limitadas existencias. La ciudad, así la delimitaran sus grandes puertas y murallas, era interminable. Me lanzaba al laberinto de las callejas que se extendían a lado y lado de la calle Saint-Jacques. Y terminaba extraviado en las arterias diminutas de Saint-Séverin y Sainte-Geneviève, donde se aglomeraban las tiendas de objetos antiguos. Luego iba a los suburbios, inundados de podredumbre y palpitaciones comerciales, de Saint-Marcel y Saint-Victor. Y recorría, con mis papeles y mis lápices, y no sentía fatiga alguna, las grandes arterias del Temple, Saint-Martin y Saint-Denis. Atravesándolas, creía estar penetrando el verdadero corazón de París. Cuando quería tomar distancia frente a lo que pintaba, dirigía mis pasos hacia el Sena. Ese río, que tiempo después se llenó de sangre, era el reflejo de mi recogida amplitud. Las barcas surcaban sus aguas y en sus remeros no reconocía ningún rasgo de Caronte, como tampoco vinculaba su caudal con el que Dante describe en el círculo más recóndito del averno.

Empecé a entender que toda ciudad es una moneda de caras simultáneas. Allí brota el ángel y allá el demonio. En este lado surge con una lucidez súbita la sabiduría y en este la bruma de la locura. Junto a la serenidad del templo se levanta la convulsión del lupanar. En este rincón finaliza el ciclo de sus pasos el anciano, y en este otro salta el atrevimiento del niño. Mi taller se fue llenando de esas múltiples y antagónicas y complementarias facetas de París. En medio del primer desorden, como acalorados e intensos eran mis derroteros, fue indispensable establecer una mesura. Acumulé en diversos montones las fachadas de las iglesias, la serie de sus gárgolas, los frontispicios de los palacios, las casas construidas sobre los puentes, las barcazas en el río, las insignias que coronaban los negocios del pan, las telas y las carnicerías. Las espadas, las alabardas, los puñales y las escopetas, así como los bonetes, los collares, las camándulas y las capas exigieron también su ordenamiento. En otros montículos puse mi galería de clérigos con sus libros y sotanas, los vagabundos con sus guiñapos grotescos, los gentileshombres con sus capas y dagas enjoyadas y los artesanos provistos de sus utensilios. Recuerdo muy bien, porque Ysabeau gustaba de este rasgo, mis estampas consagradas a los oficios callejeros. Yo los dibujaba y ella, en nuestra casa de la puerta de Buci, adivinaba el nombre de la actividad y con sus bellas letras inclinadas ponía el título de la escena. El que vende el carbón, la comerciante de lavanda, el estañero, el celador de las calles, la legumbrera, el mercader de canastos, el que vende escobas, el vidriero, el cerrajero, el cuchillero, el carnicero, el vendedor de quesos, el cancionero, el que transporta el agua, quien vende el vino.

Muchas veces me pregunté hacia dónde apuntaba este proyecto de forjar una ciudad desde sus partes, y si yo era, en el París de entonces, el único que se disponía a representar, aunque maltrechamente porque estaba rodeado de los impedimentos impuestos por mis ojos y mis manos, su esencia inabarcable. No me olvidaba, por supuesto, de lo que hacían los artistas renombrados. Acaso el más célebre de ellos era Antoine Caron. Creo, empero, que malgastaba su talento haciendo decoraciones para las aparatosas ceremonias cortesanas. De él había visto algunas de sus fiestas y matanzas antiguas. Esas plazas enormes y vacías, amparadas por figuras alegóricas y sobrias columnas romanas, me atraían mucho. Una de sus pinturas llegó a ocasionarme inquietud. Es aquella que muestra a un grupo de astrónomos observando un eclipse. Más allá de los sabios terrestres, reunidos en dos grupos, que señalaban el arriba en medio de sus instrumentos de medida, hay un cielo con reflejos de incendio. Una luna al acecho flota entre nubes densas. La visión de esa imagen me embargaba de un extraño entusiasmo y tal vez, eso es lo que pienso ahora, su atmósfera era una antesala a los días próximos. También me deslumbraban las mujeres que se ocupan del agua, esculpidas por Jean Goujon, en el cementerio de los Saints-Innocents. Esas féminas, con sus túnicas mojadas y transparentes de piedra, sus brazos y piernas esbeltos y a la vez redondos, despertaban en mí el pudor y el ansia. Algo en sus nalgas y sus senos hablaba del trigo sacudido por el viento, o de las uvas que cuelgan turgentes de las ramas. Mis labios querían beber el líquido pétreo y, si fuera posible, llegar hasta la dádiva oculta tras los tenues pliegues tallados. Eran cuerpos femeninos, ninfas de riachuelos cuyos vestidos hablaban del fulgor crepuscular de las alamedas. Recuerdo que, satisfecho con la visión de las esculturas de Goujon, pero cada vez más expectante, regresaba a mis dibujos. Es cierto que una especie de desconsuelo se instalaba en mí. Tal vez lo que yo estaba haciendo, me decía, era un encadenamiento fatigante, una enumeración hiperbólica, un escenario repleto de compartimientos inútiles. Cuando revisaba mis trabajos, concluía que la condensación milagrosa que pretendía se me escapaba. Pero ¿podría hacer yo tal tarea? Si algún día alguien viera lo hecho por mí, ¿podría afirmar que, en efecto, allí estaba sintetizada la ciudad?

Es paradójico, de todas formas, que en medio de la realización de este proyecto surgiera una expresión particular de París. Solo hay que imaginar a un pintor tratando de nombrar la vitalidad del lugar en que vive, suponerlo empujado por un deseo imposible, así sea comprensiblemente humano, verlo sumergido en una labor que no es más que su única justificación frente al tiempo que le ha correspondido; basta verlo consternado y feliz porque esos y no otros son los límites que subyugan al artista, y creyendo con candor que su obra se consolida en un propósito enorme pero en el fondo infecundo; y basta confrontarlo entonces con la otra cara de la ciudad, la que está sedienta de destrucción y muerte, y tal vez podría entenderse lo que pasó conmigo y mi obra al estallar la violencia de San Bartolomé.

Yo tengo mi propia memoria, pero ella es precaria porque es individual y está empañada por el dolor. Aquí, en Ginebra, viven varias personas que también huyeron de aquel París veraniego. Simon Goulart, el joven ministro, que desde hace un tiempo me viene insistiendo para que dedique mis esfuerzos a la pintura de una obra que se refiera a esos sucesos, ha entrevistado a numerosos testigos. Goulart cree, por ejemplo, que es fundamental escuchar esas versiones del infortunio. Pero no solo escucharlas, sino escribirlas. Que se debe hacer hasta lo imposible para que se conozcan tales testimonios y queden como un registro para las generaciones futuras. Ese es el argumento, por lo demás, con el que el ministro intenta convencerme de que vuelva a pintar. Goulart piensa que el arte debe denunciar el desgarramiento que este siglo ha vivido. Yo me acomodo mejor, sin embargo, a la idea de que el verdadero artista siempre es ajeno a esas contingencias y logra salir adelante cuando enfrenta los enigmas de la belleza y su equilibrio. Goulart piensa que libramos una batalla religiosa y política posible de ganar. Yo creo que la única batalla que nos incumbe es aquella que muestra al hombre su propia locura y su desesperación, y que toda victoria en estos campos es engañosa. Goulart sostiene, y en ello es coherente con su oficio, que es posible reformar al mundo. Yo me aventuro a creer, aunque lo hago reservadamente, pues no ignoro la ciudad que habito, que allá cada quien con su credo y que ojalá algún día todos los hombres comprendieran de una vez por todas que es más sensato establecer en silencio y en soledad las conversaciones con Dios, y no pregonarlas como si fueran un asunto de interés comunal. Cuando reflexiono, en todo caso, en esos ojos que algún día mirarán mi posible testimonio, me entran el escalofrío y la duda. Por un lado, estoy convencido de que no es bueno ocuparse de las turbulencias provocadas por los hombres, esos seres minúsculos destinados a desvanecerse en el aire como un humo sin nombre. Y, por el otro, me pregunto ¿de qué servirá entrometer mi experiencia del desarraigo en la orfandad de una población que fue exterminada y nada hasta ahora ha podido redimirla? ¿Podría la factura de un óleo curarme no solo de mis heridas aún no cerradas, sino de las laceraciones que padecen mis contemporáneos de Ginebra? Y me pregunto, todavía más, si una pintura, así logre erigirse como símbolo de una tragedia colectiva, podría otorgarme una sola pero necesaria palabra de consuelo por parte de los agresores Ahora bien, ¿es perdón lo que mi amargura reclama? Pero Goulart, y es comprensible que piense así, considera que el perdón, más que humano, es la alternativa de alivio que solo Dios puede darnos.

Los días previos a la masacre, París estaba de fiesta. Unas bodas reales pretendían reconciliar familias que, por sus antiguas rencillas irresolutas, habían llevado al reino a un callejón de guerras civiles interminables. Estas se sucedían en batallas que tenían más bien visos de venganzas, cada cual más agresiva que la anterior, hasta que unos documentos firmados lograban detener la sed de sangre por unos meses. ¿Quién iba a pensar que una región próspera y digna del ditirambo iba a desgarrarse con semejantes tribulaciones? Aunque yo he permanecido más acá del bando reformado, tal situación no me ha cerrado los ojos ante los excesos que hemos cometido. Aquí y allá la brutalidad ha hecho de las suyas. Allá y aquí nos ha permeado el odio. Nos hemos matado por cuestiones que, a mi juicio, no merecen tales desbordamientos. ¿Es útil o no la misa? ¿Existe el purgatorio o este es una geografía fantástica? ¿Vale la pena rezar por los muertos o es mejor dejarlos definitivamente tranquilos en su finitud terrestre? ¿Es la Biblia la que dice la verdad o esta es solo un atributo de la Iglesia romana? ¿En la hostia reside Dios o esta no es más que un pedazo de pan sin levadura? ¿Tiene razón san Pablo cuando se refiere a la total gratuidad del amor de Dios o es el cura el investido de la verdad cuando habla de las virtudes de la confesión que él mismo imparte? Quizás el tono de mis palabras resulte inadecuado para estos días marcados, según algunos, por una intensa sed de Dios, y según otros, por una perturbadora angustia del espíritu. Pero solo intento convivir con mis propias resoluciones y procuro, en la medida de lo posible, no exacerbar a nadie. Quizás esa sea la enseñanza que me ha dejado el paso por el desenfreno de esta época. Tengo suficiente conocimiento para decir que los ejércitos protestantes han enarbolado enloquecidamente las divisas de Lutero y Calvino. Porque no hay peor tiranía, también los años me han favorecido esta certeza, que aquella que nos azuza, día tras día, hacia un ansia de venganza contra el otro.

Las bodas se efectuaron. Nos hicieron creer que la guerra llegaba a su término. Qué ingenuidad la nuestra al no intuir que, por el contrario, luego de las mascaradas, los bailes y los banquetes, la apoteosis del terror llegaría pronto a ofrecernos su bienvenida. Pero, en realidad, la suntuosidad de los decorados, las alegorías y los poemas y la música que engalanaban los oídos, esas divinidades marinas y los dioses del Parnaso, esos jardines sembrados de flores y ninfas, las grandes ruedas en donde los signos del zodiaco presenciaban la paz que por fin llegaba al reino, estaban reservados no al sueño de la concordia sino al del crimen. A la ciudad fueron convocados los señores poderosos de la nueva religión. La reina madre y su hijo pregonaron sus augurios optimistas y prometieron, bajo juramento, la paz a los hombres de Coligny. El Sena se vio invadido de grupos de personas que buscaban las barcas para desembocar su curiosidad en los festejos nupciales. Yo mismo, en compañía de Sylvius e Ysabeau, sucumbí a los embelecos de la novelería. Mi tío estaba contento con su jubón negro de Italia, recién comprado entre los comerciantes de la Puerta de Saint-Jacques y su sombrero con plumas de avestruz. Ysabeau se puso un vestido rosado con mangas de seda que aumentaba en cierta forma el estado de su gravidez. Yo vestí

calzones blancos, un amplio camisón de lino verde y me puse
un bonete naranjado. Cuando me vio, Sylvius miró con cierto
desdén mis prendas, que estaban lejos de competir con su
solemnidad de cirujano y barbero protestante. Demoramos
un rato paseando nuestros ojos por entre aquella humanidad
que rodeaba el estrado levantado en el atrio de Notre-Dame.
Desde lejos pudimos ver a Marguerite de Valois, ataviada de
terciopelo violeta, su cuerpo sacudido por un fulgor de zafiros
y diamantes. El calor era aplastante a pesar de los numerosos
abanicos que intentaban alivianar el aire. Las armas despedían
un brillo intenso que encadilaba los ojos y exasperaba los
ánimos. Esperaba encontrar una alegría sin fisuras, pero
hasta los caballos parecían inquietos, y no exagero si digo
que esta como zozobra ambiental les hacía cagar y mear con
más frecuencia. Por entre los estandartes de un bando y otro,
veíamos a las señoritas de honor que rodeaban a la esposa
y los atrevidos mancebos con aires de gallo de pelea que, a
su vez, hacían compañía al joven príncipe de los Borbones.
Más allá, entre el gentío murmurante, las trompas avisaban
la presencia de los reyes y todos se prosternaban ante su
paso lento y gallardo. Alguien, entre un grupo de católicos
armados, se hacía rodear de elogios al recitar aquellos versos
de Ronsard que dicen que en los hugonotes no es menester
mucha experiencia para ser doctos en la ciencia y que hasta
los barberos más ignaros y los albañiles más procaces en
un día pueden volverse ministros. Sylvius se enervó al
escuchar la declamación. Opinó que, al contrario, al seno
de la nueva religión terminaban por llegar tarde o temprano
los más avisados en las artes y la filosofía. Fue entonces, en

el momento en que las burlas se elevaron entre los católicos ante las palabras de mi tío, cuando un desmayo le sobrevino a Ysabeau.

Decidimos regresar a casa pues, según Sylvius, lo indicado era que guardara reposo. Ysabeau, al escuchar el consejo, me pidió que la llevara donde su tía. Me opuse de entrada, pero ella recordó los retratos que debía entregar pronto y cuyo encargo había sido pago. Solo y sin la responsabilidad de ocuparme de ella y de las cosas del hogar, podría dedicarme a la culminación de las telas. La casa de la tía estaba mucho más cerca que la nuestra, y allí llevamos a Ysabeau. Más tarde, siendo de noche y en medio de un sopor agobiante, llevé parte de sus enseres y me tranquilicé al ver que la palidez de la tarde había dado lugar a un ligero rubor que daba frescura a su cara.

Cuando terminaba el último de mis retratos, la noticia se expandió por la ciudad. El almirante Gaspard de Coligny había sido herido. La descarga del arcabuz, disparada desde una ventana, le arrancó un dedo y le traspasó el brazo izquierdo. Ahora estaba en su domicilio de Béthisy, reguardado por sus hombres que temían, entre la cólera y la impotencia, que el atentado se consumara del todo. No estaban equivocados. La noticia culpaba, además, a Henri de Guise del delito. Sylvius se veía indignado y fue uno de los que se encargaron, junto al cirujano Paré, de atender las solicitudes de Coligny. Ese día fue la última vez que lo vi. Entró a mi taller, con el petate de sus utensilios terapéuticos, a relatarme lo sucedido y me recomendó no salir a la calle. Lo más conveniente es que mandes un mensaje a Ysabeau y le pidas lo mismo, dijo. Espera a que pase el torrencial provocado por el atentado, y ya veremos después. Le pregunté por su seguridad y él sonrió. Dijo que los médicos eran por lo general a los últimos que liquidaban en tales situaciones. Y no estuvo del todo errado. Luego supe, aquí en Ginebra, de su final espurio. Sylvius, ante el desarrollo de la masacre, se escondió por unos días en casa de uno de sus colegas católicos. Alguien lo denunció, sin embargo. Por los lados del Colegio Real, lo obligaron a salir a la calle. En medio de insultos lo desnudaron, lo despanzurraron a punta de cuchilladas y su cuerpo fue fueteado por un grupo de estudiantes de la facultad de medicina de París. Excitados por sus doctos maestros, veían en Sylvius Dubois la expresión de un mal doble. Además de reformado, era un cirujano altanero que siempre había visto con desdén los ámbitos universitarios.

¿Tiene sentido recordar los pormenores de las horas que siguieron hasta que las campanas de la iglesia de Saint-Germain L'Auxerrois dieron la señal para que se desbordara el frenesí? Acaso podría tenerlo, pero al recordarlos no ganaría nada, salvo prolongar en estas líneas un estado de inquietud insoportable. Porque eso fue lo que me invadió. Una poderosa incertidumbre que no me dejó dormir. Mis ojos miraban los ojos de quien había retratado, mi mente estaba evocando a Ysabeau, mis oídos escuchaban el ronroneo del gato que dormía en mis piernas, cuando sobre París fueron explayándose, lentos y acompasados, los toques de las campanas. La ventana del taller estaba entreabierta para que el aire, paralizado en una ardiente expectativa, pudiese entrar. Al terminar el último campanazo, la ciudad se hundió en un silencio inmedible. Creo que fue durante ese tiempo sin orillas cuando vi trazados en las nubes del cielo los ojos de un inmenso ser. Pero esto no es más que una impresión que quizás he inventado en estos años de destierro para agregarle más horror al horror. Cuando sé que éste, tal como suele presentarse, no necesita ni prolegómenos, ni símiles maravillosos, ni tampoco ornamentaciones apocalípticas. El horror es tan puro y elemental que no exige explicaciones y la descripción de sus maneras resulta fútil. Llega en su momento y nos enmudece y nos enceguece y nos sumerge por siempre en la detención.

Pero antes yo había intentado actuar. Algo me decía que era tan necesario como urgente hacerlo. Debía buscar a Ysabeau y traerla a casa lo más pronto posible. Desesperado, alcancé la calle Saint-André, giré hacia la de Paves y desemboqué en el Sena. Vi que no había embarcaciones. Todas estaban amontonadas y amarradas con cadenas en la orilla del frente. Alguien me dijo que regresara sobre mis pasos porque las barcas no prestarían servicio. Pedí una explicación y el hombre, levantando los hombros, dijo que las órdenes venían del preboste. Era un ser inmenso el que dijo eso. Parecía vomitado por las tinieblas sofocantes y en su pecho se acumulaba un remolino compacto de vellos. Mascaba algo que no supe identificar y tenía los ojos hundidos entre una maraña de cejas que se juntaban en el ceño. Olía fuertemente a ajo. Y este olor es el que surge como una vaharada, fatal y salvadora, en mis remembranzas, y no el de la sangre que se derramaría después. En el trayecto de regreso al suburbio de Saint-Germain noté un movimiento de sombras que se deslizaban por entre las calles. No me costó trabajo reconocer en ellas a los guardias franceses y suizos que iban acomodándose del mejor modo para su labor. Uno de tales contingentes, todos llevaban un brazalete blanco y estaban tocados con sombreros en donde había una cruz del mismo color, alcanzó a gritarme. Pero no hice caso y me escurrí por el dédalo de callejuelas que conocía bastante bien y regresé a casa.

Primero pasaron, raudos, unos caballos. Enseguida las detonaciones se desplegaron hasta alcanzar la regularidad de una batalla. Los gritos llenaban los intersticios dejados por el estallido de los arcabuces. Se oían los portones derrumbados y las ventanas eran abiertas con estrépito para que desde ellas se lanzara a las personas y luego sus ropas y sus muebles. A mí se me introdujo el miedo como un cuchillo frío que me paralizó la sangre. Jamás he vuelto a tener tanto pánico como en esa madrugada. Padecí, entonces, una momentánea vacilación cuando me tumbaron la puerta. Pensé en salir a enfrentarme a los asesinos. Me vi incluso peleando con ellos en mi delirio porque no era diestro en el manejo de ningún arma. Y, fuera de los cuchillos que Ysabeau usaba para las comidas, en casa no había con qué defenderse. Pensé ocultarme en uno de los baúles donde estaban arrumados mis dibujos innumerables. Quise bajar las escaleras, buscar la dirección de las cavas próximas y dentro de algún tonel de vino pretender un refugio temporal. Pero mi parálisis, de pronto, se vio sacudida por el gato. Como impulsado por una fuerza inesperada, el animal se lanzó hacia la puerta que ya habían tirado abajo y, enfurecido, se arrojó sobre el hombre que llevaba la delantera. Los aullidos fueron de rabia y dolor porque una de las alabardas se le ensartó en el cuello. No sé cómo logró zafarse y volvió a atacar con redoblada furia. Con la imagen del sacrificio, reaccioné y alcancé una de las ventanas internas y, quién sabe, tal vez empujado por la turbación o reencarnada en mí la habilidad de mi animal, logré saltar por entre los tejados sucesivos.

El fruto de aquellos años –las telas, las tablas, los cuadernos, los montones de bocetos que mostraban mi vínculo con París– fue destruido en la madrugada de ese domingo. A Ysabeau no pude encontrarla cuando busqué su rastro entre los vestigios del caos. En el lugar de la casa de su tía había un cúmulo de escombros dejados por el incendio. No me explico aún cómo logré deambular por esos lugares y salir de ellos sin que me ultimaran. Estaba tocado, supongo, por una asquerosa invisibilidad que me otorgó un sombrero católico. A veces creo recordarme encerrado en un cuarto oscuro durante un tiempo, en compañía de otros que también estaban asustados y lloraban. A veces me veo recorriendo, como un vagabundo enloquecido, los alrededores del suburbio de Saint-Germain-des-Près, hurgando entre las víctimas. A veces estoy en el puente de Notre-Dame, cargando, bajo amenazas energúmenas, esos cuerpos mutilados para después lanzarlos a las aguas. Y mi vergüenza y mi desolación crecían porque entre los cadáveres no estaba Ysabeau. Pero quizás me equivoque y todo sea producto de mi mente alterada. Solo sé que, sucedido un tiempo que no logro determinar con claridad, alguien me tocó el hombro. Era de nuevo ese hombre inmenso, velludo, semidesnudo que, en una de las orillas del río, me dio un salvoconducto a cambio de unas monedas. Fue como si despertara del letargo y cayera de bruces en la realidad. Más tarde alcancé la puerta de Buci. Y después fue un galope de caballos a través de campos iluminados por un sol de oprobio. Y más tarde todavía, ya en Ginebra, empezó a configurarse ese fantasma que soy ahora.

Quisiera negar la aseveración, aparentemente lúcida y tal vez pragmática, que dice que luego de las matanzas queda la esperanza de una humanidad pacificada. Yo estuve en París durante esos días y sé que no hubo ni hay ni habrá tal apaciguamiento. La humanidad siempre está al borde del abismo y su sed de destrucción no disminuye. A toda hora está tocando las puertas de la calamidad, estimulando el desvarío, abriendo la caja de Pandora de sus demonios internos. En eso consiste su perpetua condición. No, luego de las matanzas lo que queda es el olor ácido y dulzón de la sangre y el de la podredumbre de los cuerpos desmembrados. Después de las matanzas queda una pausa detrás de la cual se adivina nuestro deseo secreto de saborear otras fronteras del horror. Estamos atados a esa inclinación turbia que surca la historia de nuestros días. Desde entonces, trato de no hacerme ilusiones frente a la criatura humana. Esa idea recurrente, con la que pretendemos salvaguardarnos, de que más allá de la noche está el alba, de que el túnel posee su salida y que a la faz tenebrosa la vence la luz, me parece no la fácil constatación de los fenómenos naturales, sino un argumento falso. Somos inobjetablemente oscuros y ante las formas de la pavura terminamos por caer seducidos. No, más allá de las tinieblas no hay fulgor. Solo más tinieblas, y el inmenso terreno del desamparo.

Al huir de París prometí romper los lazos que me unían a ella. Fue una determinación insensata. Pero solo se pueden superar los traumas de una demasía hundiéndose en las dimensiones de otra. Menos radical conmigo mismo, volví a recordar la ciudad porque en ella había vivido Ysabeau. No sé si he vuelto a amar sus espacios y si de las recordaciones haya podido brotar una evocación amable de los años en que fui feliz a su lado. Todo se selló tan bruscamente que resulta arduo encontrar un paisaje sereno. Debo reconocer en todo caso que, a pesar de mi resentimiento, algo mío vuelve a París con recurrencia. No obstante, me prohibí pintar y llegué a Ginebra anclado en esta determinación. Al no tomar los pinceles y desentenderme de los óleos y los carboncillos, creí que otro hombre y otra historia podrían nacer. Qué tamaña ingenuidad. Solo contamos con una vida y su sentido está forjado con nuestros continuos desgarramientos. Me sentía tan unido a París como un Cristo tortuoso a su cruz. Con esta decisión pasé años tratando de ahogar mi propia respiración. Vino entonces el insomnio. Un insomnio hecho con las distintas caras de la muerte. Y con él, la impresión de sentirme ultrajado y convencido de que nadie se preocupaba por ofrecerme un consuelo. Y reconociendo que así hubiera una sola persona capaz de buscarme para darme su excusa, ese gesto no serviría de nada porque Ysabeau y mi hijo no regresarían jamás. La soledad era tanto más agobiante cuanto que no podía decir nada de ellos a quienes me rodeaban ya que, acaso sintiéndose tan adoloridos como yo, los habitantes de Ginebra entonaban sus salmos con devoción y en las Biblias que portaban hallaban un lenitivo. Se sentían como árboles plantados junto al río, esperanzados en que darían frutos a tiempo y seguros de que sus frondas nunca se marchitarían. Mis días, en cambio, se urdieron en la esterilidad. Solo el recuerdo de la música que mi madre cantaba en los amaneceres de mi infancia me llegaba a veces a los labios, en una ciudad cubierta por el frío y la nieve. Me encogía como un feto en la cama y hallaba en el tono de esos sonidos algo propio de las consolaciones.

Después vino un período de sequedad. Creí volverme duro. Tuve fuerzas para despotricar del catolicismo. Me parecieron obsoletos sus discursos del amor y reconciliación. Los católicos eran, de entre la humanidad que poblaba el mundo, quienes mejor expresaban el vicio de la hipocresía. Eran lascivos y se refugiaban en su mugroso recato. Predicaban la caridad con los que no poseían nada pero temían reunirse con ellos en el cielo. Elogiaban la humildad de los miserables pero ansiaban el confort de los poderosos. Prometían la armonía y estaban empantanadas sus almas en el rencor. Los católicos de París me habían expulsado de su ciudad como a un perro. A mi mujer la destriparon y a ella y a mi hijo, desnudos ambos, los arrojaron al Sena, o a una de esas fosas comunes que abrieron en el cementerio de los Saints-Innocents, o al pozo de los Clergés, que era donde se acostumbraba lanzar los pellejos de las bestias muertas. Incluso, para justificar su crimen, ebrios de júbilo y seguros de su labor redentora, dijeron que un espino blanco, marchito desde hacía años, había florecido en el mismo cementerio gracias a la sangre vertida de los herejes. Y cuando vieron el árbol, la gente incrementó su desvarío. Los asesinatos se hicieron más frecuentes, las campanas de las iglesias redoblaron con intensidad, los más devotos entraron en convulsiones, las mujeres se desmayaban atravesadas de éxtasis, los enfermos empezaron a curarse, los poetas mojaron sus plumas para escribir sonetos y tragedias que conmemoraban la victoria católica. Todos creyeron, finalmente, que Francia reverdecía por el aniquilamiento de los míos. Era como si Dios hubiera aprobado, con estas pruebas fehacientes, la hecatombe.

En esos días, para liberarme de la opresión, tomé la costumbre de caminar por los alrededores del lago que rodea a Ginebra. Salía en las madrugadas, no importaba el frío que estuviese haciendo, y me ponía en frente de las aguas durante horas. En ocasiones gritaba el desdén y oía el eco de mi voz atrapado por la vastedad del espacio. Otras veces me llenaba las manos de barro y me lo untaba en la cara con la esperanza de que esa cercanía con la tierra de la cual yo había surgido me produjera un vínculo salvador. Pero fue la visión nívea y amplia, o brumosa y cerrada del lago, que se sumía en la quietud y el silencio, la que empezó a fraguar en mí un alivio. Ahora, cuando los consejos de Simon Goulart insisten en que retome los pinceles, he regresado al lago. ¿Esas aguas detenidas son las mismas?, me pregunto. ¿Qué tanto he cambiado yo ante ellas? ¿Son el paso del tiempo, la frecuentación con los hombres, la sabia enseñanza de Dios, los verdaderos bálsamos para el dolor? Y ¿qué es, finalmente, el dolor? ¿Qué escurridiza sustancia encierra? ¿Qué tipo de energía lo justifica frente al cosmos? ¿Tiene un fin y un principio su palpitación indefinible? Y ¿cómo conjurarlo? ¿Es posible fijarlo en una tabla o en un pedazo de tela? ¿Qué tiene que ver el color con el dolor?

Al regresar a las superficies blancas de ese paisaje lacustre, he pensado en la posibilidad que tenemos también los pintores, y sobre todo un pintor como yo, de anular la mirada. Mejor dicho, ante el lago Lemán como ante la tabla que debería pintar, me pregunto si de lo que se trata es de ocultar la mirada y, por lo tanto, negar toda visibilidad porque ella es sinónimo de opresión. ¿Acaso no sería mejor callarme y con este gesto mínimo, ante el turbulento movimiento del mundo, enmudecer la pintura? Mi tabla, esa que pide tanto mi amigo ministro, debería ser más bien como aquel lago de mis caminatas, lleno de blancura y vacío. ¿Qué más podría hacer, harto de nada, agotados todos mis lenguajes, sino fundirme en el silencio?

Pero hoy Goulart ha vuelto a arremeter. Intenta convencerme apoyándose en diversas reflexiones. Aconseja recapacitar sobre mi misión de hombre y de pintor. Me recuerda, con todo el tacto y la inteligencia que su oficio le prodiga, las vidas martirizadas. No me habla directamente de Ysabeau y de mi hijo, pero es como si lo hiciera. Goulart, en algún momento, lanza una comparación que a mí me indispone. Recuerda un episodio de la represión de Amboise, ocurrida hace más de veinte años. Uno de sus principales cabecillas, Briquemault de Villemongis, antes de ser decapitado por los hombres de los Guise, hunde las manos en la sangre de sus compañeros, las levanta hacia el cielo y exclama: «Señor, he aquí la sangre de tus hijos. Tú tejerás con ella la venganza» Como reprocho sin ambages esta última palabra, Goulart la cambia por la de justicia. Y agrega que nosotros tenemos el derecho a armarnos para defender la salvación del pueblo y protegernos contra reyes tiránicos, nobles sediciosos y ligas de católicos arrebatados. Se apoya para ser más convincente en las reivindicaciones de Théodore de Bèze, de François Hotman, de Philippe Duplessis-Mornay. Y yo, ante este arsenal de citaciones, que ignoro en su mayor parte, quedo mudo y hago una señal con la mano como para decirle a Goulart que he comprendido su mensaje.

Sucedido el almuerzo, nos entretenemos con mis gatos. Goulart los pone a saltar con una tiranta de tela. Entretanto nos referimos a la inclemencia del frío en este último invierno. Ginebra, me atrevo a decir, sin fiestas ni diversiones, prohibidos los bailes, los disfraces y los juegos, cerrados los lugares de la embriaguez, reprimidas las infidelidades, mal vistos los trajes lujosos y las joyas y el sonrojo artificial en las mejillas, castigado el porte de cabellos largos y peinados demasiado sofisticados, parece como suspendida en un limbo. Goulart reprocha esta comparación, y resuelve la dimensión de las prohibiciones aduciendo que es menester que la religión se encargue de limar excesos. Confiesa, por último, que el espectáculo de la nieve lo remite no a la declinación de la vida y al tedio, sino a los días de su infancia en Senlis. Quiero decirle que no estoy de acuerdo con él y que mi reflexión apunta en otra dirección. En el fondo, no me siento cómodo ni en un bando religioso ni en el otro. Soy de la opinión, incluso, de que la censura civil debería pertenecer más al Estado y no a los credos de la religión porque éstos son más afectos a la intransigencia y son quienes tienen ensangrentada a Europa. Pero en vez de tomar el camino de la discusión, nos hundimos en un silencio amodorrado. Pasamos un rato mirando las peripecias de los gatos y sus juegos de mordiscos tiernos. Goulart rompe el encanto de esta pausa lúdica y dice que está trabajando en la impresión de un libro de música que servirá para la difusión de los preceptos de los reformados. De hecho, su pasión por esta rama del saber es particular y, desde que lo conozco, en la boca de Goulart siempre está enredada una melodía que sostiene un determinado salmo. Pero más tarde pasamos al tema de sus trabajos más importantes y que él gusta llamar su deber de piedad y de memoria. Goulart se ha encargado en los últimos años, con la inteligencia y plenitud juveniles que lo caracterizan, de recoger testimonios sobre la masacre de San Bartolomé, y de compilar y traducir varios tratados del latín al francés para hacer un libro que es, en cierta medida, una descripción de Francia durante el gobierno de Carlos IX. Así caemos, inevitablemente, en nuestro primordial debate. Me habla de lo que dijo François de La Noue frente a los crímenes cometidos por los católicos en las jornadas de agosto de 1572: merecen, por su condición horrible, ser enterrados y cobijados por el olvido. Y sabe usted, Dubois, que muchos piensan como el pastor Jean de Serres. Esos mártires anónimos, dice él, deben permanecer en una especie de terreno no nombrado. Basta que sus nombres sean escritos en el cielo porque lo esencial es que Dios, juez de los grandes secretos, los haya conocido. Pero ni de La Noue ni de Serres es la razón. La ausencia de nominación es como construir un ámbito nefasto. Y es aquí cuando a Goulart parecen iluminársele los ojos. Me dice que la gran lucha es contra el olvido. Hay que hallar la identidad de esos muertos y denunciar quiénes fueron los culpables. Emprender una minuciosa búsqueda de los sobrevivientes. Y poco a poco, con la ayuda de ellos, amontonando lágrimas y dolores, nombrar a los masacrados. Otorgarles el rostro que tuvieron, saber qué hacían y pensaban y cómo fueron ejecutados. No podemos morir sin haber intentado una inmersión en la desdicha de los otros y en su calamidad de todos los días. Nuestro deber no es solo con nuestro tiempo, querido pintor, es con la posteridad. Debemos hablar de la crueldad a la que hemos descendido los hombres. Y después, solo después, permitiremos que la muerte nos cierre los ojos. A mí se me hace un taco en la garganta cuando intento responderle. Goulart aprovecha mi vacilación. Dice que mi única obligación ahora es pintar la masacre. Arremete de nuevo apoyado en la Biblia. Hemos atravesado charcos de sangre, dice. Como los hebreos, perseguidos por el faraón, cruzamos un mar Rojo. Tú ya lo has cruzado, François. Eres como Job, a quien se le dieron las peores pesadumbres como una prueba. Créeme, Dios transforma la fragilidad en vigor y la desventura en alegría. En algún momento logro hacer de mi balbuceo unas palabras y le confieso al ministro que me siento cansado. Que me invade una oscuridad impenetrable y que mi reino es una comarca del exilio y un valle de la desolación. Goulart se acerca y toma mis manos y me las aprieta y me mira y me cita uno de los salmos. «Si pensara esconderme de la oscuridad, o que se convirtiera en noche la luz que me rodea, la oscuridad no me ocultaría de Ti, y la noche sería tan brillante como el día. Porque la oscuridad y la luz son lo mismo para Ti». Entonces mi amigo sentencia algo que define la paradoja extraordinaria de Dios: en los instantes en que nos sentimos más abandonados por Él, su cercanía es más prodigiosa. Suspiro con algo de alivio, debo reconocerlo, cuando Goulart, bastante satisfecho con mi promesa, se va acabándose la tarde. Mientras les doy comida a los gatos y cambio el agua en sus vasijas, vuelvo no sobre París, sino sobre esta Ginebra en que ahora vivo. La ciudad me produce impresiones contradictorias. Por un lado, en ella me siento protegido de estas guerras y sé que nadie tocará la puerta de mi casa para matarme y hacer lo mismo con mis animales. Pero también la padezco porque no ignoro que, por las ordenanzas de sus dirigentes, Ginebra se ha convertido en un lugar parecido a Roma. Aquí como allá terminamos por instaurar otras inquisiciones, otras torturas, otras muertes en hogueras. Mientras mis dedos se hunden en el pelo de los gatos, concluyo que no hay ningún paraíso terrestre. Solo basta una comunidad de hombres que habite cualquier espacio para darse cuenta, tarde o temprano, de que somos los verdaderos portadores de la desgracia personal y colectiva.

¿Cuántos fueron? Quizás más de diez mil. Goulart dice que ese es aproximadamente el número de los asesinados. Yo no conté los muertos, es verdad, pero a veces cuando me doy a recordar las personas que conocí y que quedaron atrapadas allí la cuenta me sobrepasa. Las fuentes católicas pregonan, no obstante, que no superaron los dos mil. El establecimiento de estas cifras, de todas formas, nunca será lo más importante. Qué importa que hayan sido tantos más o tantos menos. Lo que habría que preguntarse ahora es qué hacer con esos fantasmas insepultos. ¿Cómo introducirlos en la pintura que debo ejecutar? ¿De qué manera lograr que con unos cuantos rasgos se exprese la dimensión de un mundo despiadado? ¿Cómo unir en los ojos de quien mira dos fenómenos diferentes pero que deben complementarse?, pues sé que jamás es lo mismo una masacre que su representación.

Reconozco, por ejemplo, que está el cielo de París, calmo y vacío, que fue lo que más me impactó cuando llegué allí por primera vez. Un firmamento ajeno a Dios, el más indicado para definir sus designios inescrutables, limita el arriba de mi obra y su amplitud estática se funde en un horizonte sin porvenir. Mirar ese cielo es como decir que el tiempo se ha detenido para darle vida a la fatalidad. Pero aún no quiero introducirla, porque es necesario que aparezca la ciudad primero. Ella se configura a través de las fachadas que pinto. Utilizo la perspectiva. El escenario logra así ahondarse para que en él adquiera veracidad la presencia del mal. A la izquierda está la iglesia de los Grands Augustins, la calle que la circunda y que desemboca en la puerta de Buci. Más acá, cerca de mis ojos, está el puente des Meuniers. Bajo su estructura de tablas, sostenida por pilares húmedos y carcomidos, y prolongándose hacia el fondo, pinto el cauce encajonado del Sena. El centro de la tela lo ocupa la grandiosidad del Louvre, con sus torres, sus ventanas, el portón, y los palacios de la calle Béthisy. En la parte derecha hago la puerta de Saint-Honoré y la horca de Montfaucon.

Cuando termino de moldear este París, estrecho y todavía sin nadie, entiendo mejor lo que significa el silencio visual y también lo que quiere decir la nada. ¿Si dejara así la tabla?, me pregunto. ¿Si prescindiera de todos los que murieron y habrán de morir incesantemente? Además, sé que al excluirlos me excluyo yo mismo, dejo de ser, desconozco el pasado para sumergirme en la desmemoria. Estas impresiones, durante varios días, me anclan en una especie de acedia. Vuelvo a decirme que la pintura no es lo que se ve sino su vacía impronta, la antesala de lo que nunca se ha dicho ni se podrá decir. Empero, me repito que el orden del universo, con el advenimiento del hombre y sus pasiones extremas, se ha roto sin remedio. Al preguntarme qué estoy haciendo y qué soy ahora para esa posteridad de la que me ha hablado Goulart, surge una respuesta que me retumba en el alma y me marca el cuerpo. Soy solo un presente que es angustiada sobrevivencia, un pasado que se asume como herida interminable, y un futuro cuyo olvido es la única circunstancia que anhelo.

Entonces cierro las puertas de París. De ella ya no es posible salir. Mi tabla, que mide noventa y cuatro centímetros de ancho por ciento cincuenta y cuatro de largo, se convierte en una trampa. El espacio se va llenando de soldados y armas. ¿Cuántos son? No lo sé. Debería pintar a los asesinos, pero no cabrían en esta arena en donde debe formarse una coreografía de la abominación. ¿Cuáles son sus armas? Picas, alabardas, arcabuces, puñales, pistolas, garrotes, espadas. Las bocas que insultan y desprecian antes de que las manos ultimen. Pero las mías tiemblan. Siento cansancio y ni siquiera me he ocupado del río y de los cuerpos que caen a sus aguas. ¿Cuándo debo hacerlo? Tampoco lo sé. Me sobreviene una nueva fatiga y quiero parar de pintar y decirle a ellos, a esa multitud de espectros que todavía no son imágenes, que soy un cobarde, un miserable que no ha logrado trascender los colores y las formas, y que, anclado en la impotencia, solo quiere morirse y nada más.

He tomado la resolución de no pintar la masacre. Llegué a delinear cuatro jinetes que elevan sus estoques y ordenan a un grupo de soldados de infantería el ataque. Pero a quién van a atacar si no hay nadie en las calles ni en las casas y ninguna persona huye por entre las dos colinas limítrofes de la ciudad. Mejor que sea así. Ya es suficiente que hayan asesinado en la realidad. ¿Qué sentido tiene hacerlo de nuevo en mi tabla? Pero parece que mi destino fuera la culminación de esto que he iniciado. Porque he soñado tan nítidamente con mi padre, o con una sombra que en el sueño asociaba con mi padre, que me desperté con la voluntad resquebrajada. Estábamos dando uno de nuestros paseos por las orillas del Sena. Él me señalaba cómo sobre las aguas nadaba un cisne negro. París estaba, atrás, envuelta en las llamas y en las humaredas. Yo tartamudeaba en nuestro diálogo. Me refería a los Coligny, a los Bourbon, a los Saint-André, a los Brissac, a los Montmorency como guerreros de Dios. Explicaba que ellos tenían que morir en su ley. Decía que aquellos que apelan a Dios para gobernar los asuntos terrenales son los mayores impostores del mundo. Pero me exasperaba porque las palabras se atoraban en mi lengua, y le pedía a esa sombra que me mirara, que entendiera que estábamos en la tierra para otros menesteres diferentes del de matar, pero involucrados, así no lo quisiéramos, así lo rechazáramos con intensidad, en los asesinatos. Toda sangre derramada con violencia envilece nuestras vidas, eso le decía a mi padre en el sueño, a sabiendas de que mi voz era balbuceante. Pero él no me hacía caso. Señalaba, en cambio, a otro lado. Hacia las aguas quizás. Y en ellas nadaba el cisne majestuoso. Mi padre me miraba con ojos impasibles e intentaba explicarme algo que yo no entendía. No sé cómo me levanté. Y sin siquiera comer o vestirme, sin siquiera saludar a los gatos que cada mañana estiran sus cuerpos para que los acaricie, he pintado la parte dedicada al río. Las mujeres vestidas de negro que apuñalan en el puente y los cadáveres que flotan en las aguas tiznadas de rojo. Hacia el lado izquierdo, bordeando la iglesia de los Grands Augustins, he trazado una carreta llena de cuerpos desnudos que busca la dirección de las fosas comunes. Entonces, con estas primeras víctimas que van apareciendo, adquiero la conciencia de que sigo como modelo la escena de los juegos infantiles en la que participé hace tantos años en Amiens. Solo que ya no son juegos para pasar el tiempo, sino para anularlo y someterlo a una temible justificación.

Por las conversaciones que he tenido con Goulart, supe que en el centro de la tabla debía mostrarse lo que sucedió con

Coligny. Esto lo he pintado en varias etapas. Lo han asesinado y dos hombres lo están lanzando desde la ventana. Coligny está vestido con la ropa de dormir, como la gran mayoría de quienes murieron en ese amanecer del domingo. Abajo hay tres señores de la nobleza. Dos de ellos, el duque D'Aumale y el caballero D'Angoulême, señalan el cadáver de su enemigo decapitado. El otro —Goulart cuando vea la escena dirá: ¡es el duque De Guise!— sostiene la cabeza y la mira con satisfacción y repugnancia. La tercera fase tiene que ver con el periplo que tuvo el cuerpo del almirante durante las horas siguientes. Unos dicen que el pueblo —esos mercaderes, esos artesanos, esos burgueses en otros días decentes y honorables— lo arrastró, lo escupió y lo pisoteó. Desnudo, aún botando sangre su cuello cercenado, en mi tabla el cuerpo de Coligny es llevado por varios guardias a Montfaucon donde se le colgará posteriormente.

He utilizado un blanco brillante para denotar la ropa del alto jefe de los protestantes. Es el único personaje que está nimbado de este tono. Solo la blancura de uno de los cuatro caballos podría rivalizar con la que impregna el cuerpo de Coligny que cuelga de la ventana. La palidez de las mujeres desnudas, por lo demás, puede verse como una referencia real a sus cuerpos. A muchas de ellas las amontono cerca a la puerta del Louvre. Es un blanco propenso a lo ceniciento el que he empleado para pintar sus cadáveres. Tres soldados las van desvistiendo y amontonando para que un personaje femenino, acaso el más grande de todos en tamaño, ataviado de negro y que llamo la reina madre, se incline sobre ellas y las maldiga o exclame simplemente: «Estoy fuera de mí». A estas alturas, observo la puerta del Louvre que aún está vacía. Sería equívoco dejarla como tal. Pues fue desde allí desde donde se preparó el exterminio. De hecho, en las dos ventanas de sus torres he puesto a los fisgones y, entre ellos, al rey, al mayor culpable, que dispara un arcabuz en dirección de quienes tratan de huir por la montaña de Sainte-Genèvieve. Pinto en la puerta, aglomerados, a los guardias. Los otros grandes jefes hugonotes, que se habían alojado en las habitaciones del palacio, son expulsados con gritos infamantes. Afuera los esperan las espadas y los puñales de los verdugos.

Llevo varios días sumergido en mi tabla. Me he negado a mostrarla hasta que no esté seguro de haberla terminado. Descanso solo en las noches. Me sorprende el sueño con las manos embadurnadas de pintura y me acuesto sin lavarme. Creo que faltan pocos personajes. Hay un par de perros que he decidido poner para que confundan al observador, pues no se sabe si están defendiendo a los indefensos o si los atacan. Un grupo de soldados lleva, entre insultos y estrujones, a una mujer al río. Alguien se arrodilla y pide clemencia a quien le dispara en la cara. Algunos, que ya han apurado para sí su dosis de muerte, se dedican a cargar sobre sus hombros los vestidos, las bolsas con las joyas, la tapicería de las casas saqueadas. Goulart varias veces me ha insistido en no olvidar a los dos adolescentes, no sobrepasaban los doce años le han dicho los testigos consultados, que arrastraron hacia el río a un bebé envuelto en pañales.

Una mezcla de cansancio y satisfacción por la labor cumplida me embarga esta noche. Pero todavía falta ubicar a Ysabeau en este teatro de la crueldad. Ella está sola y sin ropa. De su vientre emerge la desnudez impúdica de mi hijo. Los he puesto a la derecha, al lado del poste en donde han colgado a dos hombres, y he llorado durante un largo rato. Son ciento sesenta, los he vuelto a contar, el número de mis personajes. Pero juro que es toda la humanidad la que he intentado meter en la tabla. Sé que falta algo para que todo quede consumado. Sin embargo, antes de hacerlo, debo establecer cuál será el futuro de mis pertenencias. Mi salud siempre ha sido precaria y ahora más que nunca. Si me comparara con otros de mi edad, podría concluirse que soy un pobre viejo. Pero he vivido lo suficiente y me alivia pensar que dentro de poco por fin conoceré el descanso. Desde hace días me asedian unas fiebres excesivas atravesadas de temblores, la cabeza me duele y defeco una escoria ensangrentada. Y, en verdad, no me hago ninguna ilusión frente a este cuerpo mío deteriorado suficientemente por las persecuciones.

Pongo entonces mis pocos haberes en orden. Hay un testamento que entregué hace un par de días a Simon Goulart en el que preciso cómo repartir mis florines, mis utensilios de pintura y los dos gatos entre mis amigos. Una parte la voy a donar a la bolsa de los Pobres Extranjeros para que ayuden a educar a los hijos de Jean Petit. Él me lo ha agradecido con emoción y los chicos besaron mis manos. También he pedido que la tabla sobre la masacre sea vista solo después de mi muerte y que Goulart la utilice como mejor le parezca. Es por él, acaso, que esa pintura existe. No debería tomar el vino que me ha acompañado con fidelidad en estos últimos años en Ginebra. Pero hoy he apurado varias copas y he vuelto a sentir en mi sangre la congestión jubilosa de eso que podría llamar mi ser. Ysabeau acude de nuevo a mí. Estamos en nuestro lecho. Ambos desnudos. Con sus ojos consternados me mira. Dice que soy su amor y que lo seré en la sucesión de los tiempos y los espacios que nos faltan todavía por vivir. Entonces, envuelto en este encuentro postrero, tomo los pinceles una vez más y me enfrento a la tabla. Agrego el último personaje. Ese que jamás he olvidado. Arriba, en una de las montañas que limitan la escena, hacia la derecha, hago una jaula. Y en ella pinto mi gato.

Tercera parte
DE BRY

Cayó una gota en la espesura,
Y se apagó una lámpara en la tierra.

Pablo Neruda

Autorretrato

Se llamaba Théodore de Bry. Nació en Lieja y desde joven se estableció en Estrasburgo. Debido a su profesión y a la adhesión a la nueva fe, huyó a Amberes y después a Londres y más tarde a Fráncfort. En estas ciudades he buscado su huella y he encontrado imágenes en torno suyo. Imágenes espléndidas, tocadas por el exotismo, la indignación y la perplejidad. Imágenes grabadas en libros dedicados a las relaciones de viaje que se hicieron a América en el siglo XVI, y que solo es posible ver a través de engorrosos permisos burocráticos, pues se hallan en las secciones más ocultas de algunas bibliotecas de Europa. Fue en Fráncfort en donde pudo abrir un taller familiar. El prestigio le llegó entonces como grabador e impresor y su trabajo supo impactar la Europa de su tiempo.

No quiero extenderme en descripciones físicas. Basta apoyarse en un retrato que él mismo se hizo o que, según otros, le hizo Boissard. Es un grabado en blanco y negro y, por su fecha registrada, se podría afirmar que De Bry nació en 1528. Que era bajo y enclenque. De cabellos y barbas canos y deshilachados. Sus ojos parecían de pajarraco. La mirada, aguda e incisiva. La nariz con forma de ganzúa. Aunque es en la boca apretada en donde se concentra el carácter recio que poseyó. Es la cabeza de un hombre habituado a luchar y a grabar. Está vestido con prendas propias de un burgués culto, versado en las letras, las artes y las ciencias de la geometría y las matemáticas. La gorguera, dibujada con esmero, amortigua el cuello y se acomoda sobre un abrigo invernal hecho con piel de nutria o de marta. La mano derecha del pintor sostiene un compás. La izquierda está apoyada sobre un cráneo. En la parte de abajo hay una frase que dice: *Nul Sans Soucy*. Théodore de Bry tiene 69 años y le falta poco tiempo para morir.

El orfebre

Desde temprano aprendió a moldear el oro. Su adolescencia la pasó imbuido en los talleres próximos al puente des Arches. Trabajó en el de su padre, que era un orfebre comisario solicitado con frecuencia por los clérigos de la catedral de Saint-Lambert. Desde aquellas habitaciones angostas, Théodore veía el correr de las aguas del Mosa y se ensimismaba pensando que toda verdadera ciudad está siempre atravesada por un misterioso ser acuático. Entendió rápidamente que no había sordidez alguna en tallar un mineral con el que los hombres desde hacía tiempo envilecían y aderezaban su vida. No podía saber, era imberbe y su curiosidad todavía no tocaba esas tierras, que el oro y la plata provenían de América; y que España, golpeada por crisis económicas continuas, pagaba sus empréstitos a banqueros alemanes y flamencos con lingotes dorados. Su padre le demostró, con las manos untadas de una capa áurea y puntillosa, que en estas labores perseverantes también existía algo de grandeza.

Théodore se entregaba a los detalles que solo la práctica de una disciplina consuetudinaria iba otorgando a las figuras. Esa era la base que sostenía los logros del orfebre: la paciencia, abrazada con la minucia y la constancia. Hacía crucifijos, relicarios, cálices y cofres para proteger los salmos que se cantaban en las iglesias de Lieja. El tiempo se alargaba para el muchacho cuando agregaba a las telas y a los pergaminos ristras gráciles de flores, frutos y ángeles amarillos. El padre entendió que su hijo era pedido aquí y allá y que era mezquino no dejarlo ir, en los ratos libres, para que los colegas del gremio aprovecharan sus capacidades. En esas correrías, que le iban mostrando una ciudad surcada de callejas, Théodore trataba de colmar su curiosidad. No solo le interesaba conocer los secretos de las amalgamas de la plata, el oro y el cobre, sino que visitaba a los artesanos de la madera. Se adentraba por la arteria Neuvice, que conducía a la plaza del mercado, y por esos recovecos pasaba horas viendo cómo de los pesados troncos de cedro y nogal iban brotando los rostros de Jesús o el de las vírgenes sumisas que miraban, desde sus oquedades vegetales, el más allá del tiempo. Gracias a su padre, que tenía contactos con centros de París, Théodore conoció también las miniaturas hechas en marfil que representaban la sonrisa de algunas santas cuya vida ignoraba.

La partida

Sobre su partida de Lieja hay varias versiones. Algunos atribuyen a Théodore de Bry un interés temprano por los adelantos del arte y, en particular, por las nuevas formas de grabar las imágenes en cobre que llamaban la atención de los dibujantes e impresores de entonces. Otros consideran que, desde su juventud, se vio arrastrado por la fogosidad de las ideas luteranas. Estos últimos suponen una ley de la ciudad, regentada por los emisarios de Carlos V, contra un grupo de mercaderes y artesanos entre los cuales se encontraba el joven orfebre. El padre intervino, pues su prestigio hacía que lo escucharan en los medios del poder obispal. Pagó incluso una multa, pero sus promesas de hacer volver al redil a su hijo fracasaron. A pesar de que la vida de Théodore de Bry se verá, en lo sucesivo, estremecida por las represiones católicas, me atrae más la primera interpretación. Lieja, insigne por su clerecía, pero igualmente penetrada por el descontento histórico de los artesanos ante los grandes del poder principesco, terminó por tornarse limitada para las ambiciones de Théodore. Pasaba los veinte años cuando solicitó permiso a su padre para radicarse en Estrasburgo.

Pero hubo una circunstancia que precipitó su decisión de abandonar Lieja: el encuentro con Albrecht Durero. A sus manos llegaron las reproducciones de dos grabados y De Bry sintió como si una turbulencia se extendiera por su sangre. Preguntó quién era el autor de las imágenes. El artista había muerto hacía años, pero era posible seguir su enseñanza si conducía sus pasos hasta Núremberg. Ahora bien, ¿dónde quedaba Núremberg? Las indicaciones de quienes respondieron no desanimaron a De Bry. Lo arrojaron, en cambio, a un afuera de campos, ríos y ciudades que debía atravesar. Su padre trató de disuadirlo con admoniciones pragmáticas. Era tiempo de casarse y formar un hogar. Había que tomar las riendas del taller para darle continuidad al oficio que venían realizando sus ancestros desde siglos atrás. Pero Théodore necesitaba irse, al menos por un tiempo, y aprender las nuevas técnicas, no solo de la orfebrería sino de la pintura y el grabado. El padre dijo que no olvidara que en Lieja estaban los maestros del oro y que no había nada que aprender más allá de sus murallas. Le recordó lo que significaba la pila bautismal de Renier de Huy. Toda la grandeza de nuestras manos está encerrada allí, no lo olvides, dijo. Pero Théodore sospechaba que si se quedaba atrapado en ese ir y venir por los talleres de Lieja, abarrotados en los límites de los templos inmensos, las herramientas terminarían por avasallar su vocación. El viejo De Bry era consciente, por supuesto, de que su hijo poseía los modos para arrostrar la aventura con su respectivo horizonte de incertidumbres. Él también, en su mocedad, viajó de un lugar a otro en procura de las claves que escondía la práctica de su arte. Siguió el ruido de los martillos, el ronquido de las forjas, la densidad de los metales ardientes manipulada por las tenazas y había encontrado las fórmulas especiales para acomodar el aciago mineral a las tersuras de la madera. Pero él ya era un hombre viejo, propenso a la comodidad, enredado en los intríngulis de las relaciones públicas. Y, sin duda, quien debía moverse ahora era su descendiente.

Una tarde de abril, surcada de lluvia y nubes grises, se despidieron. El padre le dio al hijo una bolsa con monedas para las posadas y los víveres. Dos pequeños cofres que representaban la decapitación de Juan Bautista y la aparición de Jesús en Emaús. Unos collares y unos brazaletes en los cuales estaba fijado, en medio de un abigarramiento de flores de acanto, el vuelo de unas golondrinas. Le dio una pequeña réplica, hecha especialmente para su partida, de la pila bautismal de Huy. A Théodore se le salieron las lágrimas cuando vio las doce pequeñas cabezas de los bueyes que soportaban el peso de la cubeta con su gentío bíblico. Los animales significaban la mansedumbre y la tenacidad de los apóstoles y el poder perenne de su misión en el mundo. Entonces el joven comprendió el sentido de la sobriedad impoluta, capaz de enfrentar todo el tiempo. Con la voz quebrada dijo que no eran necesarios esos objetos. Con lo que he aprendido de ti, padre, me es suficiente para abrirme paso en la vida, dijo. Pero el anciano insistió y él, luego de arrodillarse y besar sus manos, integró al equipaje los obsequios. No tenía por qué saberlo, pero al recorrer el puente des Arches con sus edificaciones apretujadas, sintió que esta sería la última vez que vería el río de todos sus días. Mientras halaba las bridas del caballo se llenó los ojos con las ventanas, las puertas y los tejados y con las gentes que deambulaban por las calles del barrio. Aspiró el aire de Lieja y quiso retener lo que en esencia era inagarrable. Luego galopó en dirección de los dominios de Cornillon, hasta que un verde húmedo de praderas extendidas le dio la bienvenida al mundo.

Dos grabados

El primero que vio Théodore fue *Melancolía*. La imagen es intrincada y hermética. Pero en la confluencia de sus diversas realidades reside la atracción del grabado. Hay un ángel hosco que quiere trazar algo con un compás y no puede. La impotencia puede ser falta de inspiración e incapacidad de acceder al misterio de lo divino. Pero ¿y qué puede ser lo divino si no es el arte? Un ángel que no vuela y está paralizado en la incertidumbre. Un ángel en cuya cabeza unas ramas de berros y ranúnculos ponen en tela de juicio su inteligencia celestial. De Bry intuyó que no podía haber mejor definición del hombre que esa figura brumosa, vestida con unas prendas un poco aparatosas pero en cuyos pliegues se observa la maestría del detalle. Un ángel caído, rodeado de artefactos para medir el tiempo y el espacio, que mira hacia allá. Ese allá en donde hay un paisaje crepuscular, un firmamento desgajado en haces de luz y un arcoíris inalcanzable. Théodore no comprendió la imbricación del mensaje. Pero se quedó extático ante la dimensión del arcano. La melancolía como enajenación mental provocada por intentar descifrar a Dios. La melancolía como frustración del hombre ilustre ante la imposibilidad de conocer el cosmos en una existencia asaz breve. Tal vez yo soy ese ángel, pensó De Bry cuando volvió a mirar el grabado, en una de las posadas próximas a Estrasburgo.

El segundo grabado representa a *San Jerónimo en su estudio*. Es un trabajo de 1514, año en que se hizo también *Melancolía*. Durero deseó que ambos estuviesen juntos y por ello los entregó así en el viaje que hizo a los Países Bajos. Mientras en *Melancolía* todo apunta a la detención huraña de la bilis negra, en *San Jerónimo en su estudio* hay una luz prodigiosa. Ella invade el ámbito de la reflexión y la actividad libresca. Théodore no se cansaba de mirar el grabado e intentaba captar sus múltiples aciertos. Pero captar es un

verbo provecto. Lo que trataba el joven aprendiz era de beber
el juego de las sombras y las proyecciones. Inundarse de la
impecable ubicación de cada objeto en la habitación del santo.
No ignoraba que, en los círculos humanistas, San Jerónimo
representaba el ideal en donde se unían el recogimiento sombrío
del letrado y la iluminación del Cristo. Los ojos de Théodore
iban de los animales amodorrados –el león y el perro– del
primer plano a los listones del techo que manifiestan el dominio
de la perspectiva; del pupitre sobre el cual se apoya el viejo
latinista, al juego luminoso que entra por la ventana y se
desplaza en dos partes sobre las paredes de los arcos; de los
cojines que parecen animales, igualmente sobrecogidos en
la languidez, al reloj de arena severo en la medición de las
horas. Pero hay un objeto que jamás había visto Théodore.
Está colgado del techo. La luz de afuera lo toca con claridad.
Cuelga como si se tratara de una lámpara, pero es quizás
una éxcentricidad decorativa. Si la estampa fuera en color,
bastaría para que la corteza naranja del objeto sirviera de
fuente de luz. Alguien, por fin, le explicó a De Bry que era
una calabaza. Un fruto o una verdura, no se sabía muy bien,
que habían traído los españoles de América.

Delaune

Estrasburgo, con el entramado de pequeños canales, lo encantó de inmediato. Su atmósfera era más abierta con los reformados que el viejo principado de Lieja. Théodore fue bien recibido por el gremio de los orfebres y, en poco tiempo y gracias a su constante trabajo, logró adquirir una casa tan espaciosa que podía recibir en ella a familias de exiliados franceses. Se había casado con Catherine Esslinger y pronto nacieron cuatro hijos de los cuales dos sobrevivieron: Jean-Théodore y Jean-Israelien. Catherine era una mujer de salud precaria y murió de extenuación a causa de sus embarazos sucesivos. El padre quedó en un estado de desamparo y con los varones todavía niños. Pero ya se le había otorgado a la sazón el título de orfebre y burgués. Durante un tiempo, esta circunstancia lo mantuvo alejado de las sospechas de su luteranismo activo.

En Estrasburgo fue también donde conoció a Etienne Delaune. Y a través de él entró en los asuntos más críticos y vibrantes de su tiempo. Delaune no solo trabajaba con las técnicas del grabado en cobre, sino que la pericia en la manufactura de las joyas le otorgaba reconocimiento. Su experiencia provenía de la corte de Enrique II. Allí había diseñado monedas, y establecido vínculos con los pintores italianos del castillo de Fontainebleau. Su mano, justa y elegante, abordaba las medallas, los collares y las pulseras. Con todo, lo que más atraía a Théodore era el carácter risible de las imágenes de Delaune. Un mundo alegórico en el que los sátiros, las quimeras, los diablos y los monstruos antiguos parecían flotar en un espacio de ramajes y guirnaldas suspendidos en el vacío. Pero ¿hay vacío en las estampas de Delaune? Lo que se presenta a los ojos es, más bien, una repugnancia a la ausencia del detalle. Otro aspecto que llamaba la atención de Théodore consistía en cómo la realidad de lo monumental entraba, en esta representación del exceso y la burla, en el aposento de la miniatura. El intercambio de una simpatía mutua los llevó a idear una obra que hablara de las ciencias y estuviera fundada en estampas al mejor estilo del artista francés y con el manejo de la impresión que para entonces atraía la atención de Théodore de Bry. De esta idea resultó una serie de seis pequeños grabados en los cuales una fémina, ataviada de túnicas volátiles, los senos desnudos y los pies descalzos, va cambiando de fondo ornamental. La geometría, la música, la arquitectura, la aritmética, la perspectiva y la astrología emergen así de una atmósfera de arabescos, máscaras sarcásticas y follajes enrevesados.

El temperamento de Delaune, es verdad, debería ser una prolongación de ese mundo suyo abigarrado y bufón. Sin embargo, su carácter era algo retraído y siempre estaba hablando de un solo tema: la guerra. Tal obsesión, en vez de apabullarla, aumentaba la curiosidad de Théodore. El maestro de París tenía diez años más que el de Lieja. Pero era como si hubiera un siglo entre ellos cuando se trataba el asunto de las guerras religiosas. En la boca del francés el tema se acumulaba y enardecía. Como si esa cualidad de sus imágenes, en este caso, se transmitiera al relato suyo de la ignominia contemporánea. Delaune hablaba de matanzas, de conspiraciones ocultas, de conciliábulos cenagosos, de tratados de paz que jamás se respetaban, de una nobleza inepta para gobernar, y de un pueblo bobalicón y contaminado por las supersticiones.

Mencionaba nombres, señalaba culpables, despotricaba de esta época en que el invento de la artillería había desalojado cualquier alusión al heroísmo de los caballeros de antaño. Morir por cualquier causa benemérita, el cuerpo destrozado y quemado por esas vulgares bolas de pólvora, no era glorioso, sino algo humillante y feo. Fue durante estos paliques, que sucedían en los talleres de Estrasburgo, en donde empezó a delinearse, para De Bry, el abrazo entre Europa y América y su respectiva figuración.

El proyecto

Una noche en que los dos hombres tomaban la sopa que acompañaban con un vino caliente para menguar el frío, el nombre de Jacques Le Moyne se atravesó en la conversación. Delaune lo había conocido en París, y vio con interés sus láminas sobre los salvajes de la Nueva Francia. Lo llamábamos el pintor de indios, y en ello había una sincera curiosidad y al mismo tiempo un deje de desdén, dijo. Théodore escuchó la descripción vaga de esos hombres altos y corpulentos que habían recibido con benevolente entusiasmo la visita de los franceses. Escuchó sobre los caimanes, los tejidos y los tatuajes de los indios. En cierto momento preguntó si Le Moyne había logrado escapar a la masacre de San Bartolomé. Delaune contestó con relativa seguridad. Hasta donde sé pudo irse, dijo. Usted sabe, sucedidas las masacres en Francia, quienes pudimos escapar nos instalamos aquí, en Ginebra, en algunas ciudades alemanas, o en Londres. Cualquier parte era un buen sitio con tal de haber dejado ese infierno. Pero ignoro si todavía vive.

Théodore de Bry, estimulado por la mención de los dibujos de Le Moyne y también porque el gran evento que estremecía al mundo era la conquista de América, inició la lectura de libros sobre este tema. Una especie de sorpresa sensual y de calamidad espiritual fue rodeando sus horas de estudio. Tal será, por lo demás, el Nuevo Mundo para los ojos del grabador de Lieja: el lugar jamás visitado en donde vive el buen salvaje y en el que, intempestivamente, se ha implantado el crimen. De hecho, este núcleo interpretativo irá madurando a lo largo de los años hasta desembocar en lo que será el mensaje del descubrimiento y la conquista presente en su colección *Grandes viajes*. Es decir, América, como un paraíso utópico embestido por el mal.

Pacientemente, con tesón y fervor únicos, Théodore de Bry fue estableciendo los pilares de una obra que solo en Fráncfort, y en compañía de su nueva mujer y sus dos hijos, logró realizar. Uno de esos basamentos consistió en visitar a quienes habían ido allá. Ubicar sus ciudades de residencia, entrevistarlos y, si era posible, conseguir de sus propias manos los testimonios pictóricos. Circunstancia ardua en tiempos de persecuciones, de fronteras cerradas, de espías vigilantes y en los que la vida de un hombre no valía mayor cosa. El otro basamento fue estimulante y exigió viajes continuos: ver con sus propios ojos los objetos traídos de América. De Bry sabía, por ejemplo, que Durero se había referido a unas piezas de oro y plata en alguna de sus anotaciones. Se trataba, en realidad, de un material enviado por Hernán Cortés a Carlos V y que generó, al modo de un pequeño museo itinerante, el panegírico de los más entendidos. Como es arduo precisar con rigor el momento en que

De Bry descubrió las dimensiones de su proyecto, también lo es situar con exactitud el momento en que Durero conoció el arte del Nuevo Mundo. Es probable que haya leído la obra de Martin Waltzemüller, *Cosmographie introductio*, en la que se propone por primera vez el nombre de América. Es posible que, resultado de esas lecturas, Durero haya pintado el loro en su famoso grabado *Adán y Eva* y las acuarelas de diferentes animales tropicales. Lo que sí es cierto es que en su estadía en Bruselas, el maestro habla de su emoción ante varias obras aztecas: un sol de oro del tamaño de una toesa, una luna de plata de la misma dimensión, varias vasijas y adornos extraños. Durero escribe que no ha visto en los días de su vida algo que se ajuste tan bien a su gusto. Esas obras son perfectas, dice, y el ingenio y la habilidad de quienes las hicieron quedan suficientemente demostrados. De los Países Bajos Durero volverá a Núremberg con plumas de aves de las Indias, con un papagayo verde obsequiado por un mercader de Lisboa, con dibujos de indios brasileños que un capitán sin nombre le obsequió por ser el gran pintor del mundo.

El amparo

Las sospechas del luteranismo de Théodore de Bry fueron evidentes. Se descubrió que su mano estaba involucrada en una serie de libelos anticatólicos, acompañados con imágenes de las matanzas, destinados a repartirse en Europa. A De Bry entonces lo expulsaron de Estrasburgo. Los bienes se le confiscaron. Su nombre fue cubierto de deshonor por las autoridades. Varios rumbos posibles se le presentaron. Londres, en donde había una atmósfera propicia para llevar a cabo la idea de publicar las relaciones de viaje a América. Ginebra, ciudad en la que podía compartir el exilio con los miles de perseguidos que conformaban su población. En cualquiera de ellas era factible educar a sus hijos y él mismo, con su probada experiencia, se haría a un taller que le permitiera efectuar sus labores. Pero Théodore de Bry optó por otra ruta. Delaune, desesperado ante la vigilancia católica, también decidió partir. Se instaló en Ausburgo. Allí su vida y sus pocos haberes no sufrirían un revés como el que había padecido en París. La ausencia de Delaune sumió en el desencanto a los De Bry. Tanto el padre como sus hijos no tendrían al maestro francés cerca y sus avances artísticos no mostraban un horizonte halagüeño. En tales circunstancias, De Bry fue ideando el camino que habría de conducirlo a Amberes.

Pero antes sucedió algo fundamental. Conoció a Catherine, hija de Hans Rottlinger, un orfebre prestigioso de Fráncfort. El peso generacional de la familia De Bry en Lieja y los logros obtenidos en Estrasburgo bastaron para que la petición de Théodore de nuevas nupcias fuera aceptada. Catherine Rottlinger era radiante. Blanca como una paloma y esbelta como una virgen gótica. Su dulzura en el lecho consoló a un De Bry que, sin ser un hombre anciano, padecía ya dos estigmas propios de la vejez: la viudez y el exilio. La pareja se avenía bien con el juego de los temperamentos. Ella gozaba de un carácter dulce y todo lo veía, hasta las cosas sombrías del mundo, con ojos optimistas. Él, en cambio, siempre andaba estrujado por la obstinación y la melancolía y por un ansia perpetua de estar aquí y allá. Mientras Catherine creía en la bondad innata de los hombres, Théodore tenía la impresión de que el mal se había afianzado en su época y que, de cualquier forma, era menester enfrentarlo. Unos lo hacían desde los púlpitos. Otros en el retiro de los monasterios y los conventos. Otros más viajaban con la idea de enseñar el bien y educar para la paz. Pero él pensaba que había una fuerza negativa surgida de lo más profundo de la naturaleza humana que iba en contravía de los planes bienhechores de la providencia. Y que esta fuerza, en el fondo, era indestructible. La joven acariciaba los cabellos desordenados de Théodore y con su entrega trataba de desalojar ese pesimismo incesante. La piel de Catherine era tan tersa y sus ojos tan transparentes, que el grabador terminaba por sentirse amparado junto a su joven esposa.

El libro

Amberes le atrajo por varias razones: los calvinistas eran numerosos y, aunque perseguidos por el poder español establecido, tenían cierta capacidad de movimiento. Théodore de Bry sabía, por otra parte, que el vínculo marítimo y el esplendor de la economía de la ciudad hacían que la cosmografía estuviera asociada con las artes en sus talleres. Allí sabían quiénes eran Vasco de Gama, Vespucio y Magallanes. El mundo no dependía enteramente de las ordenanzas de las iglesias y los principados, sino que atendía a los intereses de los burgueses y al prodigio de las narraciones de los viajeros. En Amberes vivía, además, Ortelius, que era el hombre que más sabía de la factura de los mapas grabados en cobre. De Bry vio algunos de ellos en una de las ferias de Fráncfort y su espectáculo multicolor lo había dejado gratamente impresionado.

Llegó a Amberes hacia 1578. Buscó a Ortelius y aprendió a su lado el arte de grabar los mapas e imprimirlos. Y una consigna que nunca olvidaría porque le pareció que condensaba el secreto de esos trazados: debemos reducir el universo a la escala del ojo humano. Al mismo tiempo, entró en los principales gremios de la ciudad. Los contactos personales con familias adineradas se fortalecieron. Sus grabados de hombres célebres rápidamente le dieron una resonancia poderosa en la ciudad. De esta época, por ejemplo, datan sus retratos de Guillaume d'Orange y del duque de Alba. Enemigos acérrimos de su credo, que de la mano de Théodore muestran el rasgo de honorabilidad y crueldad que cargaban sus facciones. Con todo, la nueva Catherine y sus dos hijos solo pudieron reunirse con él tres años más tarde porque hasta entonces obtuvieron el permiso de residencia otorgado por las autoridades.

Lo que me interesa resaltar de esta estadía, en todo caso, es el encuentro de Théodore de Bry con un libro. Mientras recorro las viejas calles de Amberes, cubiertas por las hojas empantanadas del otoño, y veo en las librerías de anticuario reproducciones de los mapas de Ortelius, imagino el momento en que Théodore de Bry lo halló. Estoy seguro de que el nombre del autor y el texto mismo no le eran del todo desconocidos, pues desde hacía años el uno y el otro recorrían Europa suscitando la polémica. El ejemplar que leyó De Bry fue la traducción de *Brevísima relación de la destrucción de las Indias,* de Bartolomé de las Casas, realizada por Jacques de Migrode y publicada en 1579 en uno de los talleres de la ciudad que, no me cuesta para nada suponerlo, el maestro de Lieja frecuentaba. El título que le puso Migrode se acomodaba al escenario de guerra existente entre protestantes y católicos: *Tiranías y crueldades de los españoles, perpetradas en las Indias Occidentales, llamadas el Nuevo Mundo*. La lectura fue como un golpe que lo cimbró en el estupor y la vergüenza. Durante varios días a Théodore de Bry se le escamoteó el sueño. El opúsculo era breve pero intenso. De las Casas narraba las maneras en que España había efectuado la conquista. No creo exagerar si digo que la *Brevísima relación de la destrucción de las Indias* fue esencial para el rumbo que habría de tomar la obra del grabador. No se trató de un camino de Damasco, porque este surgió acaso en los días del puente des Arches en que sus manos tallaron alguna pieza de oro proveniente de América, pero sí fue la clarificación de un paisaje mental definitivo.

¿Quién era Bartolomé de las Casas? Théodore de Bry averiguó ciertos aspectos de su vida en los círculos españoles de Amberes. Su existencia había sido la prueba de una metamorfosis ejemplar. Un hombre arrojado a la aventura, empujado por los valores de la gloria y la codicia, encomendero y propietario de esclavos en las islas La Española y Cuba, que terminó ordenándose sacerdote y estudiando Derecho y Filosofía para denunciar la aniquilación de los indígenas. Sus días inmerso en esas tierras deslumbrantes pero abandonadas por Dios, mientras observaba la sucesión de las masacres y trataba de detener lo imparable, de despertar la conciencia de hombres sin conciencia. Su plan de evangelizar pacíficamente en Cubagua y Cumaná y el fracaso ante la agresiva respuesta de los indígenas. Y, luego, el ir y venir infatigable con el objeto de explicar en las cortes, ante teólogos aristotélicos, juristas atribulados de códigos y militares insaciables, qué sustentaba la mortandad cometida al otro lado del océano.

Aunque el libro le pareció a De Bry el producto de una mente acalorada. ¿Eran reales esos millones de hombres que mueren en su narración ante el fuego de los arcabuces, bajo el látigo de los encomenderos, en extenuantes jornadas de trabajo en las minas, entre las hogueras y los patíbulos? A Théodore le costaba creer en esa interminable sucesión de atrocidades. Cesaba la lectura para tratar de respirar con holgura y no podía. Sentía, en cambio, pena de saberse parte del género humano, y una misericordia por esas criaturas que, cuando no eran asesinadas con sevicia, tomaban la decisión de frenar el ciclo de su vida con tal de no caer en manos de la desolación.

¿Y si fuera a Madrid?, se preguntaba De Bry. ¿Si pudiera acceder a las pertenencias dejadas por el fraile en el monasterio de Santa María de Atocha? ¿Si pudiera ver los objetos americanos que lo acompañaron en sus últimos días? ¿Si pudiera leer esa obra en la que De las Casas tiene el arrojo de dividir a los españoles de América en varios grupos de delincuentes: los encomenderos, los soldados, los funcionarios y los comerciantes? ¿Si pudiera ir hasta Chiapas y tocar la estera en donde De las Casas trató de adormecer su conciencia insobornable? ¿Si pudiese aprender castellano y hablar con quienes lo conocieron y saber cómo era ese hombre y de qué manera entendía ese mundo que yo conozco a través de lo que dicen él y otros más? ¿Si algo de su persona –un hábito, un calzado, un pañuelo, una página escrita de su puño y letra– pudiese llegar a mis manos y, al tocarlo, obtuviera la ilusión de conocerlo?

Imagino, entonces, a Théodore de Bry terminando la lectura de la *Brevísima relación de la destrucción de las*

Indias. No me parece difícil verlo inclinado, poniendo el libro cuidadosamente sobre las repisas en su casa de Huydevetterstraat. Tampoco me cuesta creer que, en ese momento, ha decidido ilustrar el libro de Bartolomé de las Casas. Y que no habrá nada que lo detenga en su empresa de denunciar, en los círculos burgueses y aristocráticos de Europa, el gran crimen que fue la conquista de América.

Eva, Adán y Noé

Algunos temas de la Biblia obsesionan a Théodore de Bry. Es una obsesión que se intensifica en el período de Amberes y que está enlazada con el Nuevo Mundo. Pero, más que una idea fija individual, es un rasgo propio de la visión de los nativos que poseían los protestantes cultivados de entonces. De Bry, cada vez que se acerca a los indígenas –sea leyendo a Bartolomé de las Casas, a Girolamo Benzoni o a Hans Staden– se pregunta qué tipo de hombres son. Rechaza el asunto de su carencia de razón y de alma. Reconoce, más bien, que forman parte de una humanidad condenada. Son hombres arrojados como a un limbo por los designios ineluctables de Dios. Viven de acuerdo con la naturaleza, no malgastan, son sobrios, parecen felices, pero ignoran la palabra divina. Además, son idólatras y practican hábitos contra natura y otros en los que comen carne humana. Lo cual significa que al gozar de una condición paradisíaca, desde ella se precipitan inevitablemente en el pecado. Y es como si la naturaleza permaneciera intacta y fresca a pesar de esta caída y de la no revelación. Sin embargo, hay algo más que estremece una inteligencia como la de Théodore de Bry. Y es que sobre esas criaturas se ha ensañado el mal.

Y el mal, eso lo pienso yo y no De Bry, por supuesto, es la historia. Y la historia es la herida irreversible provocada por la propiedad privada, el Estado y la religión. Por ello, me atrevo a pensar que cuando De Bry hace el grabado de Adán y Eva no piensa en los modelos bíblicos, sino en los indígenas de América. Es decir, como Durero, como Hans Baldung, como Lucas Cranach, como Hieronymus Bosch, pinta a un hombre y una mujer blancos tentados por la serpiente, pero la condición de esa primera naturaleza, suspendida entre la felicidad y la desgracia, cree comprenderla mejor cuando acude al padecimiento de los hombres del Nuevo Mundo.

Otro episodio del Antiguo Testamento que atrae a De Bry es el arca de Noé. La interpretación que circula en la teología renacentista atribuye a los indígenas y a los negros una ascendencia bíblica. Según aquélla, esas criaturas provenientes de la periferia son también semilla del patriarca que pobló con su familia la tierra después del diluvio. Pero se trata de una estirpe espuria. Cam, el hijo que se burla de su padre borracho y de su verga flácida, es maldecido por esta descortesía. Un hijo que se mofa de su progenitor desnudo debe ser objeto de escarnio. De Cam descenderán entonces las razas esclavas, los pueblos cuya sangre jamás será limpiada. El delirio religioso de Europa sitúa el fin de la prole de Cam en América y en África, y esas regiones serán habitadas por especímenes oscuros y sus paganismos bestiales. Una coyuntura así supone dos cosas. La primera tiene que ver con la justificación de la esclavitud y el sometimiento por una orden sagrada que enarbolan los europeos. Pero la segunda les otorga a esos seres de tercer nivel una condición de hijos de Dios y no de criaturas irracionales a las cuales hay que matar. Si el primer libro de la colección de Théodore de Bry, dedicado a los indígenas de Virginia, empieza con un soberbio grabado que muestra a Adán y Eva tomando el fruto prohibido, el segundo, en el que aparecen las láminas de Jacques Le Moyne y su viaje a la Florida, inicia con una imagen sobre el arca de Noé. Ambos grabados poseen indicios para afirmar que el artista de Lieja ha asimilado las cualidades de su maestro Durero. En el primero, el lazo es evidente: los mismos modelos del cuerpo masculino y femenino y la proximidad entre ambos paraísos representados. Y en el segundo, la nave está al fondo, sobre un domesticado monte Ararat. De ella, bajo un día despejado en el que un arcoíris se despliega sobre el horizonte, van descendiendo las parejas de animales. Los primeros son los elefantes, los camellos, los caballos, los bueyes, los leones. Luego sigue la variedad interminable de la zoología terrestre más pequeña. En el primer plano, a la diestra de quien observa, Noé está ofreciendo un holocausto. Al fondo, sus hijos construyen una nueva aldea. El mensaje de De Bry es claro. Pues ¿qué papel podría ocupar una escena del Génesis, que trata sobre los sucesores del pueblo elegido, en un libro que muestra los avatares de una pequeña y extinta comunidad indígena de la Florida? Ellos son los actuales vástagos de Noé, nos dice De Bry. Solo que han olvidado este secreto histórico y andan como perdidos en tierras maravillosas que la codicia europea ha descubierto.

Durero

Era la señal en los momentos más confusos. Como una estrella en plena oscuridad, guiaba en el tiempo y el espacio. Había surgido, del mismo modo que Théodore de Bry, de talleres donde el oro se pulía con la diligencia que el agotamiento y el insomnio de los artesanos otorgan a las formas de la materia. Como él, Durero había pasado las horas de la pubertad y la adolescencia haciendo cruces, cálices y arcas cruzadas por el vuelo de ángeles pueriles. Después fue la intromisión en las técnicas de la xilografía para libros y la hechura de bocetos para vidrieras y altares. Más tarde los días fueron consumidos en pulir tramados de la comedia humana en pequeñas planchas de madera. Cada vez que De Bry se encontraba alguna obra del maestro, y en Amberes pudo ver varias de ellas –las explosiones delirantes del sueño apocalíptico, el retrato de la madre arrasada por los trabajos de la vida y los numerosos partos, cada uno de los autorretratos en los que aparece el niño curioso, el joven impetuoso, el viejo apesadumbrado–, se sentía como el aprendiz cargado de vacilaciones. De Bry era tan solo un heredero respetuoso, que se sabía más el dueño de unos secretos de oficio y un entusiasmo rutinario, que el poseedor de la genialidad. Durero había pasado por el mundo sacudido por una sed de saberlo y expresarlo todo que nada ni nadie pudieron saciar. Osciló entre la piedra y el agua, entre los astros y los establos, entre los animales y los mapas, entre los santos y los relojes de arena. Como su discípulo De Bry, e intuyendo que en ello residía su posibilidad de salvación, Durero se vio obsesionado por el detalle. Quién sabe de dónde le venía esta coyuntura capaz de interrumpir cualquier asomo de plenitud. A no ser que ésta fuese la vívida aunque breve sensación de creer que terminaba lo interminable. Su arte se nutría de los anónimos moldeadores de la piedra catedralicia y los cristales pulidos del color celestial. Tal vez de allí, de esas existencias provincianas, ajenas a la comodidad del dinero y a la tibieza de los hogares protestantes, provenía su inclinación a la lobreguez. Pero la savia suya era teutónica y de ello se derivaba quizás la intranquilidad permanente que lo arrojaba con el mismo ímpetu hacia lo que estaba quieto y hacia aquello que se movía. Tal circunstancia lo obligaba a despertarse cada mañana con la impresión de que el porvenir, disfrazado con los juegos de la luz, podía colmarlo; y anochecía convencido de que el universo era una sucesión de signos inasibles que terminarían devorados por el olvido. Aunque ser alemán, habitar la encrucijada de los siglos renacentistas y no preocuparse por la precipitación con que se presentaban las formas de lo creado a sus ojos, no solo la pujante naturaleza sino el dominio domesticado de los hombres, era como ir a contracorriente del designio al que estaba sujeto. A Durero lo conmovía la multicolor condición de lo visible. Lo que veía lo sentía como satisfacción de inicio y desolación de término. De tal modo que en él, al mismo tiempo, todo se elevaba y caía, se explayaba y se concentraba, salía y se adentraba. La portentosa realidad de lo cabal se expresaba en medio de aseveraciones límites. La belleza más inolvidable estaba pronta a la inmediata extinción. La ternura y la brutalidad se abrazaban sin fin. Y en el fondo y en el primer plano de sus imágenes, la proliferación de lo pequeño surgía como una constante imparable. Durero era un crisol en donde confluían lo vagabundo y lo sedentario. El exterior amplísimo de los viajes y el interior penumbroso de una sala de lectura. El efecto que dejaban sus manos orantes y sus liebres detenidas, sus venecianas ensoñadoras y sus jinetes magros, sus cónsules eruditos y sus moras tristes, sus abetos resplandecientes y sus estanques solitarios, sus niños de brazo y sus viejas dementes, era uno que a Théodore de Bry le parecía memorable y también desalentador. Durero había sido un hombre de ojos indagadores cuyo universo pintado era el trasunto de un laberinto asfixiante. Por ello De Bry concluía, luego de trasegar por las calles de Amberes en busca de sus grabados, que el sueño de un artista único se vertía en una condición propia de las pesadillas. Porque mirar el universo de Durero era querer abarcar la realidad con los ojos sin jamás lograrlo. Tener entre las manos una criatura que se sabía perecedera y ansiaba ser un rasgo de lo perenne. Si me fuera otorgada la eternidad, había escrito el maestro de Núremberg, y esa frase la repetía para sí De Bry, crearía algo nuevo cada día.

Staden

Yo fui Dios, dice Staden. Primero fui prisionero y después me convertí en Dios. ¿Usted sabe lo que eso significa? ¿Ser Dios en comarcas con perfiles de infierno? Los indios querían comerme. Querían descuartizarme para que mis tripas fueran a una vasija de agua hirviendo y, sazonados con raíces, mis brazos y piernas terminaran en un asado. Durante el año que viví el cautiverio, siempre me despertaba y dormía pensando que ese día mis huesos acabarían entre sus dientes. Pero no lo hicieron. ¿Por qué? Es algo que no logro comprender del todo. La respuesta que podría dar es que curé a uno de sus caciques y me gané su confianza. Primero imploré y luego fueron ellos los que me imploraron. Sufrí y terminé dando consejos para reducir sus dolencias. Y al ser Dios me convertí en brujo, en profeta, en curandero. Tuve el poder de controlar las lluvias y los vientos. Les predije victorias en sus guerras, que coinciden con el desove de unos peces que llaman Parati, y con mis oraciones salvé mi vida. Aunque hablar de confianza en esos salvajes es equívoco. Ellos no confían en nadie y menos en nosotros. Creo que les sobra razón. Son tantos los estragos que les hemos infligido que no habrá tiempo suficiente para que algún día nos crean. Nuestra palabra, generalmente, es mentirosa. La suya desconoce ese matiz. Viven en una permanente puericia y, si no se les educa, cometen cosas terribles. Una de ellas, usted lo sabe señor De Bry, es matar a los hombres y comérselos. Porque una cosa es matar al enemigo, y habrá que aceptar que este comportamiento forma parte de nuestro modo de asumir el honor. Pero comérselo es traspasar un límite y esos límites debemos prohibirlos. No me cabe duda de que, entre los seres humanos que he conocido, son los más supersticiosos. Esta superstición es lo que podría minimizarlos. Nosotros también lo somos, pero nuestra superstición cada vez la civilizamos más. La de ellos, en cambio, naufraga en la idolatría y se pierde en la embriaguez. Debo confesar, no obstante, que son tiernos en el quehacer familiar, que sus cuerpos son bellos y bien conformados, que ignoran la prostitución y la usura, y no roban ni despilfarran. Su vida se rige de acuerdo con códigos que, así nos parezcan extraños, funcionan eficazmente entre ellos. No he visto, quisiera agregar, mujeres con cabelleras más negras y espesas que las indias del Brasil. No he visto cuerpos más ostentosos, ni senos más erguidos, ni nalgas más apetitosas. Se preguntará usted si las gocé en aquellos días de angustia y le diré que prefiero guardar silencio al respecto. Pero Dios, no yo por supuesto, sino el verdadero, es complejo en sus designios. Y fue él quien dictaminó que fueran otros los devorados y no yo.

Staden interrumpió su historia para beber la cerveza en su residencia de Marburgo. Guardó un silencio prolongado. Después sonrió porque su sentido del humor predominaba sobre el hieratismo que su típico rostro del norte poseía. Meneó la cabeza como si lo que estuviera contando fuese la invención de un trashumante turbado y no parte de una realidad pasada. Staden era un hombre que había sobrepasado los cincuenta años y no el joven de veinte que se embarcó hacia América. Ahora tenía unas barbas blancas que le llegaban hasta el pecho. Fruncía el entrecejo a todo instante. Había algo de felino en su ademán. Gustaba de los trajes fuscos y en ellos siempre sobresalía la gorguera primorosamente blanca. Cuando lo vio trajeado de ese modo, Théodore de Bry pensó en los ejemplares machos de algunas aves. Pero Staden, sin esos vestidos que le acrecentaban la figura, era un carcamal con trazas de chamizo. Sus manos largas estaban surcadas por un sistema de venas que parecía querer desbordarse de sus cauces.

Poco me importó el oro o ganar almas para la religión, dice Staden. Mi educación protestante me alejó de esas obsesiones. Solamente quería la aventura. Saber de mares y nuevos continentes. Untarme de las otras lenguas que hablan los pueblos del mundo. Sentirme lejos de la patria y acaso olvidarme de ella por un tiempo. Y corroborar, en esas lejanías, el sentido de mi pequeña humanidad. Con nostalgia recuerdo el bullicio de Lisboa en los días del embarque. El trajinar de los puertos es, para un joven inquieto, una puerta abierta al asombro. Y le confieso, señor De Bry, que mientras más dificultades afrontaba en mis periplos, más liberado y feliz me sentía. No exagero, solo bordeo pobres definiciones del entusiasmo, si le digo que la saliva se me precipitaba en la boca, el corazón se me aceleraba con mayor fuerza, y los ojos, estos ojos míos que ya están agotados por haber visto tantas cosas, se me agrandaban ante la proximidad del peligro.

En tanto Staden recordaba, mirando a través de la ventana el movimiento de las gentes en las callejuelas de Marburgo, De Bry observaba los grabados en madera de la edición del libro. Este se había publicado hacía más de veinte años y narraba las peripecias del marino alemán y las costumbres de los pueblos aledaños a la ensenada de Río de Janeiro. Al ver ahora las cincuenta imágenes podría concluirse que en ellas predomina un trazado basto y, no obstante, atractivo. Es decir, la elementalidad de las figuras hace pensar más en un eco esquemático de lo que se ha vivido. Aunque ese eco basta para llamar la atención. Es como si se entrara en el campo del desconcierto, y que el único modo de hablarse del otro, en esta primera etapa de la representación pictórica del aborigen americano, estuviese impregnado de terror. Es posible, guardando las distancias, que algo semejante pensara De Bry mientras hojeaba el libro y escuchaba el relato de su anfitrión.

Me tomaron preso cuando iba de caza, dice Staden. Me tumbaron entre varios y me desnudaron. Se repartieron mis prendas y se burlaron de mi blancura y me daban cachetadas y me empujaban y me gritaban. Luego lo supe, cuando fui descifrando su idioma, que me iban a comer porque era su enemigo. No sé si lo era. No sé si alguna vez lo fui. No sé si lo sea ahora. Solo trato de comprenderlos desde aquí, desde este entramado de calles y de casas en que vivo ahora, pues allá fue imposible hacerlo. Porque siempre me acechó el miedo y es difícil reflexionar así. Porque siempre tuve la certeza de que iba a morir descuartizado. Sé que son hombres como nosotros, pero también sé que son diferentes de nosotros. Tan radicalmente distantes de lo que somos, que no quisiera reunirme con ellos una vez más. Me humillaron tanto que lloré de impotencia. En los momentos de mayor postración, al escuchar la algarabía de los insectos y los pájaros y las fieras que yo no sabía nombrar, ni en mi lengua ni en la de ellos, me sabía el ser más desdichado y solo acudían a mis labios los salmos que aprendí de niño. Usted no se alcanza a imaginar cómo suenan esas palabras en medio de la selva. Cómo se moldea Dios a través de la boca del humano más miserable de todos. En esos instantes los indios se acercaban a mí y me miraban. Señalaban mis labios y buscaban en el aire, para atraparlo tal vez, el rastro de la música que era la revelación de mi apoyo.

Los primeros días me pasearon de una aldea a otra, continúa Staden. Yo pertenecía un día a un amo y después, por razones de promesas que se habían hecho entre ellos, a otros más. Las mujeres parecían ser las más deseosas de mi muerte. Pero los hombres deliberaban y aplazaban mi sacrificio para más tarde. Una vez me rodearon y empezaron a afeitarme. Me raparon con un pedazo de cristal las pestañas y las cejas. Eso fue en el terreno central de sus casas, que es como si fueran las plazas nuestras, y que utilizan para sus reuniones y costumbres feroces. Algunas de esas mujeres se asomaban a mis genitales y los divisaban con interés burlón. Tal vez querían acariciarlos para luego devorarlos. Quizá deseaban tragarse mi semilla y a la vez consumir la carne que podía expelerla. Pero cuando se atrevieron a cortarme la barba, me enfurecí y les dije que me dejaran enfrentar mi destino con ella. Se carcajearon y se retiraron y comprendí que aún no había llegado mi hora.

Al poco tiempo regresaron. Me condujeron al sitio donde están levantados sus ídolos. El principal se llama Tammerka y es algo simple y complejo a la vez. Tiene forma de calabaza pero también se parece a una vasija. Es hueco por dentro y lo atraviesan con un palo. Sonreía desconsolado al darme cuenta de que mi vida, eso que era yo, es decir, mis padres, mis amigos, los sueños con que había pretendido alguna vez edificar el futuro, estaba destinado a un utensilio que ellos pintaban de rojo. Ante él tuve que danzar durante horas. Sentía que participaba en una escena irrisoria y supremamente importante porque en ella estaba en juego mi supervivencia. En las piernas me habían puesto unos objetos que chocaban entre sí y sonaban. En la cabeza tenía una corona de plumas de pájaros. Siempre permanecía en el centro, entre las mujeres y ese feo ídolo primordial. Y algo, un necio e inútil orgullo, me llegaba en ráfagas al reconocer que me trataban como a un prisionero divino.

Un día, mi amo y varios de sus familiares enfermaron. Él sabía que yo oraba y que mis ojos buscaban el cielo en acción de gracias porque cada día vivía milagrosamente. Me pidió que invocara a mi dios para curarlo. Puse las manos sobre sus cuerpos y entré en trance. Fingí algunas convulsiones. Abrí los brazos de tal modo que me convertí en una gran cruz. Algo de sus bailes, mezclado con pasos de los saltarelos que sabía danzar, reproduje en mis movimientos. Los miré con ira y benevolencia. Y, desde lo más hondo de mí, me encomendé a nuestro Señor. Algunos de ellos murieron, es verdad, pero mi amo se alivió. Desde entonces tuve la seguridad de amenazarlo con el poder del cielo y prometerle todas sus bondades si me liberaba. No sé cómo, pero le juro que curé a muchos indios. A veces pensaba que se enfermaban solo porque los empujaba la curiosidad de sentir mis manos sobre su cuerpo y escuchar mis oraciones incomprensibles y ver mis saltos y piruetas. Mis palabras les fascinaban, sin duda. Cuando ya estaban convalecientes los sorprendía, pues esa había sido mi recomendación, repitiendo el padrenuestro, o el avemaría, o algún latinajo que yo había pronunciado en aquellas sesiones terapéuticas.

Varias veces los acompañé a sus guerras. Les decía que mi lugar estaba con los enfermos y los viejos. Pero me obligaban a ir con ellos. Se sentían protegidos a mi lado, aunque es probable que me llevaran porque conmigo podían hacer negociaciones favorables a sus intereses. Tenían un hábito especial en las vísperas de sus batallas. Se dedicaban a contar sus sueños, en los que el vuelo de un pájaro o el aleteo de una mariposa o una piedra sacada de un río eran augurios afortunados o ingratos. A mí me asombraba que esa red extravagante de imágenes desvaídas con que construían sus vigilias pudiera tener tantos sentidos. No faltaba quien me preguntara por mis sueños. Les decía que los míos se ocupaban de otras cosas. Soñaba con mi tierra natal, con mis familiares, con una nao que pudiera regresarme. Ellos hacían gestos de indiferencia o se reían frente a relieves oníricos tan anodinos.

Podría extenderme sobre su canibalismo, señor De Bry. Trataré, no obstante, de ser conciso. La presencia del prisionero en la tribu parecía llenar de sentido una larga espera. Con su llegada, la cotidianidad de la tribu se rompía inmediatamente. Era una fisura singular porque la novedad de quien ingresaba a la aldea los precipitaba al fondo de su esencia más arcaica. Vacilo en utilizar la palabra prisionero y la palabra intruso. No sé cómo llamar a ese tipo de hombres que siempre son esperados y parecen ser la única respuesta a las preguntas fundamentales del grupo. Ese otro que llegaba, y al cual se comerían, era una parte de ellos mismos. La pieza que les faltaba para que se sintieran plenos en su fragilizada vida comunal. Mejor aún, el prisionero les devolvía la posibilidad del equilibrio pasada la época de la precariedad.

Soñaban con su presa cada noche. Los signos con que se poblaban las ofuscaciones de sus sueños solo podían desembocar en una figura: la del hombre que iban a comerse. Él era su enemigo y, por supuesto, lo despreciaban con mofas y lo humillaban con insultos. Pero, igualmente, era el supremo convidado. El huésped que merecía todos los esmeros. La razón, en el fondo benigna, de su existencia abocada a la desaparición permanente. A veces, cuando me despierto en las noches porque un recuerdo de esos días emerge, los vuelvo a ver consumando el rito. Esta comparación no la hice estando allá porque, le repito, el temor a ser comido era mi más fiel compañero. Pero ahora, cuando la lejanía me otorga una determinada lucidez, puedo decirle que conformaban, con todos sus movimientos y palabras, una especie de representación teatral.

Cuando aparecía en la tribu la víctima, cada uno de los habitantes se lanzaba a desempeñar su papel asignado de la mejor manera. Éste gritaba y pateaba la tierra. Aquél se daba palmadas en los muslos y silbaba. Otros cantaban y recitaban lo que podrían ser antiguos poemas propiciatorios. Los niños, a pesar de su corta edad, también estaban destinados a aportar lo suyo en este tinglado de la veneración y la degradación. Sus manitas se estiraban entre la multitud para tocar una parte del forastero. No sé si exagere, pero no había otro momento en el que todos ellos se vieran involucrados en un acto con tanta intensidad. Ni sus jornadas de pesca y caza, ni sus días de ofrenda a los más poderosos, ni sus delirantes deliberaciones sobre la guerra, los convocaban de modo tan jubiloso. Las horas que enmarcaban aquel acto eran las más significativas. Había un arrebato que nada podía interrumpir, pues el ritmo vital de los animales y las plantas parecía ponerse de acuerdo con el de los indígenas para darle la bienvenida a ese enemigo esperado.

Sé que tienen prisioneros –yo fui uno de ellos– que viven integrados a la comunidad misma. Es un engaño, sin embargo, al que todos se acomodan. Al prisionero le obsequian mujer, un lugar en las cabañas, le permiten tener familia y participar en todas las actividades. Incluso se le deja libre para que escape. Yo intenté la fuga y siempre fracasé. Sigo pensando en que fui el único que cayó en esa mentira, porque los demás prisioneros nativos que conocí jamás se lanzaron a la huida. Para ellos era ir en contra de un precepto ancestral e insoslayable que los honraba. Por esta razón, nadie padecía miedo. Solo yo, como si fuera una aberración en ese sistema de terribles condenas ilustres, vivía hundido en la angustia. Pero, a pesar de esta farsa con que es obsequiado el extranjero, se sabe que en algún momento esta llegará a su fin. La familia que le dejan formar es consciente de que, igualmente, está destinada a la consumición de la tribu. El día antes del sacrificio, al hombre lo aíslan en una choza y hasta allí llegan todos para homenajearlo. Hablan y se ríen con él y se despiden, hacia la medianoche, con gestos afectuosos. Al otro día lo llevan, amarrado, al centro de la plaza. El verdugo, antes de descargarle el garrote en la cabeza, habla de su sed de venganza. Pronuncia una larga serie de personajes de su tribu que han sido ultimados por los enemigos a los cuales el prisionero pertenece. Luego, éste se defiende con una dignidad que algunos alaban y otros vituperan. Se burla de sus asesinos y dice que algún día él también será vengado. Como si el juego de tales venganzas cronológicas adquiriera su mayor sentido en las digestiones en las que la sangre y la carne de un grupo se diluyen en la sangre y en la carne de otro.

Yo trataba de no estar presente en estos momentos. Me escabullía. Buscaba las periferias de la aldea. El corazón se me alteraba. Una ansiedad y una repugnancia me asediaban contradictoriamente, porque algo de mí se negaba a presenciar esos sacrificios y otra parte se interesaba sobremanera. Pero iban por mí y me obligaban a observar sus movimientos. Entonces el prisionero recibía el garrotazo. Los sesos salían como un enredijo inverosímil de tripas blancas. Unas mujeres se daban al llanto y otras a las carcajadas. Con rapidez asombrosa, un conjunto de acciones precisas se producía. Los más versados se acercaban con sus hachas y descuartizaban el cuerpo. Esas hachas que nosotros mismos les hemos llevado de Europa las utilizan con una habilidad que cualquier carnicero de nuestras latitudes envidiaría. Pero antes, otras mujeres, ellas eran las más diestras en ello, le introducían un palo por el ano al muerto para que el cuerpo se vaciara de sus porquerías. Alguien le abría la espalda y desde allí sacaba las vísceras, que iban a las manos de los más pequeños y luego a las vasijas puestas al fuego. Cada porción del cuerpo tenía un destinatario. La verga y los testículos eran degustados por las mujeres y sus criaturas de pecho. Las piernas y los brazos iban a los guerreros. La cabeza se la repartían los adolescentes. Las viandas más jugosas las saboreaban los ancianos. Todo esto duraba horas que a mí me parecían eternas. Entre la música, la bebida fermentada de las grandes marmitas y las risas y los lloriqueos, la noche transcurría como una alucinación hasta que el amanecer se dibujaba entre las arboledas. Terminaba exhausto, tratando de dormir bajo alguna enramada, rezando para que nadie me obligara a comer uno de esos huesos que los más chicos buscaban con el ánimo de chuparlos hasta el tuétano. Pero, así como es imposible no matar durante las batallas si se es mercenario, era imposible no terminar comiendo, días después del rito, algún trozo de carne que los indios conservaban y que, muy posiblemente, así ellos lo negaran, fuera humana.

Civilización y barbarie

La tercera entrega de la obra de Théodore de Bry está dedicada al relato de Hans Staden. La raíz de sus grabados son los de Andreas Kolbe que aparecieron en la primera edición, hecha en Marburgo en 1557. Si en el primero se asiste al trabajo de un artista esquemático, en De Bry estamos ante uno de los momentos más inquietantes de la técnica del grabado del siglo XVI. Es equívoco tratar a De Bry como tipógrafo de cierta calidad y artista menor. Los grabados en cobre que conforman esta sección de los *Grandes viajes* son prueba de la maestría de sus imágenes. Para empezar está el colorido del puerto de Lisboa, con la agitación de las barcazas y el uso acertado de la perspectiva que se manifiesta en las edificaciones que se pierden a lo lejos. El detalle con que están trabajados sus navíos –los castilletes, los velámenes, los estandartes– es un punto que atrae tanto al versado como al neófito en mares. Las batallas navales y terrestres que vivió Staden durante sus dos viajes a América tienen un no sé qué de calculada preparación y caos espontáneo que seduce sin ambages. Y después está la experiencia antropofágica entre los tupinambas, uno de los núcleos más perturbadores de toda la colección realizada por la familia De Bry.

En estos grabados, Staden es un testigo único en su tiempo. Los gestos acuden siempre a la misericordia divina y no a la humana, porque el hombre, según una cierta concepción protestante, simplemente no estaba allí. Como si en medio del rito practicado por criaturas sin Dios, se hubiese implantado una determinada conciencia ética o moral. ¿Una conciencia desnuda y blanca que sobresale de entre la homogeneidad salvaje? Sí y no. En primer lugar está el verdadero hombre cristiano, el reformado –para mejor decirlo–, como punto de valoración de los actos que suceden. Éstos se presentan entre los bárbaros indígenas y los crueles españoles. Ferocidad y saña que se confabulan para construir el trauma cultural que seguimos llamando descubrimiento y conquista de América. De hecho, se podría decir que esa es la conclusión a la que se llega después de mirar los más de trescientos grabados que integran la colección completa salida del taller de los De Bry: la violencia suscitada por el encuentro de dos pueblos excesivos que jamás debieron encontrarse –los indígenas politeístas de América y los españoles católicos de Europa– se debe a que en este cruce no estuvo presente la misión protestante. Ahora bien, en los grabados sobre los tupinambas aparece uno, Hans Staden. Pero él es incapaz de hacer nada. Solo presenciar el banquete y pedirle a Dios que lo proteja de semejante glotonería. Comer carne humana o divina y celebrar con festines o sacristías tal acto. Los indios lo hacen cada determinado tiempo para afirmarse sobre la tierra, pues son conscientes de su lábil consistencia cósmica. Los españoles devoran a su dios, ese ídolo transubstanciado en una hostia, a lo largo de sus misas consuetudinarias disfrazadas de falsa bondad.

Ahora bien, en estas imágenes no hay ninguna homogeneidad indígena. Los nativos son representados, es verdad, con los rasgos de la estética europea. Pero poseen los contornos de una alteridad extraña. Son hombres diferentes ubicados en otra coordenada de la historia, confrontados con dioses que Staden y la mayoría de sus contemporáneos no quisieron ni pudieron entender. Y ahí están, para demostrarlo, las maneras en que las mujeres lloran a sus enfermos, o en que el brujo sacude la maraca coronada de plumas rojas, o en que preparan sus bebidas en los enormes recipientes de barro, o en que se pintan el cuerpo con una profusión de tatuajes, o en que danzan al son de los soplidos que expele el tabaco sanador.

Parecería que De Bry, apoyado en Staden, estuviera diciendo, además, que el salvajismo es parte de toda civilización. Sea este como mero objeto de exotismo observado e interpretado. Sea como espejo en el que los hombres más decentes y evolucionados del planeta buscan descifrar su misterio atávico. Pero, si se tiene en cuenta la evolución de los temas presentes en la colección, De Bry se refiere a un salvajismo de otra índole: el que caracterizó a los conquistadores españoles.

En tal sentido, no hay mejores muestras de este diálogo sanguinario, porque se trata de dos mundos radicalmente ajenos el uno del otro, que la sección dedicada al canibalismo visto por Hans Staden.

Lieja

Estoy en la galería Vittert de la Universidad de Lieja. He venido desde Fráncfort a ver un grupo de imágenes grabadas por los De Bry. El patrimonio está reunido en seis carpetas no muy voluminosas. No son originales, pero algunas datan de publicaciones de los siglos XVIII y XIX. Todas están recortadas y numeradas. Es una muestra, en general, bastante amplia de lo que hicieron Théodore y su hijo Jean-Théodore: escenas de la Biblia, descripción de mundos nuevos, emblemas familiares, alegorías de las ciencias y el ocultismo, la arquitectura y la anatomía, el arte de la guerra y la pirotecnia, la caballería, la topografía y las flores, lo grotesco y los alfabetos ornamentados, los hombres ilustres y el coronamiento de los emperadores. En la larga mesa de la galería me han destinado un espacio y esto lo agradezco.

Antes de llegar a este lugar me he dedicado a recorrer el centro histórico de la ciudad. Las emociones son encontradas. Lieja es sucia y caótica, o al menos así la siento cuando la comparo con Fráncfort. Pero es en esta desidia donde hallo su encanto. La gente es espontánea y se ve despreocupada. Ninguna pretensión de ser un núcleo urbano modelo, como lo demuestra con ostentación la frívola ciudad alemana. Mejor dicho, aquí no tengo la incómoda impresión de estar codeándome en las calles con altos cuadros del mundo económico y estoy seguro de que jamás encontraré en sus parques un monumento gigantesco, cursi hasta lo increíble, levantado al euro. No siento, por lo demás, ni arribismo ni pedantería por ningún lado. Simplemente es una ciudad como tirada al garete de la modernidad y que no se ha desprendido, creo que jamás podría hacerlo, de su pasado medieval. Y si miro su cielo, por fortuna está vacío de aviones. En Fráncfort, en cambio, éstos son como una condena: el precio agobiante que deben pagar sus habitantes por vivir en una ciudad que se jacta de ser la capital bancaria de Europa.

Lo primero que hice al llegar a la plaza de la République Française, en donde está el hotel en que me hospedé, fue buscar el río. Creía que iba a recuperar algo esencial en el puente des Arches y me alegré cuando lo divisé desde una de las orillas. Con que este es el Mosa, me dije, y aquél, el puente de mis suposiciones literarias. Pero en el puente no había nada excepcional. Ninguna impronta del bullicioso trajín de los orfebres del pasado flotaba en su elevado paso. Es una construcción fea y gris y desde él hay una vista de la ciudad poco atractiva. Por un momento, en medio del ruido de los carros, me detuve para mirar el río. La tarde estaba ventosa y el aire ceniciento. A mi lado pasaron dos jóvenes árabes fumando hachís. Uno de ellos tuvo no sé si el descaro o la amabilidad de ofrecerme su bareto. Dijeron algo que no comprendí, se rieron ante mi negativa de fumar y continuaron el camino. En el muelle peatonal del río, hacia mi izquierda, había parejas entrelazadas y algunos caminantes hablaban por su teléfono celular. Un carguero pasó por debajo del puente y seguí el rastro de espumas que dejaba el motor. Fue entonces cuando, en medio de un destello crepuscular sobre el cauce

que me hizo entrecerrar los ojos, emergió la ciudad antigua.
Un escándalo de barcas, por un instante, me atolondró, y
luego el chirrido insoportable de una polea que subía a la
calle un cargamento de toneles de vino. A mi lado, como en
un vértigo de rayo, brotaron las hileras de casas que querían
venírseme encima de lo apretadas que estaban las unas con
las otras. De una de ellas, apresurado entre papeles gruesos
y unos compases y relojitos de madera que le colgaban en la
hopalanda, salió un joven de cabellos dorados. No lo pensé
dos veces y me lancé en su persecución. Pisé un charco y el
pantano me manchó el pantalón. Un coche arrastrado por un
caballo pasó junto a mí y me hubiera atropellado de no haber
parado en el momento mismo en que pasaba. Más adelante
las personas –un cargador de agua, un mendigo con muñones
y muletas, una vendedora de repollos– iban saludando al
muchacho. Pero él levantaba las manos y seguía derecho sin
detenerse a hablar. Después nos introdujimos por entre una
multitud de monjes que comían pan y bebían grandes tazones
de cidra fermentada. El joven caminaba rápido y yo jadeaba,
tratando de seguir el ritmo sostenido de sus pasos. Y aunque
lo intentara, no lograba alcanzarlo porque sentía que algo me
pesaba en los zapatos. Los examiné varias veces, en medio
de la barahúnda de las callejas que surcábamos, y reconocía
que eran mis zapatos negros Gambinelli. Y a la vez tenía
la impresión de estar observándolos como desde un lugar
demasiado lejano que me impedía lograr cualquier claridad.
Pero a Théodore sí que lo distinguía. Hasta podía notar
que sus zapatos puntiagudos eran de color verde y estaban
mancillados. Un olor a carne fresca me sacudió brutalmente el
olfato y me di cuenta de que desembocábamos en una inmensa

edificación. Los gemidos de los animales me alarmaron de entrada. Se estaba acuchillando unos bueyes y se les mutilaba con pericia y sus pedazos salados se aprestaban para la venta. El joven pasó por entre los corrillos y unas náuseas foráneas me fueron invadiendo, cuando alguien me tocó el hombro. Me confundí y, por un instante, no supe qué me decían. Espabilé varias veces. El francés de la señora que me hablaba fue liberándome de la turbación del pasado. Alguien, una turista como yo sin duda, me preguntó dónde quedaba la colegiatura de San Bartolomé. No sé qué respondí. Acaso señalé hacia algún lado. Hacia una alta torre románica con ornamentaciones bermejas que se levantaba a lo lejos. Ofrecí excusas por mi vacilación. Pero de inmediato recordé que después de cruzar el puente des Arches quería encaminarme hacia la pila bautismal de Renier de Huy. Y ella estaba, como un tesoro único de la orfebrería, resguardada en la iglesia que yo también buscaba.

Tatuajes

La mujer que me atiende en la galería Wittert es delgada, de cabellos casi rapados, pasmosamente pálida. Con alegre estupefacción descubro que tiene una gran flor abierta en los hombros y un ofidio alado en los brazos, pintados con las técnicas nuevas con que se hacen los tatuajes. Su amabilidad es milagrosa y no hace mala cara, como las funcionarias de la Biblioteca Nacional de Francia, ante mi francés latinoamericano. Su interés es sincero cuando le digo que estoy escribiendo algo sobre tres pintores protestantes del siglo XVI y su relación con la conquista de América, entre los cuales está Théodore de Bry. Curiosa, me pregunta cuáles son los otros dos. Le hablo un poco de Jacques Le Moyne y de François Dubois. Del primero sabe algo por los grabados que De Bry hizo sobre sus acuarelas, pero del segundo confiesa ignorarlo todo. Le explico que es normal porque casi nadie lo conoce, aunque es el pintor de una muy conocida *Masacre de San Bartolomé*. La mujer me abre unos ojos expectantes, como si ese cuadro lo hubiera visto alguna vez en sus años del liceo. Miro por un momento el dragón de su brazo que me arroja fuego y le digo que, si no le molesta, podemos ver en la web el óleo sobre madera que hizo Dubois para que se resuelva su vacilación. Vamos entonces a su computador y ella se estremece como todos los que se acercan por primera vez a la imagen. De pronto, interrumpe mis someras explicaciones sobre los supuestos personajes históricos que aparecen en la obra de Dubois, y me pregunta si soy protestante. Sonrío. Le contesto que soy ateo y que si de todas maneras hubiese una religión que me atrajera no sería el tortuoso e intolerante cristianismo en todas sus modalidades, sino tal vez la sonriente serenidad del Buda. Ella exclama un *oh là là!* Y ahora son los pétalos de su flor multicolor los que se me atraviesan cuando miro las piernas contorneadas por su estrecho *jean*. Con mis solicitudes la mujer es más que diligente y, sin mayores trabas, me trae las carpetas de los grabados de Théodore y Jean-Théodore de Bry. Me facilita también un libro grande en el que están ilustradas las aventuras de Hans Staden. Me da escalofrío poder ver y tocar y hasta oler la vejez impresa de la edición de Fráncfort del Meno de 1592, porque eso hago cuando ella me deja solo para ocuparse de otro usuario. Luego observo, uno por uno, los treinta grabados que cuentan la relación del alemán.

Más tarde creo adormecerme. Cierro los ojos y el alado dragón de la empleada me traslada a un lugar de la selva. Conozco algo de ella por los viajes que he hecho al Putumayo y a la Amazonia colombiana. Pero mi conocimiento de esos bosques vírgenes, como dicen los francófonos, es vago, superficial y prejuicioso. No idealizo la selva ni la condeno. Simplemente es un vasto territorio que ignoro. A veces creo que esos árboles juntos y atravesados por ríos inmensos son la madre y el padre de todas las cosas. El corazón, el cerebro, el alma, los pulmones del planeta. Un absoluto que quizás he perseguido en sueños pero al cual jamás podré acceder. Ese reflejo de mi inconsciente que quiere situarme en la existencia y a la vez anularme. Pero entonces me llega el olor dulzón del tabaco. El escupitajo del chamán que dice una palabra y con la mano derecha hace sonar la maraca de los primeros días. Una suerte de vibrato percusivo se evapora en el aire. Alrededor de él y del brujo que lo emite, los integrantes de la tribu siguen el ritmo con el pie y apoyan una de las manos en la cadera. Forman el círculo de las festividades arcaicas, esa antesala organizada del rompimiento de los diques racionales que vendrá después. Conforman un solo hombre. La colectividad ajena a cualquier asomo peligroso de la individualidad. Todos están pintarrajeados del mismo modo. Tienen la testa rapada. Han bebido, con los mismos movimientos, el zumo de las raíces que las mujeres han mezclado con sus babas. Pero ¿dónde están ellas? Las busco en esa bruma densa, iluminada por una hoguera, y creo encontrarlas más allá del círculo que sigue girando, empujado por una orden que viene desde tiempos remotos. No sé cuántas son. Una de ellas tiene el garrote y sigue retocando los dibujos que ha hecho en su parte más gruesa. Son pequeñas y extrañas geometrías que soy incapaz de descifrar. Las otras miran, tocadas por un fulgor innombrable, hacia un lugar. Es allí en donde debe estar la víctima, supongo. Me aproximo y entonces lo veo. Está amarrado a un árbol. Es blanco. Está desnudo. Es flaco y alto. Y me mira con mis ojos aterrados.

Londres

Las calles repletas de mendigos. El cielo de nubes grises que, a veces, se abre para que un sol tímido disemine sus reverberaciones. Las lluvias, gélidas y menudas, con la insistencia de lo que no quiere acabar. Generosas en mantener despiertas la melancolía y el ansia imparable de sumergirse en la embriaguez. El Támesis que parte la ciudad de un tajo y la deja entre atontada y lela. Las embarcaciones impregnadas de una barahúnda poco propicia a la pausa. Los caballos que relinchan y sueltan en el aire una estela vaporosa y en las rúas empantanadas el cagajón de sus digestiones. Las piaras de marranos que obedecen en medio de gruñidos las señales de quien los arrea con una pértiga hacia el matadero. Las gallinas revoloteando a ras de tierra, perseguidas por las fauces de gatos y perros. Los hombres y mujeres, impecablemente trajeados, que dejan una moneda en las manos indigentes. Théodore de Bry, desde la ventanilla, observaba el movimiento de Londres, veloz y desordenado, cubierto de matices que resplandecían en la penumbra otoñal. Sentado en el carruaje no podía oler, pero cuando descendió lo impactó el hedor. El de las verduras y las frutas descompuestas. El de las aguas bastardas que, en los albañales, buscaban el río. Dos criados le ayudaron a descargar el baúl de las ropas y el de los grabados y láminas impresas recientemente. De Bry desentumió el cuerpo, golpeado por las horas del viaje. Frente a la podredumbre se sentía seguro. A pesar de la opresión del clima y la miseria, sabía que Londres no era Estrasburgo, ni Lieja, ni Amberes. Los protestantes aquí eran quienes gobernaban.

Los objetivos del nuevo traslado eran varios. Había uno oficial: grabar las honras fúnebres de Philip Sidney, un noble asesinado hacía poco por los españoles en los Países Bajos. A esta tarea se lanzó De Bry y mostró la grave solemnidad del entierro. El gran catafalco, cubierto por una tela oscura, lo cargaban dieciséis hombres uniformados. Varias personalidades cercanas al difunto vestían sus túnicas y sus capuchas y enarbolaban los estandartes surcados de heráldicas. Lo que deseó el pintor, mientras captaba la escena, era darle al conjunto la emoción que la música de las trompetas y los tambores fúnebres otorgaban al cortejo. Pero sabía que en esas lides de la expresión poco tenía que hacer una imagen al lado de los sonidos. El otro objetivo era el que más lo estimulaba. Quería solicitarle a Walter Raleigh apoyo para su colección *Grandes viajes*. Una correspondencia con el geógrafo Richard Hakluyt, que De Bry mantenía desde hacía un tiempo, hizo posibles los preparativos de una estadía que habría de durar más de dos años.

Hakluyt, también librero y pastor de Oxford, lo ayudó a orientarse en la ciudad. Hicieron varios itinerarios por la torre que servía de prisión y fortaleza, por el puente de piedra blanca en donde se acumulaban las casas y las tiendas, por el esplendor de la catedral de San Pablo, por el Guildahall con sus tres fachadas equilibradas y llenas de ventanas simétricas. Mientras caminaban, Hakluyt habló de los monasterios católicos, esos antros de la corrupción y el pecado, tiempo atrás cerrados por ordenanzas provenientes de Westminster. Explicó con orgullo el entramado del poder de la Iglesia anglicana de los Tudor y su simpatía con los reformados. Roma y España no son bien vistas, decía Hakluyt, y los británicos somos completamente independientes de sus decisiones políticas, aspecto poco usual en otras partes de Europa, gobernadas desde el papado y el palacio de El Escorial. Ambos, usted lo sabe, continuaba Hakluyt, son burdeles poblados de perdularios y farsantes. Hay, por lo demás, una relación armónica entre las parroquias londinenses, cada vez más prolíficas, y el desarrollo de las empresas privadas. Son éstas, precisaba el pastor con el sentido del pragmatismo inglés, las que fortalecerán la economía de nuestro imperio. De hecho, es en estas empresas donde debe buscarse apoyo para los viajes ultramarinos. El Estado, agobiado por sus trifulcas internas, sometido a la presión bélica de España, no ha tenido el suficiente tiempo para ver el futuro que prometen las campañas de la conquista en América. En algún momento tocaron el tema de los libros. Hakluyt estaba gestionando una colección de obras sobre viajes a los confines del mundo que llamaría *Principall Navigations*. Comentó que hacía poco había publicado una traducción al inglés de la relación del señor Laudonnière a la Florida. De Bry, curioso, preguntó cómo había accedido al manuscrito. Hakluyt respondió que André Thevet, un cosmógrafo francés, se lo había facilitado en su reciente estadía en París. Estaban recorriendo el puerto y el crepúsculo caía sobre el río, cuando Hakluyt mencionó a John White. White era un pintor, también proclive a las faenas del pastoreo religioso, que había viajado recientemente a Virginia y tenía en su haber unas acuarelas dignas de interés.

Días después hubo una velada. A ella asistieron White y su amigo Thomas Harriot, matemático, geógrafo e igualmente ministro, porque parecía que en Londres las gentes que se preocupaban por adueñarse de las tierras de América eran predicadores de la palabra de Dios. Los tres escucharon al grabador de Lieja hablar sobre el proyecto de su colección. De Bry pasaba de una lengua a otra para exponerlo. Algo de inglés, otro tanto de latín, mucho de francés que sus anfitriones comprendían. Más tarde vino el relato de la estancia de White y Harriot en la región de Roanoke. Los deseos del primero de establecer una colonia inglesa allí eran evidentes. Hay un viaje que se está preparando, dijo Hakluyt, con el apoyo de Raleigh. Aunque los rumores de una futura guerra entre Inglaterra y España podrían postergar esos planes. El diálogo se dispersó inevitablemente con la intromisión de la política internacional. Surgieron invectivas contra el poder excesivo de Felipe II. Catalina de Médicis y Henri de Guise, en Francia, provocaron una buena dosis de críticas negativas por el apoyo que recibían de España y del Papa. Estaban en contra de Enrique II y su temperamento estrafalario y su corte de muchachos afeminados, y elogiaban la osadía de Enrique de Navarra. Les parecía perverso el gasto desmesurado que los ejércitos protestantes hacían en la contratación de los mercenarios. En esas transacciones estaban las manos de la reina de Inglaterra, del rey de Dinamarca y de los príncipes alemanes. En Europa había una plaga devastadora por la precipitación de tantas guerras y el negocio de la compra y venta de armas. Pero en el Nuevo Mundo lo que sucedía era peor. De Bry se refirió al exterminio de la población indígena, a la corrupción de los conquistadores, al saqueo de las minas de oro y plata. Hakluyt, que gozaba de gran visibilidad en el medio inglés interesado en intervenir en América, dijo que pronto le correspondería el turno a su reino de mostrar cómo debían hacerse una conquista y una colonización justas. De Bry parecía, sin embargo, desconfiar de cualquier conquista porque lo que las empujaba era la ambición por las riquezas mineras y no otra cosa. Y claramente se lo dijo a Hakluyt. Éste aclaró que Inglaterra no era la España desordenada, ni la Francia ingenua, ni el Portugal decadente, y que el tiempo se encargaría de demostrarlo. Entonces el grabador aprovechó para preguntarles si conocían el libro de Bartolomé de las Casas sobre las Indias. Los viajeros ingleses dijeron que habían oído hablar de él aunque ignoraban su contenido. Hakluyt, en cambio, conocía ciertos pasajes y estaba al tanto de la polémica desatada en los medios cosmográficos. Cuando hablé con Thevet, dijo, consideraba el libro falaz por sus imprecisiones geográficas y por las equivocaciones que había en sus cifras sobre la población nativa. De Bry escuchó con atención y consideró que algunas aseveraciones eran dudosas, pero que el libro del fraile trataba sobre crímenes y sevicias y no sobre datos cosmográficos. Hakluyt, que estuvo de acuerdo, sentenció que Thevet formaba parte de una nueva tendencia de sabios en la que confluían la erudición, la charlatanería y el más aberrante delirio de grandeza. Y dejó que su huésped se extendiera en sus comentarios. De Bry les describió las generalidades de la obra de Bartolomé de las Casas: la brevedad acalorada, la fidelidad a la fe cristiana, la sucesión de oposiciones en las que los indios eran ovejas mansas y los españoles lobos feroces, la confianza en una colonización pacífica, la seguridad de que en algunos asuntos fundamentales de la coexistencia humana los nativos americanos eran superiores a los europeos. Es quizá la más valiente y terrible denuncia de los estragos que España ha cometido en América, concluyó. Y debería ser, y esto lo dijo mirando a Hakluyt, un texto de cabecera para quienes decidan apoderarse del Nuevo Mundo en el futuro. A medianoche se despidieron, no sin antes fijar un encuentro para que De Bry viera la calidad de los dibujos de White.

Raleigh

Walter Raleigh era una figura relevante de la nobleza inglesa. Estaba interesado en conquistar a como diera lugar tierras de América. Tenía una obsesión que solo acabó cuando un verdugo le cortó la cabeza: encontrar El Dorado. Cuando lo conoció De Bry, era el capataz de las minas de estaño de Cornualles y Exon y el dueño del monopolio de los alcoholes y los juegos de cartas en Londres. Y, cuestión de herencia familiar, se definía como un reformado beligerante y enemigo acérrimo del catolicismo. No es necesario ocuparse aquí del relato pormenorizado de los hechos que, finalmente, tuvieron como resultado el que las autoridades españolas lo captura-ran en Guyana, hasta allá fue Raleigh a buscar la ciudad de Manoa, y lo entregaran después a la corte de Jacobo I con la condición de que lo decapitaran. Jacobo, que tenía cuentas pendientes con él desde tiempo atrás por asuntos de cons-piraciones contra su mandato, decidió castigarlo. Tampoco vale la pena detenerse en el largo presidio de Raleigh en la

Torre de Londres durante el cual escribió un libro lleno de incongruencias, pero muy elogiado en su época, titulado *La historia del mundo*. No hay que indagar en su carácter promiscuo y sus lazos amorosos en los que sus antagonistas –Raleigh poseía una inclinación obsesiva por las mujeres ajenas– terminaron ultimados en un cruce de caminos o en el rincón de algún jardín señorial. Pasemos sus poemas en los que se vislumbra un sombrío sentido de la historia. Dejemos ir, aunque el carácter de la anécdota entusiasmaría a cualquier escritor afecto a lo fantástico, el hecho de que su cabeza fue embalsamada, y que su esposa vivió con ella, guardada en un bolso de terciopelo amarillo, durante los treinta años de su viudez. Es menester limitarse, entonces, porque Raleigh es un personaje secundario en estas líneas, al carácter de sus vínculos con América. El primero consiste en que sus expediciones al Nuevo Mundo fueron marcadas por una mezcla de enardecimiento y fracaso. Raleigh, así fuera culto, poseía un empeño de riqueza igual al del conquistador más basto. Otro vínculo es el que muestra a un Raleigh entusiasmado con lo que descubrió en Virginia: el tabaco que introdujo en las cortes de su reino. Y con el tabaco vino un interés por conocer las costumbres de los nativos. No se sabe muy bien cuál fue la visión del indio que tuvo el financiador de estas expediciones porque su obsesión por encontrar El Dorado ocultó los otros matices de una personalidad como la suya. Lo que es cierto es que Raleigh estuvo atento a las pinturas de John White, al relato de Thomas Harriot, al proyecto del maestro de Lieja. Este interés lo llevó a sufragar los gastos de la primera entrega de *Grandes viajes*. Aspecto que, en realidad, no vuelve tan insulsa su figura en la vida de Théodore de Bry. Ahora bien, de lo que se puede estar relativamente seguro es que este último, al salir del palacio en las cercanías de Westminster, con los pensamientos congestionados por el tabaco que probó aquella noche, concluyó que Raleigh, con su obsesión de que había una ciudad de oro en algún rincón de América situado entre la pequeña Venecia y la Nueva Granada que, pasara lo que pasara, haría suya, estaba destinado a un final catastrófico.

John White

Los veintitrés grabados sobre las acuarelas de John White son soberbios. El acabado es lo que da a la obra de De Bry un impulso vigoroso desde su mismo inicio. La edición del primer libro de *Grandes viajes* apareció en 1590 en Fráncfort del Meno. Se hizo en cuatro lenguas (latín, inglés, francés y alemán), lo cual le otorgó una difusión notable. El público europeo, conformado por teólogos viajeros, militares temerarios, cosmógrafos eruditos, escritores galantes y pintores de toda índole, pudo hacerse una idea más clara de cómo podían ser los indígenas algonquinos. Los grabados en cobre de Théodore de Bry superan con amplitud, en factura artística y en la hondura etnológica, a los que se habían hecho antes: es decir, a los de la primera edición del viaje de Hans Staden; a los grabados en madera, de la edición de *Historia del Nuevo Mundo,* de Girolamo Benzoni; a los que acompañaron el libro de André Thevet, *Las singularidades de la Francia antártica* y *La cosmografía universal,* y al de Jean de Léry, *Historia de un viaje hecho a la tierra del Brasil.* John White, convencido de que lo suyo era estimular las campañas de colonización inglesa, no escatimó su talento. Alimentado por el humanismo idealista de aquellos días, reprodujo la vida de una comunidad indígena con claros matices de nobleza y señorío. Así, quien los pudiera ver comprendería que estaba frente a personas dignas no solo de admiración por su color local, sino también por su elegancia. Los indígenas que aparecen, sean estos príncipes, guerreros, sacerdotes o doncellas, están trazados con un toque de probidad insoslayable. Posan de frente y de espalda para el conquistador, al modo inaugurado por Eneas Vico en sus libros, que mostraban los avíos europeos de entonces. Atrás, el paisaje es un conjunto de ríos mansos atravesados por canoas bucólicas y cuyos cielos se ven ornados por el vuelo de algunas palmípedas. Si se comparan las láminas originales de John White con los grabados de Théodore de Bry la diferencia es perceptible. Al verlos en la colección del British Museum, concluí que White despojó a los indígenas, en cierta medida, de su carácter bárbaro. De Bry, por su lado, no les quita su coloración parda, pero sí les pone un toque arcádico que hoy parece simpático aunque para nada fortuito. Lo que hace De Bry, en realidad, es tornar griegos y romanos a los nativos. Su nigromante se parece a un Hermes afeminado y volátil. El anciano de Pomeiooc es una especie de Cicerón un poco oscurecido. Las tetas de las doncellas secoya remiten a las de alguna Afrodita asustadiza. Los ilustres de la isla de Roanoac, así estén con el torso descubierto y tengan los cabellos cortados como una cresta de gallo, se paran y miran como un senador en reposo de los tiempos de Séneca. De lo que se trata es de que el espectador concluya que estas tierras y sus habitantes tienen una respetabilidad semejante. Y que, por lo tanto, ofrecen las condiciones necesarias para ser colonizados. De hecho, las últimas cinco imágenes de la entrega, dedicadas a mostrar los antiguos británicos, con sus armas y sus pinturas corporales, establecen un vínculo sugestivo. Ese que empuja a los ingleses para que vean en los indígenas de Norteamérica un estadio similar al que ellos tuvieron siglos atrás. Pero ¿hacia qué apunta este linaje pueril, esta circunstancia idílica de hombres que se ven libres y llenos de decoro y decencia? En medio de una época fisurada por el negocio de la guerra y la rapiña de la conquista de América, este par de pintores protestantes, uno inglés y otro belga, parecen hablar de derechos perdidos, de libertades distinguidas que deben mantenerse y de la perentoria necesidad de retornar a una edad de oro. Los indios de Virginia, que poco entienden de tales enredijos culturales, que desconocen a Cicerón, a Hermes y a Afrodita, sirven perfectamente para estos propósitos. Además, sin hierro ni propiedad privada, rodeados de una naturaleza generosa, amparados en una suerte de comunismo transparente, ajenos al despilfarro, los nativos se aproximan a la representación de un bien en estado primitivo. El buen salvaje, así, se convierte en un noble salvaje. Los hombres que pinta White y que graba De Bry son, mejor dicho, el emblema discreto de un muy respetable parlamento británico.

Morgues

Nadie lo conocía por su nombre real. En el barrio de Black-friers, en los alrededores de la parroquia de Santa Ana, lo llamaban Morgues. Su contextura se veía cascada, aunque algo en el cuerpo murmuraba una antigua fortaleza. Su pelo, antes negro y frondoso, había caído. Lo que quedaba eran unos cuantos mechones que lo hacían ver más viejo de lo que en verdad era. De la voz solo se desprendía un hilo y, para escucharlo con claridad, había que inclinar la cabeza y aproximarla a su boca. Esta, por lo demás, expelía una incómoda y frecuente acidez. Los ojos, no obstante, tenían un brillo extraño que hacía que quien lo tratara se sintiera intimidado.

Había llegado a Londres años atrás, huyendo de las persecuciones religiosas francesas. Mucho antes estuvo en América y poseía en su haber, que era exiguo, un registro pictórico en el que dejaba testimonio de sus andanzas. Quiso publicarlo en Diepa, su ciudad natal, pues allí la sapiencia cosmográfica gozaba de reputación, pero las calamidades de la guerra lo impidieron. Hablaba con afecto de un maestro que tuvo y supo enseñarle la factura de los mapas. Pero éste había muerto cuando Morgues regresó de su viaje al Nuevo Mundo y deseó reestablecerse en Diepa. Decía, y era insistente en este punto, que tenía un segundo maestro. Un indígena de la Florida que le había pintado el cuerpo. Pero a pocas personas les mostraba los tatuajes. Cuando Théodore de Bry lo conoció, a través de las recomendaciones de John White, con la respectiva consideración solicitó conocer el vestigio de esas pinturas. Pero jamás pudo verlas.

Morgues se sentía seguro en Londres. Desde hacía un tiempo había obtenido los documentos oficiales para legalizar su estadía en el reino. La generosidad de los ingleses tenía algo de irrisorio porque le permitía a un hombre de recursos menguados comprar tierras en el nuevo país. Con todo, y pese a la escasez del peculio, Morgues se pagaba un domicilio digno. Vivía con una mujer llamada Jeanne. Era ella quien lo colmaba de cuidados y pocas veces dejaban de salir juntos a dar los paseos consuetudinarios por las orillas del Támesis.

Pero el pintor no amaba Londres. Le parecía oscurecida y fría y lo suficientemente grande y cochambrosa como para que sus recuerdos de Diepa fueran recurrentes. Sus amigos no eran muchos. En su ánimo, antaño propenso al regocijo y al afuera, algo se había trastornado. Sus impresiones estaban sesgadas por una mezcla de resentimiento y descreencia. Y eran más los días en que transcurría envuelto en una mudez arisca que solo interrumpía para pedirle a Jeanne un pincel o un lápiz de color que él creía extraviado en el taller. Morgues iba a cumplir cincuenta y cinco años y se sentía aplastado por el tiempo y aturdido por los insomnios que sus males intestinales le ocasionaban.

En el fondo, mostraba cierto desprecio por el círculo de los artistas de la ciudad. Opinaba, y había acritud en sus consideraciones, que todos estaban empecinados en ensalzar exageradamente, como si no existiera otro tipo de pintura, la moda de los retratos. Instaurada por Holbein el Joven hacía años, con la adhesión de la reina Isabel a la causa protestante tal entusiasmo había crecido. Vio varias veces, y cómo no hacerlo cuando se era pintor y se vivía en Londres, los retratos de Enrique VIII, del arzobispo de Canterbury, de Tomás Moro y de Nicolás Kratzer pintados por el alemán. Resultaba innegable que eran el fruto de unas manos supremas y un sentido de la observación insuperable, quizás, entre los pintores ingleses. En especial el retrato de Kratzer, rodeado su cuerpo por algunos aparatos matemáticos —un reloj de sol poliédrico inconcluso, algunas escuadras de tonalidades hieráticas, un cuadrante que evocaba cielos y mares abiertos—, lo emocionaba porque esos dominios él los había frecuentado con su primer maestro en Diepa. Pero

Morgues comprendía hasta dónde llegaba su talento. Él más que nadie sabía que en París había sido un pintor de salvajes. Y que ahora, en Londres, simplemente era un pintor de flores, frutas e insectos.

Así lo halló Théodore de Bry cuando lo visitó en su domicilio de Blackfriers. Morgues, utilizando solo una de sus manos, la otra estaba paralizada por una herida recibida en los tiempos floridos, retocaba con dedicación, en un papel de vitela, las alas de una mosca. El animal se veía atrapado entre las ramas de un romero. De Bry elogió la perfección y la vitalidad de los colores de la miniatura. Este acto desarmó de entrada la prevención de Morgues. Tanto el fondo dorado como las flores de la planta, que eran de un pálido azul; tanto el gris con que se habían pintado los enveses de las hojas como el negro del tórax del insecto; todos estos matices eran primorosos y poseían la impronta de quien desde hacía años observaba amorosamente las pequeñas existencias de la naturaleza. El romero con su bestezuela le recordó a De Bry el enrevesamiento de algunos trabajos de su viejo amigo Etienne Delaune. La miniatura formaba parte de un grupo de seis que Morgues le mostró, animado por el ditirambo, al visitante. Las tres peras rotundas, los claveles rosados sobre uno de los cuales se posa una mariposa, los anchos pétalos de la malvarrosa, el cardo asediado por la oruga y el agracejo con su pardillo juguetón, eran una humilde muestra de su trabajo actual, explicó Morgues. Y cada uno de estos dibujos estaba enmarcado por unos bordes que iban desde los azules reales hasta los verdes opacos con embellecimientos amarillos, blancos y marrones que supieron impresionar a Théodore de Bry.

Son ocupaciones menores, dijo Morgues, con su voz postrada, pero representan mi compañía más grata. Las realizo en las mañanas, desde que llegué a Londres. Mientras Jeanne les ofrecía algo para que departieran –su esposo tomaba varias veces al día un mejunje medicinal para sus males–, Morgues contó que ahora trabajaba para Mary Sidney, una dama del círculo inglés que gobernaba en Irlanda. Para ella había hecho un pequeño catálogo natural. *La clave de los campos*, así se titulaba el folleto, había sido impreso en un taller londinense y tenía como propósito proveer modelos sencillos a quienes deseaban aprender las cosas honestas de la vida y reflejarlas en los trabajos del bordado, la tapicería y la pintura doméstica. De Bry observó rápidamente las figuras, con sus palabras didácticas en varias lenguas ubicadas debajo de cada una de ellas. Y luego de leer el nombre completo, Jacques Le Moyne, llamado Morgues pintor, estampado en la carátula, concluyó para sí que ese era un trabajo de didactismo mediocre.

Pero la amplia habitación convertida en taller, la presencia floral desparramada por todas partes en forma de pequeñas materas, y los animales disecados que se pegaban a las paredes, le otorgaban al sitio un encanto singular. Había iris germanos, lilas del valle, violetas y peonías, claveles blancos y rosas amarillas. Y a manera de colgandejos había mariposas, grillos, moscardones y avispas. La luz invernal entraba y tocaba varios rincones con desidia. En ellos había carpetas apiladas que le llamaron la atención al grabador. Morgues se dio cuenta de la visible curiosidad y decidió que atendería a este hombre que, como él, tenía la marca del exilio en sus ojos.

Morgues se inclinó para tomar una de las carpetas y por poco cae al suelo. Los brazos de Théodore lo sostuvieron con firmeza. Este compartir un apoyo súbito los acercó todavía más. El pintor mostró entonces algunas acuarelas que eran, según su criterio, la mejor muestra de su última pintura. De Bry las miró y de entrada se sintió conmovido con la textura de las frutas que suscitaron en él, por un lado, el deseo precipitado de saborearlas y, por el otro, la detención cálida que exige el acto contemplativo. Una granada dejaba ver su pulpa granulosa. El melón, con un casco naranjado acostado a sus pies, sobresalía por entre una hoja cuyas nervaduras estaban dibujadas con la minucia del verdadero naturalista. Dos gajos pletóricos de uvas colgaban de una rama. Tres manzanas, sin madurar del todo, provocaban la intención de desprenderlas de la rama que las acogía. Un membrillo, solitario y coronado por tres hojas lánguidas, evocaba la sedienta turgencia de un seno. Había una pera, increíblemente madura, partida en dos mitades casi obscenas. De semejante modo, dos naranjas se referían no solo al árbol que las guardaba sino también a circunstancias humanas más ocultas y apetitosas. Una piña, de relieve tórrido y tan brillante como un sol, terminaba la serie.

La última fruta permitió a De Bry entrar en el tema que le interesaba. Morgues escuchó con desdén la promesa de Raleigh de financiar la primera parte de la colección *Grandes viajes*. El inglés le parecía un militar estrafalario y no dejaba de ser uno de esos jóvenes bravos que, por desgracia, sacudían el panorama político de Europa y que, por cumplir sus propósitos, pasaban por encima de sus superiores con arrogancia ejemplar. Morgues precisó su recelo cuando habló de la indiferencia que Raleigh había demostrado hacia los testimonios de las campañas protestantes francesas en América. Es natural, intervino De Bry, que los ingleses se sientan más atraídos por sus nuevas colonizaciones, que prometen desarrollarse con un sentido más alto de la concordia, que por las francesas, que terminaron en tragedias pese a sus sueños loables. Morgues levantó los hombros y suspiró con cansancio. Todas las empresas terminarán mal si pensamos en los indígenas. Y promisorias si tenemos en cuenta las arcas de la nobleza europea y los banqueros burgueses que las patrocinan. En realidad, lo que está pasando y pasará es que Inglaterra y España se repartirán el mundo y dejarán a un lado a Francia, fragilizada por sus guerras intestinas. Y no olvide, le ruego, que la mayor parte de las campañas de conquista son dirigidas por personajes ávidos. Y cuando alguien no posee tal experiencia, como fue el caso de la expedición en la que participé, comandada por un hombre cándido y cuidadoso de no maltratar a los nativos, culminan en el fracaso.

Morgues aprovechó, entonces, para referirse al capitán René Laudonnière. Cuando regresamos los sobrevivientes, dijo, y nos reunimos con el almirante De Coligny y el rey Carlos IX, nadie entendió las acciones de Laudonnière y, en cambio, le reprocharon su comportamiento torpe. Una baba de deshonra lo cubrió por un tiempo y muchos pensaron que el descalabro de la empresa en las Tierras Floridas fue solo su responsabilidad. ¿Qué pasó con él?, preguntó De Bry, que había escuchado algo de ese hombre en la boca de Hakluyt. Morgues habló de sus intentos de reconquistar el fuerte *Caroline* de las manos españolas años después. Se amparó bajo las órdenes de Philippe Strozzi, un comandante de tropas reales cuyo odio a España era más que paradigmático, pero esa expedición también falló y nunca alcanzó el mar. Luego, testarudo como el que más, con sus propios medios y apoyado en parte por algún clérigo con poder del cual he olvidado su nombre, se embarcó para América. Quién sabe en qué lugar de los trópicos estaba cuando sucedió la masacre de San Bartolomé. Sé que escribió una historia de la Florida y supongo que tenía su conciencia tranquila cuando murió en Saint-Germain-en-Laye. Las fiebres reumáticas que empezaron a atacarlo en América terminaron por llevarlo a la tumba. Alguien me dijo, quién sabe si no es un rumor más para desacreditar su memoria, que abjuró de sus ideas reformadas antes de fallecer.

La figura de Laudonnière pareció esfumarse en el recinto. Morgues buscó las acuarelas. De Bry, que había estado todo el tiempo de pie, las tomó diligentemente. Pidió permiso para sentarse. Se concentró en la observación de las imágenes. Eran muchas y su formato no era de gran proporción. Estaban dibujadas sobre papel vitela y empleaban una gama vivísima de colores. La primera que observó fue la que muestra a Laudonnière con el rey Athore frente a una columna llena de guirnaldas. Después pasaron, en cascada, las demás: la construcción del fuerte, las escenas de las batallas en que se mutilan los cuerpos de los enemigos, las actividades de los hermafroditas, las loas del pueblo a sus reyes. De Bry sabía que tenía ante sí un testimonio de una inigualable calidad. Morgues había realizado una primera versión de ellas, eso le explicó, en el fuerte mismo y en las aldeas vecinas de los timucuas. Pero casi todo ese trabajo se perdió con la llegada de los españoles. Las que veía De Bry eran el fruto de un trabajo efectuado entre sus idas y venidas de París a Diepa. Y estaban, acompañadas por una relación breve escrita por el mismo Morgues, también a la orden para los propósitos de De Bry.

El precio no satisfizo a Morgues, quien consideraba que sus acuarelas, más que dinero, valían demasiadas vidas. Aprecio mucho las del señor John White, pero estas, se justificaba, proporcionan datos más interesantes sobre los indígenas americanos. Además está mi historia, que describe con vivacidad el desarrollo de nuestra empresa. De Bry no contradijo esta opinión. Las imágenes valían acaso muchísimo más. Del escrito no vacilaba en considerarlo de la más alta importancia. Pero pidió un tiempo prudente para conseguir la cantidad que pedía Morgues. Debía viajar a Fráncfort y hablar con los mecenas que tenía en la corte del emperador, con el impresor Weichel y con el librero Feyeranbendt, los cuales apoyarían la edición de *Grandes viajes*. No obstante, necesitaba un juramento, o una promesa, que impidiera que el material fuese a manos diferentes de las de la familia De Bry. Morgues sonrió con cierta amargura. Dijo que nadie en el reino británico, ni siquiera en Francia, estaba interesado en adquirir algo suyo. En mi tierra no existo, soy tan solo un fantasma. Y a la dama para quien trabajo le horripilan los salvajes, y su asco ante el tabaco, que como usted sabe se consume profusamente en la corte, es radical. ¿Cuándo podría pagarme?, preguntó, por fin, el pintor. Le prometo que en menos de tres meses estaré de nuevo en esta casa. Morgues guardó un silencio nebuloso y no tuvo más remedio que aprobar. Si no estoy yo, dijo, Jeanne le dará todo.

Acuarelas y caléndulas

Théodore de Bry atravesó las regiones de Flandes. Las llanuras se extendían en una sucesión entrecortada de arboledas cuyos follajes brillantes invitaban a mirarlos. Las edificaciones de las poblaciones por donde pasó poseían, a su vez, una vislumbre gozosa en los flancos tocados por los dedos invisibles del sol. De Bry imaginaba que sería un excelente proyecto para un pintor sentarse frente a esas fachadas eclesiásticas y plasmar en dibujos el paso, entre efímero y eterno, del fenómeno crepuscular. Las noches eran frescas, cargadas del aliento de un polen excitado, y estaban penetradas por el canto vibrante de las chicharras. Cuando atravesó el canal de la Mancha había un cielo inmaculado de nubes y una luna transparente, en medio del día, era como una alucinación y como un consuelo. En Dover tomó el carruaje que lo llevó a Londres con una velocidad inusitada. Théodore de Bry no sabía si esta sensación era por el efecto de los vinos que había tomado en la posada del puerto o sencillamente por la perfecta confabulación entre los pasos de los caballos y la sinuosidad de las colinas recorridas. En medio de estas delicias del desplazamiento, el maestro no dejaba de pensar en el destino de Jacques Le Moyne de Morgues. El pintor había muerto hacía poco. Jeanne se lo hizo saber en una misiva que no era avara en el recuento del hecho. Su mujer lo encontró tirado en el taller de Blackfriers, con unas caléndulas en una mano y en la otra, donde tenía tatuada la lagartija, una de las acuarelas sobre los timucuas. Ellas, le precisaba Jeanne con deferencia, lo esperaban. En su testamento, Morgues dejaba en manos de su esposa los derechos sobre sus pinturas y su historia del viaje. Jeanne, ante la precariedad que se le venía encima, optó por aceptar cualquier precio. Pero De Bry era magnánimo y nada había en sus maneras del regateador taimado. No solo dio el dinero prometido, sino que aumentó la cifra para apaciguar un poco los menesteres de la viuda.

Esta vez la estadía en Londres fue corta porque ya estaba decidido que la familia De Bry se instalaría en Fráncfort. Era, en cierto sentido, una decisión atrevida porque la ciudad al borde del río Meno no gozaba de libertades completas frente a los derechos de los calvinistas. En Londres se podía vivir tranquilamente, pero en Fráncfort había que tener cuidado y estar negociando con la censura de sus magistrados. Lo que convenció definitivamente a Théodore fue la situación financiera. Esta le beneficiaba, ya que en la ciudad imperial vivían quienes apoyaban ampliamente sus trabajos. Estaba, además, la Feria del Libro, que se realizaba durante las primaveras y los otoños, y abría un espacio importante para la difusión de su catálogo de publicaciones. Como si fuera un tesoro, Théodore adquirió el paquete sobre la Florida y le prometió a Jeanne —así lo había hecho también con el malogrado pintor— que no modificaría los originales en sus grabados. Lo mismo dijo a John White, quien cedió por un alto precio —De Bry fue siempre generoso en estos pagos— el derecho a publicar sus dibujos en la colección. El prestigio que ya tenía De Bry como maestro del grabado en cobre era respaldo suficiente para que se confiara en sus palabras. Era cierto que la técnica de este tipo de grabado se utilizaba poco en el medio de los editores y esto suscitaba resquemores en quienes se veían vinculados a los acarreos de la imprenta. Los costos se hacían más elevados. El texto y las ilustraciones debían ser impresos por separado en dos operaciones diferentes. Pero, a diferencia del grabado en madera, el aguafuerte posibilitaba no solo hacer tiradas mayores, sino que la claridad de la reproducción era deslumbrante.

Fráncfort del Meno

En el último período de su vida, Théodore de Bry trabajó en el taller de Fráncfort, en compañía de sus dos hijos, y apoyado siempre por Cathérine. Tanto en la reproducción de las acuarelas compradas, como en su paso al grabado en cobre, en la revisión de las traducciones al alemán y al latín de los fragmentos seleccionados de las crónicas que estaban en italiano, en español o en francés, en la impresión y encuadernación de las hojas, Théodore de Bry fue siempre voluntarioso en darle un matiz personal a su empresa. Revisaba con sus propios ojos cada fase del trabajo, a pesar de que confiaba en la labor de los suyos. Siempre decía que ocho ojos veían mejor que dos. Aunque el ambiente era de mutuo respeto, hubo roces que, en ciertos períodos, tensionaron las relaciones familiares. Théodore de Bry no repartía equitativamente las ganancias y era él quien en verdad se llevaba todos los créditos. Solo unas frases de reconocimiento a sus colaboradores en las notas preliminares a los libros y nada más. Con todo, los hijos tenían gran admiración por el padre y lo consideraban el maestro. Cada jornada, cuando estaban juntos, la empezaban con la lectura de un salmo. Jean-Israelien solía acompañar las palabras con un laúd que tocaba con soltura. Más tarde se ponían sus delantales de trabajo, manchados por los trajines de los colores y las tintas. Estaba prohibido beber y comer en el interior del recinto. Esta era una consigna que debían seguir todos los empleados del taller. Pero se hablaba en abundancia y siempre comentaban las noticias políticas que el mundo les ofrecía. Las derrotas cada vez más aparatosas de la Armada Invencible de Felipe II. Las tribulaciones internas de Francia con un rey que había sido hugonote y ahora era católico, y se jactaba diciendo que París bien valía una misa para coronarse como jerarca y entregar una aporreada paz a su reino. Las grandes matanzas, siempre al orden del día, provenientes de América. Jean-Théodore decía que era una bendición de Dios poder vivir en ciudades sosegadas como Fráncfort. Pero su padre opinaba que en un corazón compasivo con los sufrimientos de los otros no podía existir tranquilidad de ningún tipo. A veces llegaba a decir que en los terrenos de la culpa todos los seres humanos estaban involucrados. Además, Théodore de Bry les recordaba su condición de protestantes, lo que no garantizaba que estuvieran al abrigo en ningún lado. En ocasiones su culto se había visto restringido por las autoridades de la ciudad, y Théodore no había descartado la posibilidad de radicarse en Hanau, en donde el príncipe Philipp Ludwig II daba protección a los reformados. Pensaba también en Leipzig, pues allí había una feria sobresaliente y sus libros se vendían bien. Pero Théodore se sentía cansado y enfermo y no quería terminar sus días en una ciudad desconocida. Su esposa le garantizaba estabilidad con sus vínculos familiares en el gremio orfebre de Fráncfort. El maestro, además, tenía amigos que apreciaba y con los cuales compartía muchos momentos. La pequeña urbe era hermosa, los paseos por el río Meno lo consolaban y su paisaje acuoso, en cualquiera de las estaciones, poseía la virtud de calmarle la angustia frecuente por los reveses de su tiempo. Y cómo olvidar a sus hijos que, a pesar de las diferencias que mantenían, seguían siendo

sus socios verdaderos. Ellos, de temperamentos tan distintos
—Jean-Théodore era locuaz y de tendencias festivas y conocía
el mundo de las contiendas, ya que había trabajado como
arcabucero para un sultán turco y tenía un talento artístico
irrefutable; y Jean-Israelien, silencioso, reservado, amigo de
la vida sedentaria y encargado de los asuntos financieros de la
empresa familiar—, confluían en el amor por el oficio que les
había enseñado el padre. Eran los únicos, por otra parte, que
le podían dar continuidad a su trabajo.

Benzoni

Tres proyectos fueron esenciales en este último período. El
primero lo conformaron las tres entregas siguientes de la
colección *Grandes viajes* y para las cuales *Historia del Nuevo
Mundo,* de Girolamo Benzoni, sirvió de base. El segundo era
la edición ilustrada de la *Brevísima relación de la destrucción
de las Indias,* de Bartolomé de las Casas. Ambos libros fueron
los pilares de la leyenda negra de la conquista española, y los
De Bry creyeron en el carácter veraz de sus testimonios. Pero
si el de Benzoni no tenía mayores problemas con la censura,
el de De las Casas, por su contenido incendiario, parecía
no poder desprenderse de ellas. Tal fue la razón para que la
Brevísima no entrara a formar parte de la colección, que eran
los libros más pedidos y vendidos por la empresa familiar.
El tercer proyecto, una idea de su amigo Etienne Delaune,
surgida poco antes de su muerte, en 1595, fue el único que
no logró concretarse.

El libro de Girolamo, desde su primera edición, en 1565,
tuvo un éxito extraordinario. Las gentes lo leían y quedaban

consternadas, sin saber muy bien si en lo narrado había yerro y exageración, o si no era más que el trasunto de una realidad terrible. No era la primera vez que se publicaba una relación de viaje a América en la que se fustigaba la conquista española. Pero el texto de Benzoni gozaba de la singularidad de estar escrito en un lenguaje accesible a los lectores. El autor no se las daba de monje teólogo ni de sabio cosmógrafo, sino que demostraba sin tapujos su condición de aventurero con presunciones comerciales. Su narración, por tal motivo, posee los perfiles de lo que podría llamarse una crónica periodística ajena a la erudición. Es decir, lo que era desmañado en esa época, hoy se lee con sabrosa rapidez. Otro elemento llamativo residía en el simple hecho de que Benzoni había viajado por esas tierras durante casi quince años. Era, pues, un testigo digno de leerse porque había visto con sus propios ojos lo contado. Théodore de Bry supo de entrada que en las peripecias de Benzoni, pese a que fuesen contadas con descuido y sin preocuparse por la coherencia de su transcurrir cronológico, se reflejaba un espectro complejo de las jornadas americanas. Entendía que los lectores del bando católico denigrarán hasta la difamación de lo dicho por el italiano. Éstos lo tildaban de falseador, impreciso y errático. Casi todo su contenido, argumentaban, era una copia vulgar porque mucho de lo que decía provenía de la *Historia general de las Indias* de López de Gomara. Los españoles, por lo demás, jamás recibirían con beneplácito una obra que había sido escrita para desdecir de las virtudes de su nación. Todo tenía que ver, era claro concluirlo, con el ímpetu con que se denunciaba el contubernio de los conquistadores con los misioneros. Pues si había una gran propiciadora de estas afrentas sin fin era la Iglesia católica. Los clérigos que deslizaban sus figuras por las páginas de Benzoni eran las verdaderas antorchas de la guerra, para utilizar una expresión cara a Erasmo de Rotterdam.

Había sido arduo encontrar el rastro del aventurero. Poco se sabía de sus avatares, con excepción de los que narraba el libro. Se ventilaban hipótesis a propósito de las causas que lo llevaron a dejar a un lado sus afanes mercantiles y remplazarlos por los que tenían que ver con la delación de los excesos de la conquista. A través de las averiguaciones hechas por Jean-Théodore se supo que Benzoni era, en primer lugar, una invención literaria de un grupo de protestantes ginebrinos. Por lo tanto, era fantasía ese itinerario suyo que llegaba a la isla de Cubagua y terminaba, más de catorce años después, en La Habana. Ni tampoco había que fiarse de las versiones que llenaban de aventuras truculentas la vida de Benzoni. Pero Jean-Théodore también averiguó que el mismo hombre había padecido naufragio en su regreso a Europa. Se rumoraba que el accidente, en el que perdió las riquezas acumuladas durante tantos años en América, sumado a los fantasmas que su conciencia de conquistador europeo le acarreaban, fueron los causantes de su decisión: olvidarse de sus anhelos de prosperidad y ponerse a escribir su historia en el Nuevo Mundo. Parecía probable que hubiera muerto en Madrid en medio de la miseria, vilipendiado por una horda de tinterillos y abogados que desde la calle le gritaban ¡Fuera de España, hideputa mendaz! Théodore de Bry se preguntaba qué motivos habían empujado a Benzoni para trasladarse a Madrid, al centro mismo de la nación que tanto atacaba en su escrito. Sin encontrar una respuesta satisfactoria, pensaba de todas maneras que Benzoni era italiano, y esto bastaba para ser aceptado en España. Pero había otro rasgo que llamaba la atención: Benzoni era católico hasta la médula.

Con la publicación de la cuarta, quinta y sexta entregas de *Grandes viajes*, en 1594, 1595 y 1596, sucede algo diferente. Se entra en el campo de la denuncia. Una revisión somera del trabajo anterior de los De Bry llevaría a formular la calidad paridisíaca de la naturaleza con sus criaturas salvajes. Acorde con la concepción protestante de lo que debía ser una comunidad humana, al menos en las primeras fases de su proceso civilizador, los indígenas del norte de América llevan una vida lejana a los abusos y las injusticias. Pero luego surge el rasgo antropofágico. El Nuevo Mundo se presenta, en estas tres primeras partes, arrebujado en una doble faz que oscila entre el canto celebratorio por el hombre adánico y el rechazo a algunas de sus acciones extremas.

La calamidad entra de lleno con Benzoni. Una mezcla de comportamientos sanguinarios con corrupciones de todo tipo ondea en las escenas escogidas. Hay enfrentamientos entre españoles estimulados por su codicia desenfrenada. Las guerras de Europa se trasladan al horizonte de las Indias. Franceses y españoles se pelean por la riqueza minera. Los indígenas, por su parte, se muestran de dos formas: defendiéndose con una brutalidad similar –hay un grabado, por ejemplo, que los presenta derramando oro fundido en la boca de varios conquistadores atados– y padeciendo una muerte escatalógica y repetitiva a través de mutilaciones, ahorcamientos y hogueras. Suceden los saqueos y las devastaciones de las recién fundadas ciudades americanas. El prendimiento de los caciques principales y su ajusticiamiento ocupan varias imágenes. Los nombres de los grandes pillos se precipitan en las cortas leyendas que explican sus acciones. Cristóbal y Bartolomé Colón en Cuba, Gonzalo de Ocampo en Cumaná, Diego de Nicuesa en Veragua, Alonso de Ojeda en Cartagena, Vasco Núñez de Balboa en Urabá, Hernán Cortés en México, Diego Gutiérrez en Sucre, Hernando de Soto en la Florida, Pedro de Alvarado en Panamá, Francisco Pizarro en Perú.

Encuentro

El día es lluvioso y octubre muestra su condición grisácea y fría. Entro en la catedral San Bartolomé de Fráncfort para escamparme. Sé que ella, como el resto de la ciudad antigua, padeció los bombardeos de 1944. Pero desde hace unos años está tan increíblemente restaurada que poco hay dentro de sus muros bermejos que delate su vejez de templo medieval. Los turistas, aquí y allá, fotografían sin cesar. De algún modo, y a mi pesar, también soy un turista. Aunque me diferencio de ellos, así trato de justificarme, en el hecho de que estoy aquí por una beca que me han otorgado para terminar de escribir mi novela. Un profesor de literatura española de Giessen, con quien almorcé hace unos días por los lados de Haupwache, al decirle que pocos documentos se encuentran de Théodore de Bry en Fráncfort, y que su casa situada en la antigua Schüppengasse, así como los archivos históricos concernientes a los siglos XVI y XVII, fueron destruidos por las bombas aliadas, me preguntó entonces de qué me servía estar tanto tiempo aquí. Quizás tenga razón. Tres meses es demasiado tiempo para indagar en lugares en donde el grabador es un eco desdibujado. Pero también sé que recorriendo una y otra vez el casco histórico renovado de la ciudad, algo habrá de aquel hombre que se inmiscuya en mi conciencia. O tal vez en ese terreno resbaladizo de las intuiciones, en el que los seres del pasado, el presente y el futuro estamos mezclando permanentemente nuestros itinerarios por los agujeros del tiempo. Me siento entonces en una de las naves laterales de la catedral. Miro el órgano, enorme quimera de sonidos, que está en el extremo opuesto. Poco antes me había detenido en los diversos altares góticos con su tema del dolor y el sufrimiento humanos. Qué bendita obsesión la del cristianismo: verlo todo a través de un velo de resignación triste ante los arrasamientos del cuerpo. No cejar ni un instante en esta serie interminable de vírgenes lagrimeantes, de cristos desgarrados, de apóstoles martirizados y de palomas metafísicas que surcan el cielo. Estoy pensando en el intrincado significado del Espírtu Santo cuando percibo la luz. Es ella la que me hace entender que el dolor como certeza de la existencia algún día tendrá término. Cómo no concluir que los arquitectos del pasado sabían que era el fenómeno de la luz, filtrándose a través de los vitrales, el que podía reflejarles a los creyentes el consuelo de una eternidad bienhechora. Ahí, frente a mí, están esos gajos deslumbrantes que entran al recinto. Pero, humedeciendo mis ojos en ellos, y agua y luz siempre se abrazan con empatía, corroboro una vez más que no puede haber impresión más efímera de la materia que este amasijo de resplandores crepusculares colándose por unos resquicios y atravesando unos cristales para hipnotizarnos. Sí, la eternidad no es más que una elucubración mental frente a una experiencia física. Y luego está el silencio que en estos espacios resuena con nitidez. Y la condición ígnea desprendida del color rojizo de las columnas y los muros. Por un momento, esta unión del sonido y el color, del destello y el guijarro, me hace pensar que la vida es una permanente combustión y que solo podemos entenderla si nos arrojamos a ella con intensidad desesperada. Estoy en estas divagaciones, o simplemente suspendido en la perplejidad, cuando siento que algo sacude la atmósfera. Como si alguien invisible me hubiera rozado la oreja o soplado con suavidad en la nariz. Vuelvo los ojos hacia varios lados hasta que se detienen en una figura que está sentada cerca del gran instrumento de los fuelles. Exagero si digo que nuestras miradas se cruzan, pero no miento al asegurar que él se levanta y, con cierto balanceo del cuerpo, se dirige hacia mí. Supongo que va a saludarme o, al menos, a preguntarme algo, pues tal parece que fuera su intención cuando se detiene. Pero, un momento después, sigue de largo. No me ha costado reconocerlo. Y no me refiero a su indumentaria, como sacada de una pieza de teatro o de un filme de época, sino al brillo de sus ojos, a ese mohín que delinean sus labios cuando se aprietan entre sí. No sé cuántos segundos transcurren cuando, impulsado por un resorte, me incorporo y doy la vuelta. Salgo. Hay una opacidad extendida sobre el aire. No estoy confundido de ninguna manera, porque este afuera sigue siendo el mío y no es el de él. Veo sombrillas marcadas con la palabra *Esprit* y personas vestidas como yo. Pero De Bry se enrumba, cojeando y un poco encorvado, hacia el Römerberg. Lo sigo y percibo que la distancia entre nosotros se mantiene invariable, así yo apresure mis pasos y sepa que, en cuestión de minutos, podría alcanzarlo. Théodore pasa por debajo de un letrero inmenso que dice: *Brasiliana. Installationen von*

1960 bis Heute. Schirnkunsthalle. En la acogedora pequeñez de la plaza, sobrepasando la estatua de la diosa Justicia que exhorta a los concejales para que sean sabios con los ciudadanos, y a la altura de la entrada de la iglesia de San Nicolás, que parece más una morada de cuento de hadas que un templo destinado a los elegidos de la nobleza, alcanzo al pintor. Se ha encontrado con alguien. Ambos se inclinan en señal de reconocimiento. Hablan y sonríen. ¿Quién puede ser?, me pregunto. No vacilo en responderme y en considerarme satisfecho con este tipo de respuesta múltiple. Théodore de Bry está hablando, en un latín atravesado de palabras francesas y alemanas, con Sigmund Feyerabend, el librero, o con Carolus Clusius, el botánico y traductor, o con Jean-Jacques Boissard, el anticuario, o con Janus Gruterus, el poeta. Algo creo entenderles. Son saludos cotidianos, palabras en donde hay una pizca de humor y otras de consuelo ante los estragos del cuerpo, alguna noticia sobre la próxima Feria del Libro en la que aparecerá, supongo, la nueva entrega de su colección *Grandes viajes*. Es evidente que no me ven y tampoco a las gentes que les pasan al lado, afanadas por buscar un amparo para la lluvia que ha aumentado repentinamente. Y es como si para nosotros estuviera lloviendo con fuerza, y para De Bry y su amigo cayera una garúa insignificante. Soy consciente de que esta circunstancia espectral me favorece. Aprovecho para detallarle las manos, que tiemblan en todo momento y están aporreadas por las quemaduras de su oficio. Y el sombrero adornado con tres plumas de papagayo que deja ver el pelo totalmente blanco. Están sonando las campanas de la catedral cuando ambos amigos se despiden. De Bry, en vez de tomar el camino más corto hacia su casa, pasando por la iglesia de San Pablo, se dirige hacia el río. Bordeamos el Museo de Historia de Fráncfort, en donde tampoco he hallado rastro alguno de él en mi visita, y llegamos al río. Estoy casi rozándolo. Por eso puedo escuchar las palabras que salen de su boca: *Moenus Fluvios*. Permanecemos solos frente al cauce. No nos miramos. Ni falta que nos hace y sobre todo cuando tenemos a semejante ser al frente. Ciudad sin río es una geografía incompleta, ajena a la pura ensoñación, me digo. Sé que el viejo aprobaría esta consideración mía. Respiramos el aire que nos golpea la cara como si fuera un látigo bondadoso. Théodore de Bry vuelve sobre sus pasos. ¿Hacia dónde irá ahora?, me pregunto. Por una de las calles que limitan con la iglesia San Leonardo lo veo perderse en dirección a su casa, que podría estar, suspendida como una fantasía de madera y piedra, entre las calles Großer Hirschgraben y Kornmarkt. O tal vez siga por la orilla del río y se encamine, como hacía siempre en sus paseos veraniegos, hacia la vieja Puerta del Suplicio, midiendo de vez en cuando con los ojos la imponencia de las murallas. Qué maravilla, en todo caso, que no sepa que su pequeña franja calvinista, y la ciudad que él tanto amó a pesar de las incomodidades que le provocaba su condición protestante, ha sido arrasada por culpa de los nazis. Tremenda justificación: una ciudadela invaluable, construida exquisitamente por tantas generaciones, destruida por las explosiones y las llamas en unas cuantas horas. Entonces me aventuro a pensar qué respondería Théodore de Bry si le refiero algunos eventos de mi época, no para angustiarlo, sino más bien para consolarlo. Los campos de concentración, las hambrunas y el sida, las bombas atómicas, la manipulación genética, la industria nuclear, las multinacionales de la alimentación carnívora, la venta de armas, la prostitución internacional, el negocio de las drogas, la escasez de agua, la explosión demográfica, el deshielo de los polos. Sí, le podría demostrar con suficiencia que, pese a las comodidades de la tecnología y las bondades de la ciencia, mi tiempo es quizás más pavoroso que el suyo. Pero acaso él diga que el hombre ha sido, es y será siempre una criatura devastadora, y el padecimiento por él provocado, por una razón u otra, la constante de la historia. Quisiera detenerlo para que hablemos sobre esos temas. Decirle que, al contrario de lo que él y yo opinamos, hay grandes optimistas que creen que con cada ser humano que nace los ciclos de la vida se renuevan, que en nuestro ser habita un no sé qué de sustancia divina, que como supremas compañías están la música, la pintura, la filosofía y la poesía. Que algunos, ciertos elegidos de la inteligencia, piensan que ante el ciclo eterno de la violencia prevalece una victoria progresiva de la razón. Me provoca invitarle, incluso, a que crucemos el puente peatonal de hierro y vayamos a uno de los bares de Sachsenhausen y nos tomemos una de esas cervezas alemanas tan deliciosas y nos comamos una salchicha al ritmo, por ejemplo, de una canción brasileña, ya que el país está de moda ahora y es el invitado para la Feria del Libro de este año. Pero no es posible porque Théodore de Bry y yo no podemos hablar y jamás lo haremos. Solo me resta ver cómo se difumina definitivamente por los flancos de la iglesia. En algún momento sé que estoy en mitad del puente. Solo y tiritando de frío. Más allá, entre la neblina del otoño, los altos rascacielos de los bancos de Fráncfort se levantan como emblemas arrogantes de la usura.

La tabla de Ginebra

Y estaba la propuesta de Etienne Delaune. Para llevarla a cabo se restablecieron los contactos entre los viejos amigos. De Ausburgo a Fráncfort, y de la ciudad imperial a la ciudad independiente, proliferaron los mensajes. De Bry, por las limitaciones que le acarreaba la gota y sus prolongados dolores en los huesos, no podía desplazarse. Pero Delaune no vaciló, a pesar de su estado también achacoso, en viajar. Le agradaba, por lo demás, la posibilidad de volver a ver a sus antiguos discípulos, compartir con ellos un buen queso y una copa de vino y escuchar la música para laúd que tocaba Jean-Israelien. La idea consistía en hacer un libro sobre la masacre de San Bartolomé. Emplear un texto breve pero decisivo en su denuncia e ilustrarlo con imágenes de varios pintores sobrevivientes al suceso. El autor de la crónica, propuso Delaune, podría ser alguno de los ministros de Ginebra. Théodore de Bèze, tal vez, era quien poseía la escritura más clara y precisa, no en vano había sido el discípulo preferido de ese cultor magnánimo de la lengua que era Calvino. O estaba Simon Goulart, siempre juvenil y fogoso, capaz de conmover y convencer con su erudición humanista. Pero Théodore de Bry, admirador de la obra de Michel de Montaigne así éste fuera católico, sugirió escoger de entre sus ensayos los pasajes que criticaban el desafuero, la dominación y la intransigencia. Una saludable polémica se desbordó en estos primeros paliques. Delaune, aunque valoraba la ironía perspicaz de Montaigne, no apreciaba su comportamiento acomodaticio en tiempos en donde muchos morían por ser consecuentes con su credo. De Bry, en cambio, pensaba que ese era quizás el rasgo que mejor definía su sabiduría. Era católico por conveniencia, decía el maestro de Lieja, pero en el fondo parecía otra cosa. Por un lado, Montaigne pensaba como un jurista y un político y no como un dogmático. Por ello consideraba que en cosas del Estado no hay que anteponer querellas doctrinales. Y, por otro, lo suyo es la edificación de una morada en donde una incredulidad desocupada, ante nuestra época excesiva, ondea entre la melancolía y la felicidad. Delaune levantaba los hombros con desdén. Pedía un tiempo para reflexionar mejor en torno al escritor. Pero De Bry arremetía y se daba a leer en voz alta, para demostrar que no erraba en sus interpretaciones, algunas páginas de la edición póstuma de los *Ensayos* que Marie de Gournay, la hija adoptiva del ensayista, había hecho recientemente en París. En todo caso, decidieron mandar las peticiones con los mensajeros. A Théodore de Bèze le hicieron llegar los seis ejemplares hasta el momento publicados de *Grandes viajes*. Lo mismo hicieron con la señorita De Gournay. Y todo iba marchando magníficamente hasta que la muerte de Delaune detuvo el entusiasmo.

Y los pintores, ¿quiénes serían?, preguntó De Bry. Conozco a algunos, respondió Delaune. Uno de ellos ya murió, pero poseo una copia de su tabla más importante, y acaso la única que existe de su autoría. Él y yo podríamos conformar, inicialmente, una buena pareja. ¿Y quién es el difunto?, volvió a preguntar De Bry, mordido por la curiosidad. Delaune se incorporó. Era un hombre al que le gustaba usar turbantes de colores encendidos y nunca había abandonado la costumbre ostentosa de llevar collares de rubíes y zafiros. Las manos le temblaban y a veces, mientras bebía, se le derramaban las copas. Al notar que su viejo amigo estaba invadido de un trémulo similar al suyo, De Bry concluía que manos así desdecían de sus oficios eméritos. Cualquier aprendiz, agregaba, podría enseñarnos a manipular un lápiz. Entonces, con la voz exaltada, Delaune ordenó a su criado traer la tabla que estaba en la habitación contigua. Mientras esperaban, habló del pintor. Dijo que era natural de Amiens. Que había muerto en Ginebra hacía unos años y que la amistad que los unía se remontaba a los tiempos de la juventud en París. ¿Cómo ha dicho que se llamaba?, preguntó De Bry. Dubois, respondió Delaune, François Dubois, y los pocos amigos que tenía lo apodaban Sylvius. Ante el nombre, De Bry movió la cabeza con duda. Cerró los ojos como si estuviera haciendo un ejercicio de forzada remembranza. Al cabo de unos segundos le llegó a la memoria un rostro. Alguien nebuloso y reservado que había conocido en una de sus visitas a Ginebra para efectos de una impresión de salmos traducidos del latín al francés y al alemán. Eran los años en que en la ciudad persistía una diligencia efervescente en los talleres de imprenta. De ellos salían hacia los caminos de Europa y América las biblias, los nuevos testamentos, los escritos de Calvino, de Thèodore de Bèze y de Pierre Viret, e igual número de libelos y salterios. De Bry hizo un nuevo esfuerzo. Vio entonces una figura magra, desprovista de pelo, con frente ancha, de mejillas un poco rubicundas pero agrietadas, con ojos de un color impreciso que iba del gris al verde. Habían conversado mientras daban un paseo por los alrededores de la catedral. De Bry recordó las maneras de su caminar lento y cansado en un hombre que aparentaba mucha más edad de la que tenía. Pero la timidez y una continua irresolución asustada impidieron que Dubois se abriera a la conversación que proponía el grabador de Lieja.

¿Será el mismo hombre?, se preguntó De Bry preguntándole a Delaune. Porque el que conocí era escurridizo, inseguro en sus gestos y decía que jamás volvería a pintar. Más aún, logró confesarme, y recuerdo que gagueaba para decirlo, que lo suyo que pudo haber tenido algún valor se había quemado en el incendio de su casa en París. Es el mismo personaje, dijo Delaune. Y la verdad es que esos dibujos que mencionó, al menos los que conocí en el círculo del maestro Clouet, adonde íbamos a aprender las técnicas de hacer retratos, no dejaban de ser notables. Había unos esbozos suyos, así gustaba llamarlos el propio Dubois, de tálamos revueltos. No creo haber visto un arrojo de ese tipo en ninguna otra parte. No comprendo bien, dijo De Bry. Pues imagínese sábanas impuras, almohadones tirados aquí y allá, cojines desprovistos de toda ornamentación pero claramente muelles. Y en medio de este desorden del amor, evoque un pie femenino, sutilmente dibujado en uno de los extremos del papel. De Bry escuchó las palabras de su amigo, que tenía demasiados años para tales fervores, y trazó una sonrisa de malicia.

El criado tocó a la puerta. Solicitó permiso para entrar a la sala. En la mesa, con mucho esmero, puso la tabla. En tanto la iba descubriendo, Delaune comentó que era una copia que había adquirido en su último viaje a Ginebra. La obtuve en el hospicio de los Pobres Extranjeros con el cual Dubois, parece que desde su llegada a la ciudad, tenía algunos vínculos laborales. Simon Goulart, nuestro admirado ministro, por un precio modesto, debo reconocerlo, permitió que la copiara porque se negó a venderme el original. Mírela y dígame qué tal le parece. Théodore de Bry dio un paso adelante sin saber lo que iba a enfrentar. Su corazón inmediatamente dio un vuelco y se aceleró con premura. En la boca se le instaló una sequedad advenediza. Un nudo compacto se le hizo en la garganta. Los ojos no demoraron en congestionársele. La violencia, diseminada con calculada simetría en sus numerosas escenas, se le hundió en la mirada con una fuerza parecida a la del puño que golpea un rostro desprevenido. De Bry cerró los ojos y puso las manos como escudo. Pero los volvió a abrir y se encontró con la extensión, pintada con un azul pálido, de un cielo que parecía el trasunto de una amnesia. Fue bajándolos por las edificaciones que se veían envueltas en una atmósfera sobria y temiblemente calmada. Con la respiración contenida, De Bry comenzó a ver el horror. La carreta que bordea la iglesia atestada de cadáveres. Las prestigiosas damas apaleadas y violadas sobre el puente. Los cuerpos color ceniza que se acumulan ante los pies de una señora inmensa que parece insultarlos o darles una bendición. El río teñido de sangre y escoria. Los niños de pecho tirados en el piso como escombros desolados. Los hombres colgados de un patíbulo con forma de cruz incompleta. Los hermosos caballos cuyos jinetes parecen discutir cuál será el desarrollo y el final de esta pantomima de la muerte. Y al lado de los ajusticiamientos que nada ni nadie impedían, ni el ruego, ni la oración, ni el llanto, estaban las figuras que se doblan ante el peso de los tapices, los ropajes y los cofres robados. De Bry se preguntó sin obtener ninguna respuesta qué hacía esa jaula en el borde derecho superior de la tabla y en la que un extraño animal intentaba huir. Luego vio el molino de la parte izquierda por donde varios hombres, quizás Dubois estaba entre ellos, lograban el escape. Y De Bry trataba de establecer un lazo entre las muertes del mosaico que había pintado Dubois y las que lo asediaban desde el otro lado del océano. Era como si el mal entre los hombres tuviese el mismo semblante, las mismas maneras entre espontáneas y feroces, el mismo desorden en el fondo calculado. El maestro de Lieja, atribulado, ofreció excusas. Delaune se dio cuenta de la emoción que sentía su amigo. Sin saber qué decir, vio cómo Théodore de Bry se desmoronaba sobre un sillón. Inclinaba la cabeza y, con vergüenza pero incapaz de ocultarlo, dejaba que el llanto saliera de su cuerpo.

América

Nunca fui a América y moriré sin hacerlo. Sus relieves los imaginé a través de mis lecturas. Sus riquezas jamás las deseé. Pude palpar su oro varias veces y darle el sentido que mis manos quisieron. Sabiendo, no obstante, que esos minerales ya habían sido trajinados, y tal vez de mejor manera, en los contornos de allá. A sus hombres, en cambio, los vi una vez. Fue en Ruán. Unos cincuenta nativos tupinambas fueron llevados a presencia del rey Enrique II y su esposa Catalina de Médicis. Se instaló a orillas del Sena una réplica de un pueblo indígena con chozas hechas de ramas y troncos secos y hamacas suspendidas de los sauces del río. Me entrometí en una comitiva que quiso entrevistar a los indios. Allí iba un gentilhombre de Burdeos. Era de cabellos ralos, de barba negra, de mirada penetrante. Se llamaba Michel de Montaigne y gozaba de la reputación del erudito. Era él quien formulaba las preguntas. Inquiría sobre sus códigos de valentía, sus tipos de vida, sus dioses y sus guerras. Escuchábamos las respuestas, lacónicas y llenas de símiles, y sus preguntas que averiguaban por la lógica de nuestros comportamientos. ¿Por qué nuestros reyes no iban los primeros a los combates? ¿Por qué había tantos mendigos en las calles? ¿Por qué las mujeres ocupaban siempre las posiciones inferiores? ¿Cómo era posible que en el pan y el vino estuviera el cuerpo de un hombre que era también dios? Después íbamos al intérprete, que intentaba dar un poco de relieve a esas palabras incómodas. He tratado de buscarlos después en lo que se ha escrito sobre ellos. Sus rasgos, sin embargo, se empañan en nuestras propias interpretaciones. El señor De Montaigne escribió después sobre su civilización y creo que es uno de los pocos que nos enseñan a ver en los nativos del Nuevo Mundo otras formas de existencia. Tal vez sea verdad que poco hay de bárbaro en sus acciones si las comparamos con las nuestras. Comprendiéndolos a ellos, Montaigne logró observar mejor los rasgos de nuestra crueldad. Al tomar partido a favor de los habitantes de esas tierras y en contra de sus conquistadores, lo hizo en nombre del derecho y la justicia y de quienes tratamos de no ser atrabiliarios en tiempos en los que casi todos lo son. Puede ser un consuelo simulador para algunos, porque es un alivio hecho de palabras escritas en un libro leído por pocos, pero con Montaigne se resarce un poco la gigantesca equivocación que hemos cometido. Sé que mi acercamiento a América y a sus hombres es limitado. Pero cuando pienso en lo que sucedió allá, concluyo que fue mejor no haber visitado ese continente. Me invade un consuelo, sospechoso sin duda, al saber que no toqué sus ínsulas y su tierra firme y que mis manos no se mancharon directamente con el delito. Aunque Montaigne, me atrevo a creer, pensaba en una suerte de pedagogía dulce y progresiva para los indígenas, basada en ejemplos de orden moral y no religioso, considero más bien que ellos podrán acceder a la luz solo cuando Europa los deje a su libre albedrío. Mi conclusión, a veces, es que frente al Nuevo Mundo hay que abstenerse de intervenir. Porque ninguna conquista y colonización, ni las realizadas por los españoles y portugueses, ni las que quisieron hacer los franceses y las que sin duda harán los ingleses, será sensata. Pero la historia terminará por unir a esas gentes con nosotros, así como en una desembocadura se mezclan aguas turbulentas de diversas génesis. La oscura densidad del afluente más pequeño quizá mitigue los resplandores de los más grandes. Tal vez del oprobio bendecido por una religión enferma surja una reconciliación. De la mentira y el engaño aparecerá acaso una palabra capaz del diálogo. Pero es muy posible también que lo mío sea la frágil esperanza de un pintor. Sé, en todo caso, que la tranquilidad de la conciencia es imposible. Porque ella no puede existir jamás entre los humanos. Porque ella, esa endeble conciencia que en ocasiones es el único centro de nuestras acciones, es insobornable y no se deja engañar de ningún modo. La conciencia debería ser egoísta, pero no lo es en absoluto. Siempre se introduce en lo que hacemos los hombres. No solo en el presente, sino en el pasado y en lo que habrá de suceder. Y en esa conciencia, que se apretuja con torpeza en los corazones humanos, estamos involucrados irremediablemente. Lo que hacemos aquí o allá, a escondidas o en público, tarde o temprano termina siendo un asunto de su incumbencia y nada más que de ella.

Mi propósito no ha sido manchar el nombre de España ni el de la Iglesia católica. Ambas, mucho antes de que mis libros se editaran y se difundieran en las ferias de Fráncfort y

Leipzig, ya estaban ahítas de ignominia. Tan solo he procurado, a través de mis grabados, denunciar. Durante este último tiempo, pasado en el taller cercano al río Meno, no he cesado de preguntarme cuál puede ser la dimensión de diecisiete grabados, esos que he realizado para acompañar la edición de la *Brevísima relación de la destrucción de las Indias*, si se ponen ante la muerte de tantos hombres. ¿Qué significa lo uno y lo otro? ¿Qué significa pintar y qué ser asesinado? ¿Qué significa la muerte violenta y qué la representación de esa muerte? ¿Cómo aproximar los derramamientos de la sangre a nuestro diario vivir y hacer que ellos vulneren nuestra comodidad? En el fondo de mí hay algo que se niega a aceptar que un grabado logre expresar la cabal dimensión de un acontecimiento. La realidad siempre será más atroz y más sublime que sus diversas formas de mostrarla. Creo que todo intento de reproducir lo pasado está de antemano condenado al fracaso porque solo nos encargamos de plasmar vestigios, de iluminar sombras, de armar pedazos de vidas y muertes que ya fueron y cuya esencia es inasible. La belleza, y siempre he ido tras ella, así sea terrible y asquerosa, así sea nefasta y condenable, así sea desmoralizadora y desvergonzada, no es más que un conjunto de fragmentos dispersos en telas, en letras, en piedras, en sonidos que tratamos de configurar en vano.

¿Bastan diecisiete grabados para redimir la infamia que la violencia provoca? Quizás no sea suficiente esto ni nada de lo que podamos hacer en adelante. Hemos ocasionado una herida que nunca será cerrada. Al contrario, cada acción que hagamos la ahondará sin remedio. Pero volver atrás no es posible porque todo pasado es irrecuperable. Y el presente siempre es de una honda precariedad, aunque tratemos de construir en él gozos efímeros. Y el futuro, como un equilibrista que está pendiente de la cuerda en que anda y de la vara que lo ayuda a sostenerse, siempre está mirando hacia atrás con temor y reverencia. ¿Qué hacer, entonces, en un círculo que parece ser más bien una línea que avanza hacia delante sabiendo que no puede ignorar la fuerza que lo impulsa? Trato de creer que reaccioné. Aunque tal vez yerre y busque un alivio quebradizo. Pues no ignoro que solo he pintado la imagen de un exterminio.

El exterminio

Los dos verdugos del primer plano asumen gestos de todos los días. El de la izquierda se apoya en los pies y con los brazos se dispone a lanzar el cuerpo del niño a algún lado. No se sabe muy bien hacia dónde. Quizás sea un engaño visual y el conquistador simplemente haga un movimiento de retroceso para tomar fuerza y lanzar el cuerpecillo a la hoguera en donde arden no se sabe cuántos hombres y mujeres que, en el grabado, están o con el taparrabo o desnudos, dando la impresión de ser una cantidad numerosa. La desnudez en el asesinato siempre tiene visos de obscenidad, aunque De Bry pretenda disfrazarla en la ligera suspensión de los cuerpos colgados. Basta detenerse en los pies de la mujer, en su sexo –una vulva ligeramente oscurecida por un toque perfecto del buril– que se oculta entre los muslos con algo de provocación, para darse cuenta de que estamos ante un detalle de excitación grotesca. Los hombres renacentistas no pensaban en esa vulgaridad visual de la muerte que ahora a diario nos visita, hasta dejarnos extraviados en una sensación de habituamiento hostigante. Varios indígenas ya han muerto. Otros esperan a que las lenguas de fuego empiecen a consumirlos. El fuego lo aviva el segundo conquistador. Su pose es acrobática. En él hay una habilidad desconcertante y acaso este asesino sin rostro y sin nombre sea el mayor acierto del grabado. De hecho, Bartolomé de las Casas tampoco los nombra en su *Brevísima relación de la destrucción de las Indias* –les dice tiranos simplemente– y con ello otorga al crimen no un contorno desdibujado del anonimato, sino una transparente generalidad que se cierne sobre todos los conquistadores. Detrás de la escena principal –el asesinato del niño y la quema de los adultos– hay un relieve de colinas rocosas. Entre ellas y el borde liso de lo que parece ser una choza se establece un pasadizo espacial. Allí hay figuras desnudas que huyen. Más allá una carabela murmura, con sus palos y velámenes, la magnificencia del Viejo Continente.

En el segundo grabado, el fuego se presenta como el símbolo de la aniquilación. Ese, de hecho, será su significado a lo largo de casi toda la serie. La mayoría española pensaba que estaba acabando con seres diabólicos, con reinos herejes que atentaban contra la salud del cristianismo. Consideraban que limpiaban de una geografía terrestre y espiritual incó-modas repugnancias. En realidad, una corriente colonialista luchaba con una indigenista. La primera impuso su política expoliadora basada en la convivencia física de ambos pueblos. La segunda se apertrechó en un humanismo escolástico y propuso la separación de los dos grupos para así detener las injusticias. Ginés de Sepúlveda, amparado en un aristotelismo escalofriante, argumentaba que esas guerras desiguales eran justas y que los colonos tenían el derecho de sujetar a seres que demostraban su disponibilidad a la esclavitud. Francisco de Vitoria no aceptaba esta explicación pero proponía una serie de justos títulos, basado en el derecho natural y en el de las gentes, para legitimar la intervención armada de España en América. Una teología impúdica y un derecho amañado, nutridos con citas de santo Tomás, san Agustín y san Silvestre, sustentaron este razonamiento. Pero la verdad era que esas torturas se practicaban para sacar información sobre los lugares en donde se hallaban el oro y la plata. Vitoria se convertiría en el célebre padre del derecho internacional, que no es más que la coartada que tiene la nación más fuerte para intervenir en los territorios de la más débil. Ginés de Sepúlveda era remunerado jugosamente por los encomenderos de América, los nuevos ricos emergentes de entonces. La fortuna del Nuevo Mundo forjaba sus cimientos sobre la vileza. Al jefe indígena de La Española, que muestra el grabado, lo están quemando para que hable. Bartolomé de las Casas dice que ese fuego que se le procuró era manso. Pero el cuerpo de la víctima se contorsiona en una de las parrillas hechas de varas sobre horquetas. El modo de animar las llamas aquí se perfecciona. Ya no es el soplo de una boca desdentada y podrida, sino un fuelle que se activa metódicamente con las manos.

Anacaona, india de raza cautiva. Anacaona de la región primitiva. Anacaona oí tu voz. Cómo lloró y cuánto gimió. Anacaona, oí la voz de tu angustiado corazón. Tu libertad nunca llegó. Estas palabras no las escribió De las Casas. Las cantó, siglos después, Cheo Feliciano al ritmo de congas y acordes de un piano melancólico y sabroso. Anacaona significaba flor de oro. Pero eso no lo supo Nicolás de Ovando. O quizá sí. Y entendiendo el sentido de las palabras, creyó que la reina era literalmente dueña de numerosos jardines dorados. Anacaona era una rapsoda caribeña que recitaba en los areítos las proezas de su pueblo. Pero Ovando y los suyos buscaban la riqueza y poco entendían de líricas arcanas. Luego Anacaona se rebeló contra ellos. Comprendió en qué consistía la encomienda, que violaban a sus mujeres y esclavizaban a sus hombres, y les declaró la guerra. Luego hubo un acuerdo de paz con Ovando y la reina celebró unos festejos. A ellos fueron invitados los españoles y éstos aprovecharon para cometer la masacre. En el grabado aparece la choza en la que los esbirros meten a los indios más notables. Hay fuego y humo. Un gran personaje parece representar el poderío que cantan los cronistas. Es un capitán erguido, con su alabarda alta, que presencia el acto. Dos soldados llevan más leña para alimentar el fuego. Anacaona india que muere llorando. Muere pero no perdona. Mis ojos se balancean entonces con el cuerpo de la reina taína. De mi sacrificada reina americana. Anacaona adentro de Anacaona. Anacaona alma de blanca paloma. El árbol del que cuelgas es como una raíz rabiosa que ha emergido de la tierra.

En los reinos de La Española se hizo la repartición de las tierras. Con rejos y garrotes se impusieron las largas jornadas de trabajo. Los campos fueron arados por las indias. Los hombres, por su parte, se destinaron a las minas. Los más viejos murieron con prontitud en medio de la extenuación. Las familias se separaron por la fuerza. Los niños iniciaron un tránsito de abandono. El dios cristiano intentó entrar en esta desgracia colectiva como un lenitivo. Los indios decidieron, empero, morirse. Se rebelaron y supieron que las armas de los europeos los acababan en un abrir y cerrar de ojos. O se suicidaron. Otros perdieron el deseo de vivir. Hubo una huelga de brazos caídos, de penes y vaginas caídas, de resuellos caídos. El grabado en cuestión está estructurado en varias partes. Las escenas del sometimiento se continúan en el espacio. Este es yermo en sus ondulaciones geográficas. Dos chozas, que parecen galpones, surgen a ambos lados del paisaje. De atrás para adelante se ven las faenas. Elaboración de las parrillas para los asados. Las picas que excavan algún socavón. Cinco mujeres, sin nada que cubra sus vergüenzas, laboran los terrenos azuzadas de mala manera por los amos. Hay dos españoles tocados con sombreros de plumas que vierten sobre la espalda de un herido sustancias para que las llagas aúllen. En el primer plano se fuetea a una víctima. Ella mira al cielo y la duda reina por un momento en la percepción. ¿Está clamando a Dios? Pero ¿a cuál Dios pide misericordia? ¿Al de sus castigadores? ¿Al de Théodore de Bry que no ha podido abstenerse de inmiscuir su particular compasión protestante y nos hace concluir que este indio es como un san Sebastián o un Cristo flagelado?

En los grabados sobre la *Brevísima relación de la destrucción de las Indias* todo sucede vertiginosamente. En esta perspectiva hay una relación implacable entre crónica e imagen. Las muchedumbres indígenas, al fondo, están siempre corriendo en medio del pánico, contraponiendo a las escenas bucólicas una realidad de pesadilla. A los conquistadores españoles, por su parte, los empuja la premura. Y ésta no es torpe en absoluto. Sus pies parecen los de muchísimos Hermes. Toda imagen es una circunstancia ilusionista y detención y parálisis no existen en la representación visual. Al verse una y otra vez estos grabados, por ninguna parte encontramos la pausa, el reposo, el silencio. La consigna que siguen estos conquistadores está tocada por el afán. Como si, efectivamente, los empujara la voluntad de cometer un genocidio con la mayor brevedad posible. Es ruin plantear primeros puestos en la aniquilación humana, pero siempre llamará la atención la celeridad que logró la España católica del siglo XVI en América. ¿Habría que hablar de cifras para demostrarlo? No sobra poner al menos un dato para comprobar que los muchos *cuentos* mencionados por Bartolomé de las Casas corresponden realmente a millones de muertos. A la llegada de los conquistadores había aproximadamente ochenta millones de habitantes en América. Cincuenta años después quedaban diez. Pero concedamos que Hatuey, el cacique que aparece en el centro de este grabado, no está tocado por la velocidad. En realidad, está quieto. Y no podría ser de otro modo, pues está amarrado a un palo y lo están quemando vivo. Hatuey es haitiano y ha llegado a Cuba huyendo de las matanzas. Por desgracia, le ha tocado el turno de morir. A su lado hay un franciscano. Bartolomé dice, tal vez con ironía, que se trata de un santo varón. El misionero tiene un exótico sombrero tirado hacia atrás. Pequeño detalle de color local *avant la lettre*. En una de sus manos está el crucifijo y en la otra la Biblia. Hay un diálogo que entablan los dos mientras el fuego empieza su trabajo. Los conquistadores, a la izquierda, están ocupados en lo suyo y no se interesan en el contenido de la plática. Pero si se observa la escena desde un ámbito privilegiado, es posible escuchar las voces de ambos. En una amalgama de taíno y castellano, el monje le explica a Hatuey que si se bautiza podrá ir al cielo para gozar de la gloria y el descanso eternos. De lo contrario, tendrá que irse a los infiernos y padecer tormentos interminables. Hatuey reflexiona. Parece no comprender la última frase. Pregunta si a ese supuesto cielo van los cristianos. El franciscano mira hacia un lado y otro, y dice con incomodidad que sí. Entonces el cacique se queja y contesta que prefiere los infiernos.

El verbo es llamativo: infernar. De las Casas escribió un libro excesivo. La verdad es que, pese a ello o por ello mismo, está mal escrito si se piensa en la pureza gramatical y las elegantes ondulaciones de la imaginación. Su ritmo es atropellado, como atropellados el esquema narrativo y las escenas que se suceden. Monotonía salvaje en las descripciones, cargadas de inventarios sin preocuparse de las exigencias del buen lector. Pocas ideas planean allí y, en cambio, insiste sobre los mismos temas con obsesión maniática. Pero, al mismo tiempo, la *Brevísima relación de la destrucción de las Indias* toma a ese benemérito lector por el cuello, lo estruja con violencia, le hace abrir los ojos para que vea lo que sucedió en las islas y la tierra firme del Nuevo Mundo en sus primeros años de historia occidental. Nada de miramientos, ni de ambages, ni de prevenciones. De las Casas sabe, de principio a fin de su folleto, que para narrar atrocidades no hay que ser culto, ni fino, ni gramático, que bastan unas cuantas ideas sencillas pero definitivas, y que la ponderación literaria no sirve de nada ante la realidad del mal. Y el mal para De las Casas consistía, *grosso modo*, en que cristianos españoles irían al infierno al matar a tantos indios sin bautizar. Y que, peor todavía, haciendo esto mandaban al mismo sitio a los indígenas desavisados. «Infernando las ánimas que el hijo de Dios redimió con su sangre», así culmina el fraile su acápite dedicado al río Yuyapari. Produce una inmensa compasión este monje, otrora encomendero y luego indiófilo, contaminado como todos sus contemporáneos de una atrabiliaria espiritualidad religiosa, desesperado no solo porque asistía al sufrimiento sistemático, que es como se entiende el mal que han creado las sociedades humanas, sino también porque pensaba que las víctimas estaban condenadas a un castigo eterno. Este es quizás el rasgo más delirante que despliega la *Brevísima relación de la destrucción de las Indias*. Creer que la desgracia terrestre tendrá continuidad para verdugos y víctimas en el más allá. Que este tirano, llamado Pedrarias Dávila, sentado en un sillón distinguido que disuena con la rústica atmósfera de la escena grabada, rodeado de sus mercenarios, compartirá un escarmiento perpetuo con el cacique al que sigue atormentando con golpes y con fuego. Ambos, Pedrarias y el cacique anónimo del Darién, encontrándose nuevamente y para siempre, y riñendo entre ellos o pidiéndose un perdón o una clemencia que jamás les serán otorgados.

Cholula. Una ciudad grande de más de treinta mil vecinos. Los jóvenes visten sus mejores telas, los plumajes rutilantes, el oro más agraciado. Pero en el grabado de Théodore de Bry todos están despojados de sus atavíos. Unos calzones bastos que en algo recuerdan el miserable calzoncillo de Cristo. Esta relación no es fortuita, porque en estos grabados los indígenas que mueren evocan la historia del martirologio cristiano. Este es uno de los más apocalípticos del conjunto. O mejor dicho, uno de los más anticipatorios. Al verlo, se piensa en Chelmno, en Belzec, en Sobibor, en Treblinka, en Auschwitz-Birkenau. En la parte de atrás de la imagen hay una multitud de indios que van entrando, en fila y vigilados por los guardias y sus largas alabardas, a un recinto en llamas. Diríase un horno crematorio en ciernes. Una cámara de muerte pública y renacentista. La escena del primer plano corta en dos la multitud. En ella arden doce de esos hermanos sorprendidos, como doce apóstoles americanos. Y es nuevamente el fuego el que estructura y otorga densidad a lo que vemos. Pero esta vez el humo desprendido forma un gigantesco hongo que se expande por el cielo.

El asunto de los primeros encuentros entre españoles e indígenas es lo que aborda la nueva imagen. La comitiva magnífica del emperador sale, en andas de oro, a recibir a las tropas de los invasores. Es factible pensar que son una caterva de lazarillos, porquerizos y lecheros, dueños de una variopinta cultura popular, y que la historia los ha puesto en estos lares armados hasta los dientes. Bartolomé de las Casas ya lo decía: llegaban a estas Indias andrajosos y llenos de piojos y deseaban regresar a su patria atiborrados de oro y plata. Tenochtitlán está atrás, en la profundidad de la parte derecha. Algo de su poderío flota en la distancia. Aunque su arquitectura posee una ingenua reminiscencia de ciudadela árabe. La naturaleza se amplía en su dechado de montañas y palmeras para presenciar la colisión de las dos civilizaciones. Son exóticos los frutos, los tejidos, las urnas de bebidas refrescantes, las danzas que los aztecas ofrecen en este día de vientos serenos y luminosidad transparente. En cambio, la mano de Hernán Cortés que se estira, y valga la pena decir que esa mano abierta y suspendida en el aire ocupa el centro del grabado, es una señal engañosa de la amistad.

Y está el sicario del centro. Su figura es una mezcla de agilidad y vigor. Su jubón atrae por la decoración, aunque no podría precisarse si lo que tiene son manchas aterciopeladas o incrustaciones de metal protectoras. Este sicario azuza la atención a causa de su inobjetable elegancia. Lleva un sombrero de ala ancha y una lechuguilla magnífica. Observándolo con cuidado, y para ello es aconsejable ayudarse de una lupa, su anatomía podría vincularse a la de un perro galgo. Esta asociación quizá se deba a la misma distinción alargada que despliega el asesino, ligeramente inclinado sobre el indio que va a atravesar con su espada. Pero con la lupa me concentro en su perfil. Cómo quisiera tener un aparato del futuro, semejante al que usa el *Blade Runner* de Ridley Scott, para buscar pistas identitarias en las fotografías. Un aparato que permita ir hasta el fondo de los rasgos de este baladrón ibérico. Buscarle su árbol genealógico, de cuál comarca viene, quiénes fueron sus padres y quiénes sus amigos y amantes, y saber qué opulencias obtendrá. Pero hay que conformarse con su perfil escuálido, con su quijada larga y dura, con su boca aparentemente coronada por un bigotito estrecho. Ahora bien, este grabado incomoda por un rasgo particular. Y se trata de un embarazo diferente del que produce el resto de las imágenes. En las otras nos molestamos ante esa violencia sin preámbulos que toca incesantemente los límites de lo prosaico. Pero aquí hay un toque estetizante que disuena. Para explicarlo es necesario detenerse en el segundo sicario. El que está en el fondo, debajo de la ventana por donde asoman las cimas de dos volcanes mexicanos. El hombre más que matando está bailando. Parece danzar una suerte de gallarda antes de clavar la espada en el indígena que persigue.

«Entonces inventaron unos hoyos en medio de los caminos donde cayesen los caballos y se hincasen por las tripas unas estacas agudas y tostadas de que estaban los hoyos llenos, cubiertos por encima de céspedes y yerbas, que no parecía que hobiese nada». Así describe De las Casas estas trampas que pronto se convierten en tumbas. El grabado, como era usual hacerlo en ese tiempo, cuenta la historia en dos planos. Al fondo, en los hoyos disfrazados, caen los caballos de los españoles. En el primero se observa la dimensión de la represalia. Ahora el hueco se ha desplazado de la periferia del villorrio a su mismo centro. Es una abertura con trazas de cloaca. No lo precisa el texto de De las Casas, pero es dudoso que los españoles se hayan tomado el tiempo de sacar los cuerpos de los indios que ellos mismos han arrojado allí. Tampoco es plausible imaginar que alguien tuvo la disponibilidad de sacarlos y darles cristiana sepultura. Esas trampas-tumbas se comunican con las de ahora. La fosa común, con su carga de anonimato, su evidente ofensa y el lazo que establece con el detrito, adquiere en la historia de América una prolongación sórdida. Lo que haría pensar que los territorios del Nuevo Mundo, desde Alaska hasta la Patagonia y a partir del siglo XVI, no son más que una inmensa mortaja injuriosa. La tierra se nutre, es verdad, de los cuerpos de las criaturas que se descomponen en ella. De esa putrefacción lejana, el fósil surge como un milagro oscuro para iluminar nuestro pálpito en el tiempo. Pero de estos indígenas sin nombre, cuyos huesos se han deshecho a lo largo de los siglos, ¿qué puede quedar? ¿Qué puede permanecer de una mortecina que se ha convertido en hueso y luego en polvo y después en desmemoria? De Bry, por su parte, es ejemplar en la resolución de sus escenas colectivas. Y aquí está la mujer, en medio del tumulto asustado, que carga un niño y cae en el hoyo de las estacas. Ambas piernas y uno de los brazos, el que tiene libre, tratan de aferrarse al aire. Pero este es esquivo y la ignora y, en cambio, abre sus fauces invisibles para que madre e hijo sigan cayendo a través de ellas.

Es el centro mismo de la alucinación. La infidelidad y una suerte de invención bufona se toman de las manos para construir una imagen a todas luces extravagante. De Bry, por primera vez en su experiencia como ilustrador de la conquista de América, se aleja de la realidad y propone un balance que pertenece más bien al campo de sus propios delirios. Bartolomé de las Casas, refiriéndose a las incursiones de Pedro de Alvarado en Guatemala, dice que éste dejaba a su paso una «real carnicería de carne humana». El pleonasmo irrita en la prosa desmañada del fraile. Y el grabado sintetiza la opinión que pudo haber tenido De Bry de la antropofagia. En este terreno se cae en la mera interpretación, pero cualquier imagen, de hecho, ofrece esta circunstancia. No hay ninguna verdad interpretativa en lo que vemos. No hay palabra posible que pueda transmitirnos la verdad. Somos, en el terreno de la visión y de la expresión, tanteo vacilante. Rodeamos una imagen, leemos un poema, escuchamos un fragmento sonoro, y solo estamos transitando el vacío, creando sobre él mojones, contornos, relieves que no son más que conceptos relativos que habrán de difuminarse en el olvido que le espera a todo. Pero no cedamos a la fascinación de un planteamiento escéptico de tales magnitudes y digamos que en el centro de este grabado, de verdad, hay una carnicería. Una carnicería que De Bry ha traído de Fráncfort, o de la carnicería de Lieja que atravesaba en sus correrías adolescentes, para ponerla en el medio de las tierras aledañas al mar de la América Central. Es un toldillo con la tabla y sus ganchos de los cuales cuelgan brazos y piernas mutilados. Pero si el modelo del local viene de

Fráncfort o de Lieja, los carniceros son dos españoles. Sobre la tabla hay expuestos dorsos, cabezas y glúteos humanos. La transacción se invierte curiosamente. En ello hay como una pizca de humor hugonote. Los indios compran la carne de los suyos con collares. No muy lejos de esta tabla de importación europea, se observa la estratificación del trabajo. Con la supervisión de otro español, que porta la acostumbrada alabarda del poder, tres indígenas descuartizan a uno de los suyos. Le abren la espalda y le sacan las vísceras. Muestran los brazos y la cabeza al español, que está manifestando su aprobación. Un niño, en primera instancia, es asado y no falta mucho para que los mismos indios se aproximen y lo compren con un par de piezas de cualquier cosa. Los españoles del grabado no son caníbales, pero favorecen el canibalismo y comercian con él, lo cual es peor a los ojos de Théodore de Bry. Aunque no hay que olvidar que el pastor Urbain Chauveton, traductor que participó en la edición del libro de Girolamo Benzoni, decía que con el conquistador católico español se estaba inobjetablemente entre caníbales. Hay, por lo demás, una mezcla de utilería naval expandida por todos lados que da al conjunto de la escena un toque de enojosa irrealidad. Un indio, por ejemplo, al lado del niño que duerme sobre el fuego, carga sobre los hombros una gigantesca ancla cuyo parecido con la cruz es evidente. Pero De Bry no hace nada nuevo con este grabado. Sigue una tradición de tema antropofágico que tiene como nombres esenciales al flamenco Martin de Vos, al francés André Thevet, al alemán Hans Staden y al inglés Richard Verstegen. Y, apoyado en ellos, acaso nos esté diciendo que no hay ningún peligro para la Europa cristiana reformada. Ella, por sus fracasos en las expediciones coloniales americanas realizadas por Francia, está, a Dios gracias, separada de este ciclo de violencias alimenticias que ha decidido escoger al Nuevo Mundo como el teatro de sus representaciones.

Mechuacán queda a cuarenta leguas de México y es, según De las Casas, una provincia llena de gente. Pero cuando llega Nuño de Guzmán a sus dominios, éstos se despueblan con rapidez inusitada. Ahora bien, ¿dónde está Guzmán en el grabado? En ninguna parte, por supuesto. De hecho, es difícil creer que De Bry supiera que el tirano anónimo que menciona De las Casas se llamara así. Hoy se sabe, gracias a la historiografía y a las notas de pie de página que ha realizado Martínez Torrejón en la edición que consulto. La escena tampoco habla del despoblamiento. Este es un asunto que se aborda, aunque indirectamente, en otra parte. Lo que se muestra aquí es un tipo polifacético de tortura. La verdad es que, en primera instancia, los diecisiete grabados que ilustran la *Brevísima relación de la destrucción de las Indias* dan la impresión de que están reflejando siempre lo mismo, acaso porque los personajes, tanto colonizadores como indígenas, tienen los mismos rasgos. Entre ellos no hay mayor diferenciación. Y porque en la mayor parte de estos dramas todo parece suceder en medio de la confusión. Circunstancia explicable quizás porque a la sazón los crímenes americanos llegaban a Fráncfort con el correo de las brujas atravesado de diversas versiones. Además, el propio De las Casas no puso nombres en su relación porque no quería acarrearse más problemas de los que siempre tuvo por su actitud denunciatoria. Con todo, al observarlos con más cuidado se empieza a entender la gran cantidad de matices con que se expresa la ferocidad en los grabados. La tortura aparece aquí y allá y siempre se hace sobre los caciques para que confiesen. Nuño de Guzmán, el invisible, les ha dicho a sus hombres que utilicen lo que necesiten para que ese nativo diga de dónde viene el oro. Al cacique se le amarra a un madero. Sus brazos están levantados. El primero de los torturadores, de izquierda a derecha, lo amenaza con un perro. El segundo le ha puesto el cepo en los pies. El tercero le apunta al corazón con una ballesta. El cuarto, que es un muchacho, con un hisopillo humedecido de aceite, excita el fuego puesto en los pies del indio. Los otros cuatro personajes presencian el acto y lo aprueban. El último de ellos es una figura extraña en el grupo. Diríase, por sus facciones y atuendos, que es el elemento indispensable para completar este paisaje aplastante de la aculturación: un indígena colaborador.

«Jalisco estaba entera y llena como una colmena de gente, poblatísima y felicísima, porque es de las fértiles y admirables de las Indias». ¡Ah!, este castellano de Bartolomé de las Casas que, al leerlo en voz alta, trae reminiscencias de pan de trigo al horno, de aceitunas empapadas en aceite de ajo, de anchos jardines con sus pilas de mono en el centro, de callejas de piedra sacudidas por un viento lleno de un agrio olor a vid desgajada. Y en medio de estas evocaciones sensoriales, que solo el lirismo de una lengua puede atrapar, la impía realidad de Jalisco. Los desplazamientos humanos desde entonces iniciaron una travesía que todavía no cesa. Las multitudes dejando sus aldeas en tierras queridas para irse a otras desconocidas, cargando los enseres domésticos de España, el oro y la plata que se saca a raudales, las frutas y verduras para que se alimenten los nuevos propietarios de la tierra. Las mujeres no son absueltas del esfuerzo. De

Bry no vacila en ponerlas en el primer plano de su grabado, recibiendo las andanadas y los golpes. Un niño ha caído y los pies de su pueblo terminan pisoteándolo. Los conquistadores se ensañan aún más con los gritos y arremeten contra quien intenta descansar. Al que no puede seguir por la fatiga lo rematan con sus espadas y puñales. Las cadenas amarran a esta humanidad vejada, a favor de la cual De las Casas clama para que se la exima de tales tormentos. Las protestas llegan a España y logran que los reyes y teólogos se reúnan para reestructurar las órdenes del sometimiento y cargarlas con algo de bondad. Las leyes de Burgos en 1512 exigen la lectura del Requerimiento, esa parodia jurídica ideada por Palacios Rubios, antes de la destrucción y el avasallamiento. Luego, frente a la mortandad imparable, las autoridades reaccionan y las leyes se tornan más drásticas con quienes las incumplan. Hasta que se llega a la orden real del 2 de agosto de 1530 que prohíbe la esclavitud y, más tarde, a la bula *Sublimis Deus,* promulgada por Pablo III el 29 de mayo de 1537, en la que se excomulga a todo aquel cristiano que esclavice a un indio. Y, más después, a las Nuevas Leyes de 1542, aprobadas por la corte de Carlos V y bien vistas por los teólogos de las universidades de Salamanca y de Alcalá, y en las que tanto ayuda el propio Bartolomé de las Casas, asesor entonces del Consejo de las Indias, para que se prohíba la perpetuación de las encomiendas y se ejecuten las debidas restituciones de los tributos pagados por los indios y se paren las conquistas militares. Pero este legalismo grandilocuente con que España pretende soliviantar su conciencia, cuando arriba a América, nadie lo pone en función. Los exponentes del repartimiento, la encomienda y la mita se oponen a medidas que atentan contra sus intereses económicos. La explotación del indio sigue su curso y la conquista y la colonización prosperan con sus métodos *sui generis*. Desde entonces, y ante ese caudal de leyes a favor de los indígenas, estaba esa otra cadena de jueces, virreyes, gobernadores, presidentes, oidores, corregidores, alcaldes mayores y miles de tenientes y otro tanto de alguaciles que levantaban los hombros con desdén o escupían al suelo y pronunciaban el célebre dicho que tanto define esa paradigmática rebeldía nuestra: se acata, pero no se cumple.

Y los perros. ¿Cómo olvidar los perros? ¿Podría suponerse la conquista sin que se escuchen sus ladridos, el jadeo de sus largas lenguas, el olor desapacible de sus humores que siempre linda con el de la sarna? Becerrillo y Leoncico son los nombres emblemáticos de la jauría española. El padre, Becerrillo, tenía el don de reconocer a primera vista cuáles indios eran mansos y cuáles insumisos. Leoncico, el hijo, acompañó a Balboa en su itinerario de ultrajes. Los perros que devoraron a los indios sodomitas. Los perros que se alimentaron con los pedazos humanos que sus amos les tiraban y llegaban a pesar hasta cien kilos. Los perros que perseguían a las mujeres para hundir sus hocicos hambrientos en sus entrepiernas. Una de ellas, en el reino de Yucatán, logró huir. Por supuesto, no se sabe su nombre. Estaba desmoralizada y la arremetían los vómitos y una fiebre foránea que su cuerpo nunca antes había padecido. Con tal de que los perros no la hicieran pedazos, tomó una soga y se ahorcó. Pero había un niño, posiblemente era suyo, Bartolomé de las Casas no lo precisa, que no pudo morir a su lado. Aunque tuvo la fortuna, antes de ser arrojado a los perros, de ser bautizado por un sacerdote. Uno, entre tantos millones de muertos, conocería la paz eterna. Esta es la historia que Théodore de Bry reproduce en el nuevo grabado. En el centro, cómo pasarlo por alto, hay un exponente de sabiduría salomónica. Un conquistador, impresionante en su actitud victoriosa, reparte pedazos del infante a sus fieles podencos.

El grabado que sigue es el más confuso de la serie y el menos logrado. El desorden reside en la numerosa cantidad de personajes. Quince en el primer plano y no se sabe cuántos en el segundo. La lupa no alcanza a discernir individualidad alguna en el gentío que se ve a lo lejos. Aparentemente se trata de una batalla y esta sección de la imagen se relaciona con cierta pintura renacentista, especializada en mostrar ejércitos en guerra. Pero aquí no hay ninguna batalla. Y el gentío es el pueblo inca que sigue a Atahualpa, quien va a encontrarse con Pizarro. El célebre prendimiento se observa como a través de una gran ventana. Ella actúa, a su vez, como escenario fílmico o como un tinglado donde el teatro del mundo barroco se escenifica. Los quince personajes de adelante no están mirando lo que pasa porque ellos, y lo que están haciendo ahora, son el futuro mismo de ese prendimiento y su posterior masacre. Tal tipo de grabados, en esta dirección, es un antecedente de la tira cómica y la historieta. Pero nada de humorístico hay en estas acciones y de lo que se trata aquí es de uno de los episodios más bochornosos de la historia del Perú. A Atahualpa lo aprisionaron por arrojar una Biblia al suelo, libro que no le dijo nada comprensible en ese momento. El ataque español se precipitó y ocurrió la matanza fabulosa. La historia tiene algo de realismo mágico. O de qué otra manera se podría asumir el hecho de que ciento y tantos españoles hambrientos hayan vencido en una sola tarde a miles de indios.

La verdad, si es que hay verdad en la historia, si es que esta no es más que una cadena de invenciones sometidas a todo tipo de manipulación, es que los indios estaban desarmados y los conquistadores atacaron con sevicia. Sevicia que emborrachó de heroísmo durante siglos la visión de los vencedores. Más tarde es el rescate en oro que se da para la liberación del inca. El engaño de Pizarro y los suyos que jamás lo sueltan, teniendo ya suficiente oro para calmar cualquier codicia. Y, finalmente, el ajusticiamiento de Atahualpa a quien, en vez de quemar, y para demostrar que hubo una muestra de caridad en las acciones de la familia Pizarro, deciden ahorcar. Estos acontecimientos, conocidos ahora hasta en los más mínimos detalles, Bartolomé de las Casas los escribió de oídas porque nunca pisó tierras peruanas. Por esta razón su relato es general y, como siempre, apresurado. Y tal vez esto se haya transmitido fielmente al grabado.

A Bogotá se le practicó un tormento denominado trato de cuerda. El rey era dueño de dominios en donde proliferaban el oro y las esmeraldas. El tormento consistía en suspender el reo por las manos atadas a la espalda y dejarlo caer de súbito pero sin permitir que el cuerpo tocara el suelo. Jerónimo Lebrón según unos, Jiménez de Quesada según otros, es quien ordena el martirio y en el grabado su figura es respetable. Bien trajeado, de pose airosa, está de pie en la mitad de la escena. Habitamos de nuevo, en esta penúltima imagen, el terreno de la perfección artística de Théodore de Bry. El detalle de los trajes de Europa es soberbio y pulcro. Los cascos y sombreros, las calzas y el jubón enterizo del español, atravesado de ornatos que parecen figuras geométricas, flores o mariposas, está elaborado de manera admirable. Lo mismo podría decirse de las lejanas palmeras que dialogan con el follaje de otros dos árboles. Está ese cielo despejado que no cuesta imaginarlo de un azul diáfano. La tortura también se desarrolla con extrema claridad. A Bogotá, en el fondo, lo cuelgan de uno de los árboles y dos soldados o lo están subiendo o lo están bajando con la cuerda. Cerca del espectador, a los pies de Lebrón o de Jiménez de Quesada, nuevamente lo atormentan. Tres verdugos realizan simultáneamente sus acciones. Uno aviva el fuego de los leños para quemarle los pies a Bogotá. El del centro le amarra las manos luego de haberle atado al pescuezo una cadena. El otro le echa sebo ardiente en la barriga. Son vivísimas las contorsiones y creemos sentir el dolor de Bogotá por el realismo de su expresión. Hay un dato que despierta la curiosidad. De Bry ha pintado, al fondo, dos bohíos. En uno de ellos está entrando una india desnuda. Se le alcanzan a ver las nalgas al desgaire. ¿La están jalando con fuerza desde el interior o está huyendo de la tortura que se le inflige a Bogotá? Quizás no tenga importancia precisarlo.

De nuevo, y por última vez afortunadamente, entramos de lleno en el pavor. Porque esto tiene que acabarse en algún momento, piensa uno como lector de Bartolomé de las Casas y observador de los grabados de Théodore de Bry. Porque no está bien pasarse mucho tiempo en este carrusel de la crueldad donde la repetición y el aturdimiento se abrazan con tanta frecuencia. Cuando se llega a estos apartes de la *Brevísima relación de la destrucción de las Indias* estamos tan atafagados de injusticia, tan envueltos en las heces de la historia, que deseamos una pausa. Pero antes de efectuarla, hay que describir el último grabado. Todas las acciones de los españoles cometidas contra los indígenas están concentradas aquí. Me pregunto ¿por qué esta particular síntesis, esta notable condensación? ¿Será porque se narran las «crudelísimas crueldades», la expresión es del genio literario de De las Casas, de una región que habría de corresponder más tarde al país harto de inequidad social que sigue siendo Colombia? La hipótesis es seductora. No es bueno extraviarse, sin embargo, en comparaciones seculares o en presupuestos que designen la permanencia de la violencia en un país a lo largo del tiempo. Mejor limitémonos a las tres acciones más llamativas de la ilustración. La primera, y vamos de adelante hacia atrás, es el corte de las manos por parte de un verdugo energúmeno. Hasta parece que este caballero tuviera los pelos enhiestos y vociferara mientras descarga el hacha sobre las manos. Es caricaturesca la humanidad que corre por los descampados aullando de dolor, o tratando inútilmente de recoger sus manos de un suelo pedregoso. Uno de estos indígenas levanta su brazo mutilado y lo muestra y dice algo en su lengua que Bartolomé de las Casas traduce así: Cristianos, ¿por qué nos hacéis esto? Hay una explicación de por qué el rostro de los hombres de Bogotá posee un continente de espectros. Al verlos recuerdo la estatua del Duomo de Milán: el *San Bartolomé* de Marco d'Agrate. Lo sorprendente del Bartolomé italiano es que lo miramos como una aparición sin saber a qué se debe su carácter irreal. Pero luego le damos la vuelta a la escultura y nos damos cuenta de que el vestido que lleva sobre los hombros y que le cae hacia atrás y a los lados, como una suerte de manto horripilante, es su propia piel. Así pasa con estos indígenas colombianos. Los observo una y otra vez y constato que los españoles les han cortado las narices y les han rajado los labios con puñales. Después, siempre hacia atrás, y para ello es menester saltarse las jaurías que persiguen a los mutilados y cruzar el río, doy con la tercera escena. El peñón de los muertos, así se llama un sitio en la Sierra Nevada del Cocuy. Hace años lo conocí, cuando era joven e ignaro, y me detuve en él y miré hacia el vacío que estaba realmente vacío. El guía, un muchacho de Güicán, me contaba la historia de los suicidios colectivos de los indios ante la llegada de los conquistadores. Yo miraba hacia abajo, sin encontrar rastro de nadie. Pero en el grabado de Théodore de Bry están claramente representados, cayendo por las faldas de un inmenso peñón. La diferencia es que ahora no se suicidan, sino que los españoles los arrojan con sus espadas y alabardas. Bartolomé de las Casas dice que fueron setecientos los indígenas lanzados. Le creo, así no me atreva a contarlos en la imagen ni tenga fuerzas para hacerlo.

Velas

Era de noche cuando terminaron el libro. La última tarea que realizaron, luego de verificar la traducción al latín y de pulir los grabados, fue escribir las leyendas explicativas de las escenas representadas. Se sentían agotados. Llevaban semanas trabajando desde el alba hasta el anochecer. El taller estaba en desorden, los obreros habían partido hacía un rato, y un fuego de hogar calentaba la pieza olorosa a tintas frescas, a papel cortado, a exudaciones ácidas. Jean-Israelien le pasó una frazada a su padre porque éste tenía frío y le dolían los huesos. También le dio una bebida caliente, preparada por Catherine, para que las fiebres, cada vez más impetuosas, disminuyeran un poco. La mujer, unos instantes atrás, había limpiado las planchas y puesto los buriles de diversos tamaños en recipientes de aceite. Jean-Théodore barría, con una escobilla, los residuos de estopa bajo la imprenta recién comprada, que era inmensa y ocupaba una buena parte del taller. El hijo menor había llegado la víspera de un viaje realizado por diferentes ciudades de Alemania para ofrecer la colección *Grandes viajes* a los círculos de los nobles protestantes y obtener apoyo financiero. Su informe era entusiasta y la colección parecía tener un porvenir promisorio. Estaban determinados los títulos de las siguientes entregas: la relación del viaje a América por Ulrich Schmidel, y las de Francis Drake, Thomas Cavendish y Walter Raleigh. Los dos hijos, en realidad, se habían reconciliado con el padre y le prometieron seguir juntos en la empresa familiar. Théodore de Bry volvió a toser. Una tos que expelía una baba densa y verde y le dejaba el cuerpo arrasado por los escalofríos. Jean-Israelien lo ayudó a incorporarse y tomó el recipiente para alejarlo de su padre. El hijo menor tenía los mismos ojos, agudos y oscuros, de Théodore. Como él, era bajo y de catadura enclenque. Como a él, el pelo se le iba a encanecer pronto por la acción de los líquidos que manipulaba. Tenía también las manos vilipendiadas por las quemaduras y pronto adquirirían callosidades incurables. Poseía incluso la misma boca apretada, capaz de guardar silencios duraderos cuando callaba y deliberar palabras adecuadas cuando debía compartirlas. El padre no sabía muy bien por qué, pues ese tipo de impresiones le resultaban resbaladizas las más de las veces, pensaba que Jean-Israelien estaba más próximo a su corazón que Jean-Théodore. El hijo mayor, desde pequeño, había manifestado simpatía por la guerra y se animó tanto en su juventud por las invenciones de la artillería y el atuendo colorido de las brigadas militares que terminó, pese a los ruegos de Théodore de que no hiciera caso a esos fuegos de artificio, como soldado al servicio de un turco acaudalado. Pero luego de vivir años de aventura, que mezclaba con su inclinación por la escritura de odas y sonetos de amor, se impuso el llamado de la familia y terminó uniéndose a los suyos en el taller de Fráncfort. Era verdad que para discutir sobre los problemas candentes de su tiempo –las guerras entre los reinos de Europa y las conquistas cada vez más eficaces de los pueblos de América, la presencia en fronteras cercanas de las tropas de jenízaros que resplandecían en medio de sus cimitarras, lanzones y pieles de felinos, la pintura de los italianos de Venecia y Roma, y las nuevas invenciones en el arte de los vestidos y perfumes que provenían de Francia–, su hijo mayor se volvía siempre estimulante. Además, era Jean-Théodore quien había heredado con evidencia su talento en las artes del grabado. Pero la suavidad grave del menor, sus maneras de tocar el laúd de pico, su facilidad para hablar diferentes lenguas y recitar de memoria los salmos, le habían robado toda su confianza.

Creo que hemos cumplido, balbuceó por fin Théodore cuando sintió un poco de alivio. Jean-Israelien afirmó con una sonrisa apacible. Acarició los cabellos desgajados y blancos del viejo. Pero a éste lo sacudió, de repente, otro ataque de tos. Esta vez la flema se tiñó de sangre. El menor le tuvo la frente. Lo calmó con su voz ronca y suave. Cuando pasó el arrebato, el padre preguntó, con la voz entrecortada: ¿Y ahora qué hacemos? Todos se quedaron un rato en silencio. Los ojos de Théodore miraban fijamente y con temor hacia la parte más oscura del taller. Descansar, padre, respondió Jean-Théodore, descansar. Olvidar un poco y luego reponer las fuerzas para seguir trabajando. Afuera el viento sacudía los batientes de las ventanas. Jean-Israelien aprovechó para cerrarlas con firmeza. Cuando regresó y se unió a los tres, el padre ya sabía lo que debían hacer. Trae tú una vela y tú otra, dijo señalando a los hijos. Tú, Catalina, prenderás una en homenaje al padre De las Casas. Por darnos ese libro suyo que es un faro en medio de la noche más aciaga y enseñarnos la negación de toda violencia. La otra la encenderé yo, aunque sé que no es suficiente y tampoco tendríamos las velas necesarias para dulcificar sus dolores, y si las tuviéramos no creo que cupieran en esta ciudad, para recordar a nuestros hermanos en la persecución. Después haremos lo que dices, Jean-Théodore. Descansaremos un poco. Trataremos también de olvidar un poco. Porque es deber hacerlo antes de llegar al fin. Dos velas blancas se prendieron entonces. Todas las luces restantes, que iluminaban la pieza, fueron apagadas. El padre, la mujer y los hijos se quedaron como encantados ante los dos pequeños pabilos. Desde el centro de la ciudad, las campanas de la catedral empezaron a sonar. El mundo pareció sumergirse en la gravedad de los badajos. Luego, cuando el último sonido se volvió un eco inaudible, escucharon el viento. Seguía soplando con fuerza. Pero, por un instante, como la música, su estruendo se hizo lejano.

París, El Retiro, Fráncfort, Envigado.
Marzo de 2011-julio de 2014

ÍNDICE

Este libro se terminó de imprimir
en julio de 2015
en los talleres de la Fundación
Imprenta de la Cultura,
Caracas, Venezuela.
Son 11.000 ejemplares.